Sylvia Schneider

DAS JUNGEN FRAGEBUCH

Alles, was Jungen über

SEXUALITÄT
KÖRPER
BEZIEHUNGEN
SEELE

wissen wollen

Ueberreuter

Die Zitate am Anfang eines jeden
Kapitels stammen von Richard Bach aus:

„Illusionen"
© Ullstein Verlag Berlin 1982

und

„Brücke über die Zeit"
© Ullstein Verlag Berlin 1985

Die Deutsche Bibliothek – CIP-Einheitsaufnahme

Schneider, Sylvia:
Das Jungen-Fragebuch : Alles, was Jungen über
Sexualität, Körper, Beziehungen, Seele wissen wollen /
Sylvia Schneider. –
Wien : Ueberreuter, 1993
ISBN 3-8000-1478-5

J 2087/1

Umschlagdia von Pictor Internationale Bildagentur GmbH,
Filiale Wien
Medizinische Begutachtung durch Dr. Ines Leikam
Fachliche Beratung durch Helmut H. Erb

Druck und Bindung: Ueberreuter Buchproduktion,
Korneuburg
Printed in Austria

3 5 7 9 10 8 6 4

Darum geht's:

Wie kommt es, daß das Glied manchmal nicht tut,
was man will?
Bin ich ein guter Liebhaber?
Ist es verwerflich, zu einer Prostituierten zu gehen?
Was ist pervers?
Wie bringe ich meine Freundin dazu,
meine Wünsche zu erfüllen?
Ist es schädlich, sich oft zu befriedigen?
Mir ist Zärtlichkeit wichtiger als Sex, ist das unnormal?
Ich interessiere mich nicht für Mädchen,
was kann ich tun?
Wieso zucken andere immer zusammen,
wenn man mal deftige Ausdrücke verwendet?
Wie kann ich verhindern, jetzt schon Vater zu werden?
Wie werden Kondome richtig benutzt?
Welche Verhütungsmittel gibt es sonst noch?
Warum gibt es noch keine besseren Verhütungsmittel?
Meine Freundin sagt, sie sei schwanger.
Was muß ich jetzt tun?
Was passiert bei einer Schwangerschaft?
Wie kann ich mich beim Sex vor Aids schützen?
Soll ich einen Aids-Test verlangen?
Wie schütze ich mich vor Geschlechtskrankheiten?
Ich wurde mißbraucht – wo finde ich Hilfe?

Unterwegs 189

Wie kommt es, daß ich plötzlich keine Lust mehr
auf Schule habe?
Warum macht mich die Schule immer so müde?
Wie kommt es, daß wir an der Schule
so oft bedroht werden?
Wie kann man sich gegen Gewalt zur Wehr setzen,
ohne selbst zuzuschlagen?
Kann man Noten oder Sitzenbleiben anfechten?
Kann ich nicht einfach von der Schule abgehen?
Wie bekomme ich mehr Taschengeld?
Darf ich einen Job annehmen?
Wie kann ich mich für etwas Sinnvolles engagieren?
Wann muß ich zur Bundeswehr?
Wie kann ich die Bundeswehr umgehen?

erwachen

Du befindest dich zur Zeit in einer ganz besonderen Entwicklung oder stehst an der Stufe davor. Du bist auf dem Weg zum erwachsenen Menschen, zum Mann. Du wirst merken, daß du dich nicht nur körperlich veränderst, sondern daß dir nun auch vieles andere so anders, manches geradezu völlig fremd vorkommt. Die entscheidendsten Veränderungen hängen damit zusammen, daß deine Sexualität nun voll erwacht. Das ist an körperliche Veränderungen gekoppelt, aber auch an seelisches Wachstum. Dadurch möchtest du dich verstärkt von deinen Eltern abnabeln und dich mehr anderen Menschen zuwenden. Und ganz sicher willst du auch mehr und mehr eigene Sachen machen. Das ist ein verständlicher Wunsch und auch für dich gut so. Nur wirst du manchmal das Gefühl haben, daß die Vorstellungen deiner Umwelt deinen eigenen Interessen und Vorstellungen widersprechen. Daraus kann eine Reihe von Konflikten entstehen.
Es gibt eine Menge Stolpersteine auf dem Weg zum Mann, die man am besten durch schnörkellose Informationen umschifft oder überwindet. Bei den meisten Problemen, die dich beschäftigen, handelt es sich nämlich erst einmal um ganz normale Probleme von Jugendlichen, die auf dem Weg zu einer eigenen Persönlichkeit sind. Doch gerade Jungen haben es heute schwer, weil es ihnen an männlichen Vorbildern und an richtigen Orientierungen in dieser Zeit fehlt. Was ist ein echter Mann? Wodurch unterscheidet er sich von einem Macho oder einem Softie? Wie wird

man weder das eine noch das andere und trotzdem ein starker Typ?
Das größte Problem: Jungen dürfen keine Probleme haben. Alle erwarten von ihnen, daß sie souverän, cool und ohne mit der Wimper zu zucken durch die Pubertät segeln. Waren sie gestern noch der kleine Junge, mit dem Mutter und Vater so gerne kuschelten, so sollen sie nun von einem Tag zum anderen alles können und alles wissen – eben wie ein Mann ihren Mann stehen. Doch woher sie all das Neue, das jetzt auf sie einstürmt, wissen sollen und wo sie es lernen – das scheint ihre Geheimsache zu sein.
Wohlgemerkt: Mädchen geht es in der Pubertät nicht besser. Aber es geht ihnen anders. Und sie finden meist mehr Unterstützung und Zuwendung. Viele Interessengruppen versehen sie mit Informationen, Tips, Rat und Hilfe. Jungen haben keine Lobby. Sie aber erleben ihre Pubertät anders als Mädchen, entwickeln sich körperlich und seelisch auf eigene Weise, erleben die Sexualität anders, entwickeln eine andere Einschätzung, was viele Dinge des Lebens angeht. Deswegen ist dieses Buch nur für Jungen gedacht. Ein ganzes Buch für und über Jungen! (Natürlich können es auch Mädchen lesen, die sich für Jungen interessieren!) Es sind die Antworten auf die wichtigsten Fragen aufgelistet, die dich berühren und beunruhigen können. Aber natürlich kommt auch alles darin vor, was du über den Umgang mit Mädchen wissen willst. Du kannst das Buch in einem Rutsch lesen, aber ebenso auch nur die Abschnitte, die dich gerade besonders interessieren. Einige Kapitel können jetzt für dich wichtig sein, andere brauchst du vielleicht erst später. Du brauchst dich auch nicht zu schämen, wenn du erstmal nur Lust auf die Antworten hast, die sich mit deiner Körperentwicklung und der Sexualität befassen. Das meiste im Leben wird nämlich bedeutend einfacher, wenn man weiß, was los ist.
Erwachsenenwerden ist aber nicht nur ein spannendes Abenteuer, sondern auch ein ziemlich anstrengendes,

einfach weil zuviel Neues auf einmal auf dich einstürmt. Zwar gibt es Unmengen von interessanten Sachen zu entdecken. Manchmal wird dir dein Leben fast wie ein Kinofilm erscheinen. So wirst du dich zum Teil ganz verträumt, zum anderen aber auch ganz wach und klar fühlen. Versuche das eine und das andere als ganz normal anzusehen und es auch zu genießen. Nie wieder im Leben wirst du die Möglichkeit haben, alles auszukosten – körperliche, geistige und seelische Veränderungen –, über alte Möglichkeiten hinauszuwachsen, ohne gleich total zur Verantwortung gezogen zu werden. Das wichtigste ist aber, daß du für dich selbst Verständnis hast und begreifen kannst, was in dir und mit dir passiert.

***Das Kennzeichen deiner Unwissenheit
ist die Stärke deines Glaubens an
Ungerechtigkeit und Unglück.***

***Was für die Raupe das Ende der Welt ist,
nennt der Meister einen Schmetterling.***

ich

Ist es normal, daß ich mit 15 noch nicht in der Pubertät bin, aber alle meine Freunde schon?
Ja, völlig. Jeder Junge hat sein eigenes Tempo.

Warum gucke ich neuerdings immer Mädchen hinterher?
Weil dein Sexualtrieb jetzt richtig erwacht.

Warum stehe ich jetzt so oft allein da?
Von Jungen wird leider viel zu schnell erwartet, daß sie jetzt ihren „Mann" stehen.

Wieso finde Ich auf einmal doof, was Erwachsene sagen?
Weil du dlr jetzt eine eigene Meinung bildest.

Ich verstehe mich manchmal selbst nicht.
Du lernst dich ja jetzt auch erst kennen!

Vor der Zukunft habe ich Angst – das ist doch unmännlich?
Nein, sondern völlig normal. Jeder Mensch hat Angst, Erwachsene übrigens auch.

Wieso müssen meine Freunde andauernd irgendwelche Mutproben machen?
Weil sie sich einbilden, das sei ein Zeichen von Männlichkeit.

Warum ist mir so oft zum Heulen?
Weil deine Hormone zur Zeit mir dir „Tango tanzen".

Ich fühle mich so häßlich und immer unpassend.
Du wächst an manchen Stellen unterschiedlich schnell und mußt erst „auswachsen". Das geht aber schnell.

Ich habe das Gefühl, keiner mag mich.
Das ist ein Irrtum. Es gibt immer Hände, die dich festhalten.

Was passiert in der Pubertät mit mir?

Das ist die Lebensphase, in der du erwachsen wirst. In dieser Zeit wächst du nicht nur körperlich zu einem Mann heran, der Kinder zeugen kann, sondern reifst auch seelisch. Das ist mit vielen Veränderungen in deinem Leben verbunden: Du möchtest dich nun von deinen Eltern allmählich endgültig abnabeln, entwickelst zu vielen Dingen andere Ansichten als sie, möchtest neue Freunde finden, dich verlieben, Sex haben, auf die erste große Liebe zusteuern, kurz und gut: Du wirst erwachsen und willst dich auch so verhalten.
Zum ersten Mal in deinem Leben verfolgst du deine eigene Entwicklung bewußt mit und möchtest sie auch selbst steuern. Da das für dich und deine Eltern völlig neu ist, sind Krisen und Mißverständnisse unausweichlich. Allerdings ist das auch eine sinnvolle Ablösung, die dich auf ein Leben vorbereitet, in dem du für dich allein verantwortlich bist.
Im allgemeinen beginnt diese Phase um das 11. Lebensjahr herum und ist ungefähr mit 18 Jahren abgeschlossen. Mädchen kommen ein bis zwei Jahre früher in die Pubertät als Jungen. Dieser Entwicklungsunterschied gleicht sich aber nach einiger Zeit wieder aus. Mädchen und Jungen in den Industriestaaten – also Europa und USA – kommen früher in die Pubertät als Kinder in anderen Ländern, ganz besonders die in den Entwicklungsländern. Auch bei uns setzte die Pubertät in früheren Generationen später ein: Noch im vorigen Jahrhundert machten Kinder im Durchschnitt erst mit 13 Jahren diese Entwicklungsphase durch.
Warum das so ist, weiß man noch nicht so genau. Wahrscheinlich wird der Beginn der Pubertät von einer Reihe von Dingen beeinflußt. Fachleute sind beispielsweise der Ansicht, daß vor allem die ausreichende Ernährung und unsere günstigen Lebensbedingungen

dafür verantwortlich sind. Früher hatten die Menschen oft nicht genug zu essen und lebten allgemein schlechter – vor allem in unhygienischeren Verhältnissen – als wir heute. Möglicherweise spielt auch Streß eine Rolle. Andererseits sind aber auch Rasse und Vererbung ganz wesentliche Faktoren. Wie man weiß, ist der Verlauf der Entwicklung bei Familienmitgliedern oft sehr ähnlich. Wahrscheinlich aber beeinflußt sich all dies gegenseitig.
Ob du selbst nun mit 11 oder mit 15 Jahren in die Pubertät kommst, läßt sich nicht vorhersagen. Beides wäre gleichermaßen normal, und du brauchst dich nicht zu beunruhigen – egal, ob du dich nun besonders früh oder besonders langsam entwickelst.

Warum ist plötzlich alles so ganz anders?

Du wachst eines Morgens auf und spürst, daß du dich verändert hast und mit dir die Welt. Wenn ein Junge zum Mann wird, werden viele innere und äußere Dinge anders. Die Veränderungen können ganz allmählich vonstatten gehen, so daß du dich langsam daran gewöhnen kannst, aber auch in einem Schub, so daß du dich richtig überfallen fühlst. Vor allem dein Sexualtrieb wird dich wahrscheinlich sehr drängen. Die Pubertät ist eine Zeit des Übergangs: Dein Leben wird schwieriger, weil du dabei bist, dich zu einem selbständigen Menschen zu entwickeln. Die meisten Menschen glauben, das wichtigste an der Pubertät seien die körperlichen Veränderungen. Sie sind jedoch lediglich die sichtbarsten. Was dich genauso beschäftigen wird, sind die seelischen Veränderungen, die an sie gekoppelt sind oder mit dem Erwachsenwerden allgemein zu tun haben.

Bei jedem Jungen setzen diese Veränderungen zu einem anderen Zeitpunkt ein, der sich nicht vorhersagen läßt. Auch kann man nicht vorhersehen, wie du damit fertig wirst, denn das hängt nicht nur vom Tempo deiner ganz persönlichen körperlichen Entwicklung ab, sondern auch davon, was für ein Mensch du bist, welche Fähigkeiten du mit auf die Welt bekommen hast, in welchen Verhältnissen du lebst, wie du damit klarkommst und welche Vorbilder dir vorschweben.

Allein daraus wird schon deutlich, daß all deine Freunde (und Freundinnen) sich in einer völlig anderen Phase befinden können als du oder mit anstehenden Problemen besser oder schlechter fertig werden. Während du dich schon für ein Mädchen interessierst und oft onanierst, spielt dein bester Freund vielleicht noch irgendwelche Kleinejungenspiele oder „sogar" noch mit Mädchen. Oder ein Klassenkamerad hat bereits ein richtig großes Glied, und deines ist noch ganz kindlich. Während du dich selbst vielleicht ganz häßlich, unbeholfen und linkisch fühlst, tritt dein gleichaltriger Cousin möglicherweise schon wie ein Kerl auf. Das ist einer der Gründe, warum du dich in der Zeit der Pubertät manchmal ganz besonders einsam fühlst.

Aber auch mit deinen Eltern wirst du – wahrscheinlich zum ersten Mal in deinem Leben – richtige Schwierigkeiten bekommen. Vieles von dem, was sie sagen und tun, wird dir auf einmal peinlich sein. Langsam dämmert dir, daß deine Familie dringend der Überholung bedarf. Möglicherweise rückt dir insbesondere deine Mutter jetzt oft zu nahe auf die Haut, während dir dein Vater nicht genügend männliche Solidarität entgegenbringt. Natürlich muß das nicht sein, aber den meisten Jugendlichen kommt es in dieser Zeit so vor. Und du hast das Gefühl, du stehst damit ganz allein da.

Du entwickelst für alles neue Sicht- und Denkweisen. Merkst auf einmal, daß es nicht nur den einen Weg gibt, den deine Eltern in ihrem Leben gehen, sondern

ganz viele verschiedene, und daß du auch selbst entscheiden willst, welchen du für dich am besten findest. Die Pubertät ist keine Zeit der Halbherzigkeiten oder faulen Kompromisse. Du willst jetzt alles ganz genau wissen. Konsequenz im Denken und Handeln ist für dich besonders wichtig. Dein Horizont erweitert sich täglich, und du lernst mit Riesenschritten dazu.
Am meisten wird dir zu schaffen machen, daß dich von Zeit zu Zeit unerklärliche Gefühlsumschwünge oder -ausbrüche überfallen. Oft weißt du selbst nicht, was mit dir los ist.

Warum ist mir manchmal zum Heulen zumute?

Gute oder schlechte Laune sind vom Geschlecht völlig unabhängig. Genauso wie jeden anderen Menschen werden auch dich Stimmungsumschwünge heimsuchen. In der Pubertät beispielsweise bist du jetzt häufig launisch und gereizt, könntest vor allem dann in die Luft gehen, sobald dich jemand darauf anspricht. Jeder hat von Zeit zu Zeit unangenehme Gefühle. Kein Mensch ist immer gleich gut „drauf". Du weißt ja, daß auch deine Eltern oder Lehrer manchmal schlecht gelaunt sind und leicht aus der Haut fahren. Wir müssen es zwar lernen, mit solchen negativen Gefühlen fertig zu werden, doch es gelingt nicht immer gleich gut.
An anderen Tagen wiederum sprühst du vor Lebensfreude und Unternehmungslust. Du möchtest überall herumtoben und alles gleichzeitig entdecken. Du reißt alle anderen mit deiner Fröhlichkeit mit und möchtest dich über viele Dinge ausschütten vor Lachen. Mit deinen Freunden kannst du so übermütig herumalbern, daß Außenstehende fast um euren Verstand

fürchten. In einer solchen Stimmung sind kleinere oder größere Mutproben bei euch wahrscheinlich an der Tagesordnung.
Daß es dir jetzt mal so, mal so geht, liegt zum einen an den Hormonen, die nun in deinem Körper gebildet werden. Sie bestimmen nämlich auch dein Befinden mit. Solange die Hormonbildung sich noch nicht richtig eingependelt hat, wirst du dich mit dieser Gefühlsachterbahn herumplagen müssen. Zum anderen „merkst" du jetzt einfach auch mehr, du beginnst dich selbst zu spüren. Wahrscheinlich aber wirst du dich manchmal selbst nicht richtig verstehen. Gefühle können verwirren und aufwühlen. Sie können wunderbar und herrlich sein, sie können aber auch Angst machen und einen mit einer Wucht treffen, daß man sich kaum vorstellen kann, wie es weitergehen soll. Manchmal glaubt man, daß man von seiner eigenen Stimmung erschlagen wird, vor allem wenn es sich um miese Gefühle handelt.
Die meisten Jugendlichen stecken hin und wieder in einem solchen Chaos von Gefühlen: Sie merken plötzlich, wie dicht nebeneinander sie liegen können, daß man gleichzeitig lieben und hassen kann, eifersüchtig und selbst untreu, wütend und sanft sein kann. Hin und her gerissen bist du bestimmt auch zwischen der Lust, irgendwann richtig mit einer Frau Sex zu haben, und der Angst, nicht alles richtig zu machen. Oder der Vorfreude, bald auf eigenen Füßen zu stehen, und andererseits der Furcht davor. Das strengt an und kann dazu führen, daß du dich von anderen Menschen zurückziehen möchtest, daß du aus heiterem Himmel mit ihnen streitest, sie heftig angreifst, daß du ohne erkennbaren Grund weinst oder lachst. Manchmal reicht schon ein Song im Radio aus, um dich in gute oder traurige Stimmung zu versetzen.
Alle müssen es lernen, mit ihren Gefühlen fertig zu werden. Mit den guten Gefühlen ist das wohl kaum ein Problem. Mit schlechten kann das aber sehr problematisch sein. Manchmal sind sie so stark, daß sie ir-

gendwie aus einem heraus müssen. Schön ist es, wenn du mit anderen darüber sprechen kannst. Leider ist das für manchen Jungen nicht ganz einfach, wenn er es nicht gelernt hat, über seine Gefühle zu reden, und wenn er in einer Umgebung lebt, die ihm das sehr schwer macht. Viele Jungen aber schreiben in dieser Zeit Gedichte, kleine Geschichten, malen, singen oder spielen ein Instrument, wenn sie in besonderer Stimmung sind. Manche Jugendliche, die mit ihren negativen Gefühlen nicht fertig werden, wenden ihre Energien gegen sich selbst, indem sie zu wenig schlafen, zu viel oder zu wenig essen, leichtsinnig sind, Drogen nehmen oder sich bis zur Erschöpfung anstrengen. Jungen neigen dazu ganz besonders – eben wenn sie ihre aufgestauten Gefühle nicht anders loswerden können. Damit wollen sie ihren Kummer vergessen. Das ist aber ganz sicher der falsche Weg.

Es ist ganz wichtig, ja sogar überlebenswichtig, Gefühle in irgendeiner Form auszudrücken, die einem selbst und anderen nicht weh tut und nicht schadet. Wer negative Gefühle wie Wut, Angst, Eifersucht, Liebeskummer nicht irgendwie „rausläßt", wird auf Dauer krank oder auch gewalttätig. Das kannst du sehr gut bei Erwachsenen beobachten, die es nicht gelernt haben, auf natürliche Weise mit ihren Hochs und Tiefs umzugehen. Aggressives Verhalten von Männern und Jungen gegenüber Frauen, Kindern und anderen Menschen ist sehr oft darauf zurückzuführen, daß sie es nicht gelernt haben zu sagen: „Es geht mir nicht gut!" – „Das wird mir zuviel!" – „Das tut mir weh!" – „Nimm mich in die Arme!" oder „Hilf mir!"

Älter zu werden scheint überhaupt eine sehr zwiespältige Sache zu sein. So als würde man über Nacht erwachsen, obwohl man noch ein Kind ist. Einerseits bedeutet das mehr Freiheit und Unabhängigkeit, andererseits aber auch, daß man mehr Verantwortung übernehmen muß. Es ist ganz klar, daß du dich da oftmals ganz allein und völlig überwältigt fühlst. Wenn die Menschen um dich herum dich ernst nehmen und

verstehen, daß es um ganz wichtige Dinge für dich geht, kann dich das etwas abpolstern. Sind sie aber selbst überfordert damit, daß du nun erwachsen wirst, kann das deine Lage nur schwieriger machen. Aber auch so wirst du manchmal das Gefühl haben, daß dich keiner versteht und deine Eltern dich nicht mehr richtig liebhaben.
Je mehr du ungeschützt durch deine Eltern mit der Realität – der Welt „draußen" – konfrontiert wirst, desto öfter wirst du auch negative Erfahrungen machen. Du wirst auch eine ganze Menge Dinge ausprobieren, die nicht immer von Erfolg gekrönt sind – gerade im Umgang mit anderen Menschen. Das geht allen so. Du darfst dich dadurch nicht entmutigen lassen. Auch der etwas nervige Satz „Übung macht den Meister" hat seine Berechtigung. Und deswegen ist es auch gut, daß du immer noch in die Geborgenheit deiner Familie zurückkehren kannst.

Wer bin ich eigentlich?

Hinter all den Gefühlsumschwüngen stecken auch die Fragen, die dich zur Zeit am meisten bewegen: Wer du eigentlich bist, wo dich dein Weg hinführen wird, und was das eigentlich alles für einen Sinn haben soll. Manchmal wirst du das Gefühl haben, wie in einem Film zu leben, in dem du dir selbst zuschaust. Wie oft hast du als Kind in den Spiegel geguckt und dort herumgealbert? Nun hast du das Gefühl, als würdest du dich zum ersten Mal richtig sehen. Du bist dir so gar nicht mehr vertraut.
Das liegt natürlich auch daran, daß sich dein Äußeres tatsächlich verändert. Es interessiert dich mehr, wie du jetzt aussiehst. Du nimmst viele Einzelheiten an dir erstmals richtig wahr – etwa deine Augen, deine Behaarung, deine Muskeln, deinen Po. Zum anderen erlebst

du dich jetzt auch erstmals richtig als Einzelwesen – völlig unabhängig von deinen Eltern. Und in deinem Kopf fängt es nun an zu rumoren. „Er denkt mit dir" viele neue Dinge.
Das ganze Leben ist ein einziger Entwicklungsprozeß. Der Mensch bleibt nie im Stillstand. Das ist auch gut so, denn wenn man nicht immer noch etwas zu lernen hätte, wäre das Leben ja zum Sterben langweilig. Doch in der Pubertät macht man die entscheidendsten Schritte in der Entwicklung seiner Persönlichkeit durch. Da passiert eben ziemlich viel auf einmal mit dir. Zwar bist du schon als Kind eine ausgeprägte Persönlichkeit gewesen, doch jetzt prägen sich weitere Charaktereigenschaften aus. Vor allem entwickelst du deine eigene Meinung und deine eigenen Vorstellungen vom Leben.
Anfangs ist es schwierig für dich, zu ahnen, was für ein Mensch du am Ende sein wirst. Das ist übrigens auch für deine Umwelt so. Deine Eltern und deine Familie werden deine Entwicklung manchmal mit Staunen, mit Sorge und manches Mal mit Unverständnis verfolgen. Es ist für sie schwer einzuschätzen, welcher Weg dein endgültiger sein wird, weil du erstmals vieles für dich ausprobieren mußt. Für die Ungeduld und Sorge deiner Eltern solltest du deshalb Verständnis aufbringen. Sie tun das nicht, um dich zu ärgern oder dir Steine in den Weg zu legen.

Warum stehe ich mit meinem Körper auf Kriegsfuß?

Als Kind empfindet man seinen Körper als etwas völlig Selbstverständliches. In der Pubertät fängt jeder Mensch an, sich selbst zu beobachten. Eine Zeitlang während des Wachstums entwickelt sich alles unter-

schiedlich schnell. Die Arme hängen dann beispielsweise ewig lang am Körper herunter, daß sie immer im Weg sind, die Beine sind so in die Höhe geschossen, daß man pausenlos darüber stolpert, oder die Nase sitzt ganz groß im alten Kindergesicht, daß man das Gefühl hat, alle würden nur darauf starren.
So fühlen sich junge Menschen manchmal unharmonisch und linkisch in ihren Bewegungen. Es kann auch sein, daß der Körper schneller wächst als die Seele. Das bedeutet, daß du einen fast ausgewachsenen Körper hast, dich aber noch fühlst wie ein kleines Kind. Es ist bloß eine Frage der Zeit, bis sich das wieder gibt. Manche Jungen mögen ihren Körper dann aber auch noch immer nicht. Das liegt daran, daß alle Jungen unter dem Eindruck des Männlichkeitsideals groß werden, das einen möglichst starken und perfekten Körper vorschreibt. Und das ist eben ein Ding der Unmöglichkeit: Es gibt keinen perfekten Menschen, denn schließlich werden wir nicht in einer Fabrik angefertigt. Du mußt lernen, dich nicht ständig mit den Augen von anderen zu sehen, sondern mit deinen eigenen. Sich selbst mögen lernen, wie man ist, heißt die Zauberformel. Aber wie macht man das?
Das ist für viele Menschen eine große und schwierige Frage. Jungenkörper werden von frühester Kindheit daraufhin betrachtet, ob sie gesund und kräftig sind. Mädchen werden vor allem daraufhin „überprüft", ob sie hübsch und anmutig genug sind. Ein niedliches Mädchen bekommt viele anerkennende Komplimente zu hören und lernt damit früh, wie wichtig ihr Äußeres für die Umwelt ist. Man läßt ihm kaum eine Möglichkeit, das zu vergessen. Keine andere Tugend wird bei Mädchen so hoch bewertet. Häßlich ist da alles, was größer, kleiner, anders geformt, anders behaart, anders proportioniert, von anderer Hautfarbe ist, als es „sein soll".
Bei Jungen hingegen zählen Stärke und Durchsetzungsfähigkeit. Ihnen wird lieber mal kräftig auf die Schulter gehauen oder ein derbes Kompliment losge-

lassen – völlig egal, ob ihnen das guttut oder nicht. Jungen merken ziemlich schnell, daß sie nicht so „niedlich" sind wie Mädchen, sondern erstmal etwas leisten müssen, um Anerkennung zu bekommen. Als nicht normal abgetan wird bei ihnen alles, was nicht so zupackend, was weicher, leiser, zärtlicher oder kleiner ist. Das ist dann schnell ein Softie oder ein „Schwuli" ... Häßlich ist jedoch nur, was wir hassen **lernen** oder wovor wir Angst haben. Leider verführt uns das auch selbst dazu, uns über andere zu mokieren. Wenn du ehrlich bist, hast du bestimmt auch schon über das Aussehen oder die Schlappheit von anderen Jungen gelästert. Da wir wissen, wie sehr uns gehässige Bemerkungen über uns weh tun, sollten wir auch sehr vorsichtig mit anderen umgehen – man weiß ja nie, was man damit anrichtet. Jungen gehen da leider oft sehr rüpelhaft miteinander um, anstatt sich zu unterstützen. Wahrscheinlich hat jeder insgeheim Angst, er könnte „irgendwie" nicht richtig sein. Und da wird dann lieber mackerhaft und lautstark auf anderen herumgehackt.
Solche Bemerkungen verletzen das Selbstwertgefühl von Jungen manchmal so nachhaltig, daß sie sich in ihrem Körper nicht wohl fühlen, ja, daß sie sich als „richtiger Mann" in Frage gestellt fühlen. Diese eingebildete Unmännlichkeit kann dazu führen, daß sie sich so aggressiv und rauhbauzig verhalten, daß man kaum an sie herankommt, daß sie sich in sich verkriechen und praktisch den Kontakt zur Außenwelt abbrechen, oder sie versuchen mit aller Macht, sich Muskeln zuzulegen oder irgendeine Stellung zu erreichen, die ihre vermeintliche Schwäche wieder wettmacht. Doch auch das macht Verletzungen nicht ungeschehen. Ein Junge, der etwas zarter „gebaut" ist, hat wirklich nicht viele Möglichkeiten, in diesem Männlichkeitsideal eine Nische für sich zu finden.
Nur wer sich selbst für liebenswert hält, kann auch anderen ihre Liebe glauben, das entgegengebrachte Gefühl und den Menschen, der es schenkt, ernst

nehmen. Wenn ein Junge beschließt, sich okay zu finden, sich selbst zu mögen, zufrieden aus sich herauszustrahlen, bekommt er Anerkennung, die sich nicht mehr an seinem äußeren Erscheinungsbild, seinen Leistungen oder dem uralten Bild von Männlichkeit festmacht. Männlichsein entspringt dem Bewußtsein, im Leben einen Sinn zu sehen, es mit Schwung, Elan, Humor, Mut und Klugheit zu gestalten und die Chance zu leben in jedem Augenblick nutzen. Die Selbstachtung eines Mannes entspringt dem Gefühl, ganz er selbst zu sein, sich so zu lieben, gut zu sich zu sein und zu sich selbst zu stehen. Solch gute Schwingungen für sich selbst teilen sich auch allen anderen mit.

Was muß ich tun, um ein richtiger Mann zu sein?

Durch Fernsehen, Filme und Zeitschriften gewinnt man den Eindruck, daß in unserer Gesellschaft nur Männer Anerkennung erlangen, die leistungsstark und erfolgreich sind. Dieses Männlichkeitsideal orientiert sich überhaupt nicht an der Wirklichkeit. Die „inneren Werte“ oder persönlichen Charaktereigenschaften zählen gar nicht. Das nagt am Selbstwertgefühl, gerade in der Pubertät, wenn sich Jungen ohnehin so mit ihrem Aussehen und ihrem Mannsein beschäftigen. Dabei gibt es so viele unterschiedliche Typen von Menschen. Jeder ist auf seine Weise stark und schön. Es ist überhaupt nicht erstrebenswert, so sein zu wollen wie andere. Dann wäre ja ein Mann nicht mehr vom anderen zu unterscheiden. (Achte mal darauf: Bei erwachsenen Männern ist es oft schon so. Einer sieht aus wie der andere!)
Doch von Jungen wird auch heute noch nicht nur erwartet, daß sie sich behaupten und durchsetzen

können, sondern auch, daß sie ständig ihre „Überlegenheit" demonstrieren. Sie müssen sich körperlich auseinandersetzen, mit anderen konkurrieren können und möglichst immer als Sieger hervorgehen. Wer ein richtiger Mann sein will, muß sich lässig und cool zeigen – vor allem natürlich Mädchen und Frauen gegenüber.

Es ist viel darüber gesprochen und diskutiert worden, wie schädlich es ist, Menschen so einseitig auf seine Geschlechtsrolle festzulegen. Dennoch ist es eine berechtigte Frage, warum sich die Vorstellung, Jungen müssen stark und überlegen sein, so hartnäckig hält. Warum die Geschlechter immer untereinander verglichen werden, mit dem zweifelhaften Ergebnis: Jungen sind besser als Mädchen, Männer sind besser als Frauen. Natürlich ist es logisch und berechtigt, sich über seine körperliche Stärke zu freuen und Siege zu genießen. Doch es ist schließlich nicht jeder Mann ein Tarzan, der seine Jane an die Zimmerdecke wirft . . .

Jede Zeit hatte ihre Idealvorstellung vom Mann: Mal war der Draufgänger, der Kavalier, der Hippie, der Alternative, der Rocker, der Smarte, der Abenteurer, der Sportliche, der Jäger, der Kämpfer, der Forscher, der Verwegene, der Ritter oder der Tarzan gefragt. Allen ist gemeinsam, daß sie stark und überlegen sein müssen. Doch das ist ein Mythos – ein Bild, das nicht der Wirklichkeit entspricht. Nicht weil Stärke schlecht ist, sondern weil in diesem Bild kein Platz für zartere Seiten ist. Wie eine Münze immer zwei Seiten hat, gehören auch beim Menschen Stärke und Schwäche immer zusammen. Was passiert aber mit einem Jungen, der das bei sich nicht durchgehen lassen darf? Wenn Sieg gleich männlich ist, dann ist sich schwach fühlen oder Angst haben gleich unmännlich? Wer so tut, als sei er nur stark, der schwindelt. Wem dieser Schwindel nicht gelingt, der darf mit ernsthaften Problemen in der sogenannten Männerwelt rechnen.

Das Streben nach dieser Art von Männlichkeit hat auch etwas mit mangelnder Selbstliebe zu tun. Wer sich selbst nicht mag, gesteht sich auch keine Fehler zu und versucht, die fehlende Selbstliebe durch Anerkennung von außen wettzumachen. Dahinter steht der Zweifel, ob ein Mann ohne diese Vortäuschung falscher Tatsachen überhaupt etwas wert ist. Das kann dazu führen, daß Jungen sich ausschließlich mit äußerer Anerkennung beschäftigen. Sie versuchen, dem Bild nahezukommen, das sich unsere Gesellschaft von einem starken Mann macht. Das hat zur Folge, daß ein Junge oft das Gefühl hat, irgendwie im falschen Film mitzuspielen. Der Preis dafür ist Einsamkeit.

Das falsche Bild vom angstfreien einsamen Helden gehört schon bei kleinsten Jungen zum „gesicherten" Wissen um das Wesen eines richtigen Mannes. Waffen aller Art faszinieren sie meistens unbändig. Schon früh sprechen sie im Aufreißerjargon über Mädchen und prahlen mit Keilereien. Dabei bleiben sie selbst im Kreise ihrer Freunde innerlich allein. Natürlich „erfinden" sie dieses Verhalten nicht selbst. Manche Erwachsene vermuten, es sei eine reine Erziehungssache, weil Jungen immer gesagt wird, zeig nicht, wenn es dir weh tut, weine nicht, schlucke möglichst alles hinunter, was nicht angenehm ist. Andere glauben, daß die Ausschüttung des Männerhormons Testosteron dafür verantwortlich ist oder die unterschiedlich angelegten Gehirne von Männern und Frauen. Einige Forscher haben sich auch überlegt, daß es ein Überbleibsel aus alter Zeit sein könnte, als Jungen noch darauf vorbereitet wurden, in den Krieg zu ziehen und ständig in Bereitschaft sein mußten, ihre Sippe zu verteidigen.

Man ist sich heute einig, daß die Testosteronausschüttung in der Tat etwas mit der Neigung zu körperlicher Aggressivität zu tun hat. Deswegen können Männer Streß wesentlich schlechter verarbeiten: Geraten sie in Streß, spielt das Testosteron verrückt und reizt das Gehirn, sich auf Flucht oder Kampf einzustellen. Dieser Mechanismus war früher überlebenswichtig: Wurden Jäger oder Krieger durch irgend etwas bedroht – ein

Tier oder einen feindlichen Krieger etwa –, mußten sie blitzschnell reagieren. Ein Testosteron-Anstieg im Körper machte sie wachsam und kampfbereit. Doch heute ist diese unwillkürliche Reaktion nicht nur überflüssig, sondern sogar oft schädlich – wenn wir nur einmal ans Autofahren oder berufliche Situationen denken.

Was macht also Männer zu Männern? Sehr wahrscheinlich ist es ein Mix von alldem. Jeder Mensch trägt ein ganzes Arsenal von Informationen mit sich herum, die ihm vererbt wurden und die er selbst erlebt, erfahren hat, was seinem Geschlecht, seiner Familie und ihm selbst an guten und schlechten Dingen widerfahren ist. Die Ansicht darüber, was ein „richtiger" Junge ist, wird deshalb oft noch aus Kanälen gespeist, die eigentlich von gestern sind. Die Männerrolle hat sich jedoch verändert: Die Welt, die Opa noch erobern wollte, gehört heute längst der Deutschen Bank. Und Frauen lassen sich auch nicht mehr erzählen, daß Männer im Beruf derartig Besonderes leisten, daß sie ihnen dafür Hausarbeit und Kindererziehung vollständig abnehmen müßten. Die Säbel, mit denen Männer heute rasseln, sind schon lange unbenutzt. Die Heldenrolle ist zum Scheitern verurteilt. Wer das verdrängt, macht sich zur lächerlichen Figur.

Das bedeutet nun natürlich nicht, daß Männer sich nicht stark machen, nicht kräftig und nicht ruhmreich sein sollten. Wichtig wäre es nur, nicht danach zu streben, sein zu wollen, wie man gar nicht ist, nicht zu glauben, ein Mann würde nicht wahrgenommen, wenn er sich nicht entsprechend benimmt. Jeder Mensch ist anders als alle anderen, mit einem ganz einzigartigen Körperbau, einer ganz einzigartigen Kraft und mit einzigartigen Fähigkeiten. Ein Mann hat so viele Entfaltungsmöglichkeiten. Man reduziert sich selbst, wenn man irgendeinem Zeitgeistideal nachjagt. Größte Zufriedenheit im Leben erlangt man, wenn man das, was man mit auf die Welt bekommen hat, so gut wie möglich ausleben kann. Können, Zivilcourage, Klugheit, Weitsicht, Bescheidenheit – das sind männliche Eigenschaften, um die es sich lohnt zu kämpfen. Nur wer Kanten hat, der hat Profil! Du selbst – so wie du bist und weil du so bist, wie du bist – bist das Stärkste, was du einem anderen Menschen schenken kannst.

Muß ich als Junge wirklich immer mutig sein?

Wenn Jungen ihre Eigenschaften beschreiben sollen, gehört Mut wohl immer dazu. Mutproben sind die beliebtesten Spiele unter Jungen eines bestimmten Alters. Meist sind sie sehr zweideutiger Natur und selten ungefährlich. Wer sie am lautesten fordert, hat wahrscheinlich selbst am meisten Angst vor einer Niederlage. Es gibt ein altes Sprichwort, das dir wahrscheinlich eine Menge sagen wird: Die hohlsten Glocken klingen am lautesten . . .
Es wäre schön, wenn alle Menschen so oft wie möglich mutig wären. Mut ist nicht an ein Geschlecht gekoppelt. Mut ist dabei ja nicht gleichbedeutend mit „Draufhauen", sondern mit dem Mut, eine Entscheidung zu fällen. Mutig kann es sein, zu einer törichten Mutprobe „nein" zu sagen. Dazu gehört sogar sehr viel mehr Mut, als sie mitzumachen. Mutig ist es ebenfalls, sich für etwas zu entscheiden, was vielleicht alle anderen nicht machen: zum Beispiel nicht zu rauchen, nicht zu trinken, bei allen anderen Drogen sowieso dankend abzuwinken . . . Mutig ist es, Stellung zu beziehen, sich für Menschen und Menschenrechte einzusetzen, sich für die Umwelt zu engagieren, etwas zu tun, damit Gewalt, Verbrechen und Krieg weniger werden. Mut bedeutet, stark zu sein und diese Stärke nicht am Schwächeren auszulassen.

Was kann ich tun, wenn ich denke, es geht nicht weiter?

Jugendliche fühlen sich auch oft einsam und allein. Manchmal selbst dann, wenn eine Menge anderer Menschen um sie herum ist. Auch das ist völlig normal in dieser Zeit. Das liegt daran, daß man sich in dieser Lebensphase zum ersten Mal im Leben als Einzelwesen wahrnimmt. Deshalb wird man auch empfindsamer, muß Rückschläge einstecken und sich mit negativen Gefühlen herumplagen.

Bei einigen schlagen diese Verlassenheitsgefühle in eine so tiefe Verzweiflung um, daß sie nicht mehr wissen, wie es mit ihnen weitergehen soll. Sie fühlen sich todtraurig und empfinden ihre Situation als ausweglos. Immer wieder kommt es vor, daß junge Menschen am Leben so verzweifeln, daß ihnen der Tod besser vorkommt als das Leben. Jungen sind dafür anfälliger als Mädchen. Doch der Tod löst keine Probleme, er beendet sie nur. Viele junge Menschen, die über Selbsttötung nachdenken, wollen wahrscheinlich gar nicht sterben, finden aber keinen Weg ins Leben zurück. Sie wollen nicht wirklich tot sein, nur nicht so weiterleben. Sie sehnen sich in erster Linie nach Ruhe, Geborgenheit, Schlaf und Vergessen.

Wer seinem Leben selbst ein Ende setzen will, ist in einer ganz tiefen Krise – etwa mit sich selbst, seiner Familie, mit Liebeskummer oder Schulproblemen. Sie sind der Endpunkt einer längeren Leidensgeschichte, die manchmal schon in der Kindheit begonnen hat und eine Mischung von Leid, Kränkung, Trennung, Verlust, Gewalt, körperlichen und seelischen Schmerzen sein kann. Es ist also unter anderem auch das ausschlaggebend, was man als Marschgepäck aus der Kindheit mitbringt. Wer schon einen schweren Rucksack trägt, hat es in den unüberschaubaren Wirbelstürmen des Erwachsenwerdens schwerer. Ein lebensmüder Ju-

gendlicher fühlt sich vor allem von für ihn wichtigen Personen in seiner Umgebung nicht verstanden, nicht geliebt, nicht so angenommen, wie er ist. Die auslösende Situation ist selten der wahre Grund für diese Todessehnsucht.
Jeder Versuch, sich selbst das Leben zu nehmen, ist also auch ein Schrei nach Hilfe, nach Geliebt-werden-Wollen, nach Verständnis und besseren Beziehungen. Solltest du dich in einer solchen Krise befinden, kannst du ganz sicher sein: Es gibt immer Menschen, die daran sehr interessiert sind, daß du lebst. Denn du bist auf der Welt, um zufrieden zu leben, nicht um enttäuscht zu sterben. Es gibt kein Rezept für ein geglücktes Leben, aber es gibt Wege, die dorthin führen können, und Menschen, die dich gerne begleiten. Es gibt immer Hände, die dich festhalten. Vielleicht mußt du sie dir nur selbst suchen. Manchmal sind es auch Hände von völlig Fremden **(Adressen von Menschen, die dir in solchen Situationen vorbehaltlos helfen, findest du auf den Seiten 241 f., 243 f.).**
Menschen, die sich selbst nicht helfen können, brauchen Hilfe von außen. Sie sind in ihre Gefühle, Ängste und Verzweiflung so verstrickt, daß sie einfach den Überblick verlieren müssen. Es ist hilfreich, mit anderen darüber zu sprechen und gemeinsam zu suchen, wo Auswege und Möglichkeiten sind. Es ist überhaupt keine Schande und auch kein Versagen, andere Menschen um Hilfe zu bitten.

Woran merke ich, ob es anderen schlechtgeht?

Wer erwachsen wird, entwickelt sich auch zu einem Menschen, der bewußt mit anderen lebt. So wirst du auch verstärkt bemerken, in welcher Stimmung sich

andere Menschen in deiner Umgebung befinden. Und oft wirst du dich auch um sie sorgen und ihnen unter die Arme greifen wollen. Ein offenes Ohr für die Probleme anderer Menschen zu haben, ist eine wichtige Sache.
So können sich auch deine Eltern oder deine Geschwister manchmal in einer besonders schwierigen Lage befinden, in der sie deine Hilfe brauchen – beispielsweise wenn sie Geldsorgen haben, beruflich nicht klarkommen oder sich miteinander streiten. Deine Freundinnen und Freunde fahren wie du oft auf einem Gefühlskarussell. Manche von ihnen werden vielleicht schlechter damit fertig als du. Es hilft über vieles hinweg, wenn ihr miteinander über alles reden könnt, was euch betrifft.
Die Probleme können sich gerade bei Jugendlichen aber so anhäufen, daß sie zu einem Ausweg greifen, der ihnen selbst schadet. Vielleicht fangen sie an, sich von einer Beziehung in die nächste zu stürzen, nichts mehr zu essen, ganz furchtbar viel zu rauchen, Alkohol zu trinken, gefährlich oder betrunken Auto zu fahren, Drogen zu nehmen oder kriminelle „Dinger zu drehen". Wenn du glaubst, daß du mit Gesprächen nicht weiterkommst, könntest du es versuchen, mit Lehrern darüber zu sprechen. Vielleicht lassen sich manche Themen auch in den Unterricht einbauen.
Es gibt aber für solche Probleme Ansprechpartner in Beratungsstellen, die darauf eingerichtet sind, auch Angehörigen und Freunden zu raten. Das gilt übrigens auch, wenn in deiner Familie Alkohol- oder Suchtprobleme auftreten. Die Anonymen Alkoholiker beispielsweise haben extra dafür Angehörigengruppen eingerichtet, in denen auch den Kindern weitergeholfen wird.
Solltest du das Gefühl haben, in deiner Umgebung ist jemand selbstmordgefährdet, ist es ebenfalls besser, wenn du Hilfe von außen suchst. Meist senden die Lebensmüden vorher Alarmsignale aus, die unbedingt ernst genommen werden sollten. Sie sind oft

nicht bewußt oder absichtsvoll. Zum Beispiel können sie sich extrem von anderen Menschen zurückziehen, sich von den Freunden und Freundinnen richtig abkapseln und sich für nichts mehr interessieren, was um sie herum vorgeht. Manchmal wird in solchen Situationen aber auch aus einem eher ruhigen Menschen eine richtig aufgedrehte Betriebsnudel. Extreme Gewichtszu- oder -abnahme, dauernde Kopfschmerzen, Müdigkeit und Schlaflosigkeit können auf eine solche tiefgreifende Krise hindeuten.
Menschen, die sich mit dem Tod auseinandersetzen, äußern sich manchmal auch recht merkwürdig: Es kann beispielsweise sein, daß sie ihre Habe in Gedanken schon an die „Hinterbliebenen“ verteilen, dies verschlüsselt schriftlich oder mündlich mitteilen, zum Beispiel: „Meine CDs soll Henry bekommen!“ Manchmal malen sie auch immer wieder Symbole wie schwarze Kreuze, die wir eindeutig mit dem Tod verbinden. Andere wiederum zeigen sich unmäßig interessiert daran, etwa über das „Recht zum Freitod“ zu diskutieren. Oder sie interessieren sich sehr für Tabletten und anderes mögliches „Handwerkszeug“. Nicht selten kommen mehrere Anzeichen zusammen.
Wie nahe jemand der Ausführung solcher Gedanken ist, kann ein Außenstehender selten beurteilen. Die eigenen Maßstäbe spielen keine Rolle, nur die Gefühle des gefährdeten Menschen. Erfahrene Berater sind da vonnöten. Meist haben Erwachsene mehr Kenntnisse, wie man sich in solchen Situationen klug verhält.

Was wird aus mir werden?

„Wenn ich erwachsen bin, will ich nur noch die Dinge tun, die ich wirklich will!“ – das denkt sich jeder Jugendliche. Es ist ziemlich sicher, daß das auch so kommen wird. Nur bis dahin ist noch ein Stück Weg durch Wüste, Unterholz, schöne Wälder und saftige Wiesen zurückzulegen. Meist haben junge Menschen in deinem Alter ziemlich große Erwartungen an das, was passieren wird. Jeder Jugendliche braucht eine Menge Ermutigung und Rückendeckung von Familie und Freunden, um seine „zweite Geburt" durchzustehen. Zu keiner Zeit seines Lebens ist der Mensch verletzlicher als in der Pubertät. Das ist wie eine Häutung: Die alte Haut fällt ab, und bis die neue nachgewachsen ist, bietet man sich schutz- und wehrlos dem Leben dar.

Die Realität ist oft ganz anders, viel „mehr" als erwartet. Oft ist sie auch nicht so schön und traumhaft. Nackenschläge bleiben da nicht aus. Das Leben mit seinen Möglichkeiten richtig einzuschätzen will erst gelernt sein. Je mehr jemand in die Welt hinausstrebt, desto häufiger kann es zu Enttäuschungen kommen. Aber auch zu Erfolgen, Glücksgefühlen und der Gewißheit, daß man es schaffen wird.

Erwachsenwerden ist ein langer und beschwerlicher Weg, auf dem man Stück für Stück seine eigenen Erfahrungen machen muß. Du mußt Abschied nehmen von der Kindheit, ohne zu wissen, was nun auf dich zukommt. Du solltest dir dazu so viel Zeit zugestehen, wie du wirklich brauchst. Nicht nur Jugendliche, sondern auch Erwachsene haben ein unterschiedliches Tempo zu denken, zu leben und sich zu entwikkeln. Manche schaffen es erst in „höherem" Lebensalter, richtig erwachsen zu werden.

Auf viele Fragen gilt es jetzt allmählich eine Antwort zu finden: Welche Ziele will ich im Leben erreichen? Will ich beruflich erfolgreich sein? Mit viel Geld oder wenig leben? Kinder haben oder keine? Eine Partnerschaft, mehrere oder gar keine haben? Studieren oder eine Lehre machen? Sich für irgend etwas engagieren oder einfach so drauflosleben? Es gibt keinen Zwang und keine Pflicht, diese Antworten schnell zu finden. Das meiste stellt sich mit der Zeit von allein ein. Bis dahin ist es gut, wenn man immer wieder in die Geborgenheit der Familie zurückkehren und sich von den Anstrengungen erholen kann. Es gibt keinen Grund, sich diesen Rückzug selbst zu verweigern.

Die Bande, die deine wahre Familie
vereinen, sind nicht aus Blut, sondern
aus Freude am eigenen
und Achtung vor anderen Leben.
Nur selten wachsen die Mitglieder
einer Familie unter dem gleichen Dach auf.

Jeder Mensch,
alle Ereignisse in deinem Leben
sind da, weil du sie selbst
angezogen hast.

Was du mit ihnen anfängst,
ist deine Sache.

andere

● **Warum meckern meine Eltern ständig an mir herum?**
Sie brauchen wahrscheinlich eine Gewöhnungszeit, bis sie dich selbständig laufenlassen können.

● **Ist Streit mit den Eltern unvermeidbar?**
Sehr wahrscheinlich ja.

● **Warum interessieren sich meine Eltern nicht für mich?**
Möglicherweise haben sie eine Menge eigener Probleme

● **Bin ich schuld, daß meine Eltern sich nicht verstehen?**
Niemals.

● **Meinen Eltern passen meine Freunde nicht.**
Wahrscheinlich haben sie Angst, daß du zu irgendwas verführt wirst, was dir schadet.

● **Wieso fühle ich mich ohne meine Freunde so hilflos?**
Vielleicht stellt ihr zusammen eine Menge Dinge an, die sich keiner allein trauen würde.

● **Warum ist es mir „draußen“ peinlich, wenn meine Mutter mit mir zärtlich ist?**
Wahrscheinlich ist es dir unangenehm, wenn deine

Freunde sehen, daß du noch gerne kuschelst. Das tun sie übrigens auch!

● **Ich würde gerne mehr mit meinem Vater machen.**
Sag es ihm. Vielleicht ahnt er das gar nicht.

● **Wie kann ich verhindern, daß meine Eltern sich dauernd streiten?**
Wahrscheinlich gar nicht. Besprich dich mal mit einem außenstehenden Erwachsenen, der die beiden kennt.

● **Wieso gehen mir meine Geschwister auf einmal auf die Nerven?**
Weil du nun kein Kind mehr bist und deinen eigenen Raum brauchst.

Warum benehmen sich meine Eltern jetzt manchmal so blöd?

So wie du vieles in deiner Umwelt jetzt anders wahrnimmst, wirst du auch deine Eltern zum ersten Mal richtig mit ihren Stärken und Schwächen sehen. Als Kind fandest du bestimmt alles, was sie sagten und taten, ganz in Ordnung. Nun wird dir verständlicherweise nicht mehr alles gefallen. In der Übergangszeit kann es deshalb für euch sehr problematisch sein, miteinander umzugehen.

Die meisten Schwierigkeiten sind ganz einfach zu verstehen: Die Eltern geben sich Mühe, ihre Kinder so zu erziehen, daß sie später gut und eigenständig durch das Leben kommen. Aber sie fühlen sich dafür verantwortlich, bis ihr Kind wirklich auf eigenen Beinen stehen kann. Diesen Zeitpunkt möchten sie so weit es geht hinausschieben, während ihr Sohn gerne so schnell es geht voranpreschen möchte. Bislang waren die Eltern ja geradezu verpflichtet, alles für ihr Kind zu entscheiden, zu organisieren und zu planen. Nun möchte es das aber plötzlich nicht mehr. Da brauchen auch Eltern ihre Zeit, sich daran zu gewöhnen, ihr Kind selbständig „laufenzulassen". Jungen werden da in aller Regel mehr Freiräume zugestanden als Mädchen.

Wann, wie lange und wie intensiv soll man nun aneinander hängen? Aus dieser Frage kann möglicherweise ein langes Tauziehen und Hin- und Herzerren werden. Kinder brauchen ihre Eltern oft länger und stärker, als sie es zugeben wollen. Es bleibt ein großes Bedürfnis nach Schutz, Geborgenheit und Anlehnung. Die Eltern und die Familie sind wichtig, wenn es darum geht, Krisen zu überstehen: erste Liebesenttäuschungen zu betrauern und zu überwinden, schlechte Schulnoten zu bewältigen oder Streit mit Freunden zu überstehen.

Du hast wahrscheinlich oft das Gefühl, deine Eltern würden sich in alles einmischen und dich wie ein kleines Kind behandeln. Ihre Meinungen findest du vielleicht manchmal dumm und zum Ärgern – so als hättest du sie noch nie reden hören. So verkehrt sind ihre Ansichten jedoch oft gar nicht. In vielen Dingen haben sie auch den besseren Überblick und auf alle Fälle mehr Erfahrung. Sicher wirst du das irgendwann auch so sehen können.

Eltern sind wichtig, weil sie ein sicherer Ort sind, an den Kinder von ihren Ausflügen in die „große, weite Welt" zurückkehren können. Das heißt aber auch, daß der Freiraum so groß sein muß, das Kinder ihre Erfahrungen sammeln können – auch außerhalb dessen, was in der Familie als normal und üblich gilt. Eltern müssen sich darauf einstellen, diese Berg- und Talfahrt ihrer Kinder mitzumachen, ohne selbst seekrank zu werden. Sie müssen es außerdem ertragen lernen, daß ihre Kinder sie manchmal für höchst überflüssig halten. Das ist für sie doch auch nicht sehr einfach, oder?

Sind Eltern andererseits zu stark mit sich selbst beschäftigt – etwa mit Eheproblemen oder Geldsorgen –, werden sie manchmal wenig Zeit, Verständnis oder sogar wenig Interesse für die Probleme ihrer Kinder aufbringen können. Das kann sehr kränkend sein, das Selbstbewußtsein anknacksen oder Wut und Aggression hervorrufen. Manche junge Menschen haben leider Eltern, die selbst nicht ganz einfach sind.

Es kann sein, daß du der vielen Reibereien mit ihnen irgendwann überdrüssig bist und so schnell wie möglich aus dem Haus möchtest. Wahrscheinlich wird das jedoch nicht so schnell gehen. Du mußt es auf deinem Weg ins Erwachsenenleben ohnehin lernen, mit völlig unterschiedlichen Menschen auszukommen, auch solchen, die du nicht besonders gut leiden kannst. Wenn du mit deinen Eltern überhaupt nicht klarkommst, solltest du versuchen, mit anderen Erwachsenen zu sprechen – etwa mit einer älteren Verwandten, einem Lehrer, einer Lehrerin oder den Eltern eines

Freundes oder einer Freundin. Es können auch ruhig Angehörige einer Beratungsstelle sein. Du erhältst von ihnen kostenlos Rat und Hilfe. Außerdem sind sie zum Stillschweigen verpflichtet.
Du mußt dir auch klarmachen, daß mit einem Auszug von zu Hause deine Probleme wahrscheinlich nicht gelöst sein werden. Denn solange du einen festen Rahmen und feste Spielregeln hast, mögen sie dir auch noch so lästig sein, wirst du Schule oder Lehre besser bewältigen können. Wenn du auf eigenen Füßen stehst, mußt du für dich selbst sorgen, für deinen Tagesablauf, deine Kleidung, deine Sauberkeit, dein Essen, dein Geld, deine Ferien. Du solltest dir genau überlegen, ob du für so eine gewaltige Umstellung wirklich schon kräftig genug bist. Wenn du nicht mehr so viele Herausforderungen auf einmal zu meistern hast, wird dir der Schritt in die Unabhängigkeit sicher leichter fallen.

Warum wollen meine Eltern sich trennen?

Eine glückliche und harmonische Familie, die gemeinsam durch dick und dünn geht, wünscht sich jeder Mensch – Erwachsene ebenso wie Kinder. Leider kommt es häufiger vor, daß es im häuslichen Zusammenleben der Eltern zeitweilig oder dauerhaft ernste Probleme gibt. Sogenannte Scheidungsfamilien sind heute an der Tagesordnung. Auch Familien, die auseinandergerissen und neu mit anderen „Restfamilien" zusammengewürfelt wurden, sind keine Seltenheit mehr – wenn sich zwei geschiedene Partner mit Kindern zusammentun. Das bringt für die Kinder natürlich ganz besondere Probleme mit sich, denn sie müssen sich ja nicht nur an Stiefvater oder Stiefmutter gewöh-

nen, sondern auch an Geschwister, die nicht mit ihnen verwandt sind.
Daß ein Paar irgendwann feststellt, daß es nicht mehr zusammenpaßt, ist also nicht unnormal. Nie ist daran nur einer schuld. Manchmal haben sich die Lebensumstände verändert, manchmal haben sich aber auch beide auseinanderentwickelt. Fast immer sind beide Seiten schuld, wenn eine Beziehung auseinandergeht. Das wirst du selbst auch feststellen, wenn du dich einmal mit einer Freundin oder einem Freund „auseinanderlebst". Menschen sind unterschiedlich und müssen immer wieder versuchen, sich anderen verständlich zu machen. Das ist normalerweise spannend, kann bei manchen Menschen eben aber auch „danebengehen". Die statistische Wahrscheinlichkeit, daß es auch deine Eltern trifft, ist relativ hoch: Jede vierte Ehe wird in Deutschland geschieden, und die meisten Eltern entschließen sich leichter zu diesem Schritt, wenn ihre Kinder allmählich erwachsen werden.
Früher blieben Eltern oft der Kinder wegen zusammen. Das bedeutet aber, daß das unerträgliche Klima sich über Jahre hinweg fortsetzen und sogar unaufhörlich steigern kann. Inzwischen ist man zu der Ansicht gelangt, daß es besser ist, die beiden „Kampfhähne" zu trennen, damit endlich wieder Ruhe einkehren kann. Kinder und Jugendliche sagen häufig, daß es für sie letztendlich eine Erleichterung war.
Wenngleich eine Scheidung etwas ist, was zunächst die Eltern betrifft, so ist sie doch für die Kinder eine der denkbarsten Erschütterungen und Belastungen. Das liegt unter anderem daran, daß der Trennung eine Zeit vorausgeht, in der sich Spannungen, wahrscheinlich Streit und Haß durch den Alltag ziehen und allen Beteiligten schwer an die Nerven gehen. Auch für die Kinder ist es überhaupt nicht gut, wenn die Eltern nie zärtlich miteinander sind, sich nie liebevoll berühren und vielleicht nicht im selben Zimmer schlafen. Die Ungewißheit, ob die Eltern nun auseinandergehen oder nicht, ist für Kinder schwer zu ertragen.

Manchmal haben Kinder allerdings das Gefühl, sie wären in irgendeiner Weise mitschuldig an der Trennung ihrer Eltern. Das stimmt nicht, kein Kind kann etwas für den Streit zu Hause. Wenn sich die Eltern scheiden lassen, bedeutet das nicht, daß sie ihre Kinder nicht mehr liebhaben und nichts mehr von ihnen wissen wollen. Das gilt auch für den Elternteil, der die Familie verläßt. Fast alle Kinder reagieren verletzt oder wütend auf ihn, fühlen sich allein gelassen. Manchmal weigern sie sich, dann Vater oder Mutter zu sehen. Man kann aber sicher sein, daß es dem Weggehenden genauso schwerfällt. Selbst wenn der andere Elternteil das Gegenteil behauptet. Ganz wichtig ist es, sich vor Augen zu halten, daß man seine Eltern ja nicht wirklich durch eine Scheidung verliert. Es handelt sich im Endeffekt doch meist nur um eine zeitliche und räumliche Trennung von Vater oder Mutter.
Wenn Eltern auseinandergehen, gibt es für die Kinder wichtige Entscheidungen zu fällen. Meist haben sie Angst davor, bei dem Elternteil leben zu müssen, den sie weniger gerne mögen oder bei dem es unbequemer für sie ist. Das ist völlig normal. Es gibt eine Menge wichtiger Gründe für die Entscheidung für die eine oder andere Seite. Bei der Frage, wer von den Eltern das Sorgerecht bekommt und wo das Kind leben möchte, haben Jugendliche ab 14 Jahren ein Mitspracherecht. Die Familienrichter berücksichtigen das bei ihrer Entscheidung.
Die „Scheidungswaisen" müssen meist schneller erwachsen und selbständiger werden als andere Kinder. Sie müssen oft sehr viel mehr Verantwortung übernehmen, weil der häusliche Alltag umorganisiert werden muß. Nicht selten ist mit der Trennung der Eltern auch ein Orts- oder Schulwechsel verbunden. Kinder haben auch da auf alle Fälle ein Mitspracherecht, denn schließlich geht es ja auch um ihre Zukunft. Im Gegensatz zu früher können Jugendliche ab 14 Jahren nicht mehr gezwungen werden, den getrennt lebenden Elternteil zu besuchen. Wenn die Eltern davon nichts

hören wollen, ist es gut, außenstehende Erwachsene um Rat zu fragen. Ansprechpartner findet man beispielsweise beim Jugendamt.
Es tut gut, sich mit Freunden und Freundinnen auszutauschen. Wahrscheinlich sind unter ihnen auch einige, deren Eltern sich getrennt haben und die diese Situation heil und gesund hinter sich gebracht haben. Wer bereits eine Liebesbeziehung hat, kann seinen Kummer besonders gut loswerden. Da mit dem Auseinanderbrechen der Familie für eine Weile auch Sicherheit und Geborgenheit verlorengehen, schafft man sich auf diese Weise eine Ersatzfamilie, bis zu Hause wieder alles in Ordnung ist. Diese Ersatzfamilie wird mit der Zeit ja ohnehin immer wichtiger.
Das schlimmste Ereignis ist es jedoch wohl, wenn ein Elternteil stirbt. Gleichgültig, ob dem Tod eine lange Krankheit vorausging oder ob er plötzlich über einen hereinbricht, ist er nur schwer zu fassen. Die Endgültigkeit des Todes – die Tatsache, daß Vater oder Mutter nie, nie wieder da sein wird – zu verkraften, ist überaus schwer. Die restlichen Familienmitglieder rücken dann meist stark zusammen. Das ist gut, weil die körperliche Nähe und Wärme von anderen Menschen dann besonders tröstlich ist. Sie sprechen dann von dem toten Menschen, der ja im Geiste immer noch da ist. Auch zusammen weinen ist meist eine große Erleichterung. Geteiltes Leid ist in solchen Trauerfällen tatsächlich halbes Leid.
Ein Halbwaise muß nach dem Tod von Vater oder Mutter in aller Regel zu Hause mehr Verantwortung und Pflichten übernehmen. Entweder gibt es kleinere Geschwister, die versorgt werden müssen, oder der hinterbliebene Elternteil braucht besonders viel Unterstützung und Beistand. Aktivität und Hilfe für andere kann ebenfalls über den Schmerz hinweghelfen.

Warum mögen meine Eltern meine Freunde nicht?

Die Freunde oder der Freundeskreis sind nicht selten Anlaß für einen kräftigen Streit zwischen Eltern und Kindern. Den Eltern sind die Freunde oft „nicht gut genug", oder sie mögen sie einfach nicht. Sie können auch Angst haben, daß die Freunde sie zu etwas „anstiften", was den Eltern nicht paßt oder sogar gefährlich sein könnte. Vielleicht verbieten sie auch den Umgang mit bestimmten Leuten. Das führt nicht selten dazu, daß Jugendliche eine Art Doppelleben führen. Es ist aber nicht so, daß ihnen das sehr leicht fällt. Die meisten plagen sich mit Schuldgefühlen und schlechtem Gewissen herum, wenn sie heimlich etwas tun, was die Eltern nicht wollen.
Jeder Jugendliche hat Vorstellungen, die anders sind als die der Eltern und die er möglichst auch ausleben möchte. Doch junge Menschen sind oft nicht vorsichtig genug, wenn sie ihre Erfahrungen sammeln. Es ist sehr schwierig für Eltern zu begreifen, wann sie eingreifen sollen und wann nicht, wann ihre Kinder wirklich Hilfe brauchen. Sie werden jetzt auch von vielen Fragen gequält: Können wir unseren Sohn allein in den Urlaub schicken? Wann wollen wir ihn wie lange fortlassen? Was macht er mit diesen merkwürdigen Menschen, mit denen er stundenlang zusammen ist? Warum ist er uns manchmal so fremd? Wie zuverlässig ist seine eigene Wahrnehmung? Wie gut kann er beurteilen, ob eine Situation für ihn gefährlich ist oder nicht? Wie sicher unterscheidet er zwischen guten und schlechten Freunden? Das müssen deine Eltern richtig einschätzen können, bevor sie dich wirklich in die Welt entlassen.
Ein naheliegender Grund für Unstimmigkeiten über Freunde ist, daß Eltern sich auch mit ihrer eigenen Eifersucht herumplagen. Denn bislang waren sie

schließlich die wichtigsten Menschen im Leben ihrer Kinder, und nun ist das plötzlich ganz anders. Die meisten Heranwachsenden haben nämlich schnell keine Lust mehr, so viel wie früher mit der Familie zu machen. Sie genügt ihnen einfach nicht mehr. Sie möchten allein sein oder etwas mit Freunden unternehmen, von denen sie sich besser verstanden fühlen. Sie wollen viel Neues und neue Menschen kennenlernen oder aber einfach unter sich sein. Sie wollen sich austauschen über Kleidung, Frisuren, Vorstellungen, Interessen und Ideale. Viele Dinge machen mehr Spaß, wenn man sie mit anderen zusammen macht. Das ergeht deinen Eltern auch nicht anders. Vielleicht kannst du sie dazu bewegen, sich deine Freunde mal anzuschauen. Schön wäre es, wenn sie dich zu Hause besuchen dürften. Dann können sich die Eltern nämlich selbst davon überzeugen, daß alles in Ordnung ist mit euch.
Es ist wichtig, daß du dir einen Weg zu deinen Eltern offenhältst. Versuche, ihnen so wenig wie möglich zu verschweigen. Möglicherweise sind sie sehr viel verständnisvoller, wenn du versuchst, ihnen so gut es geht alles zu erzählen. Vielleicht wollen sie dir auch gerne etwas von sich selbst erzählen. Wenn sie sehr eigensinnig sind, mußt du diplomatisch sein. Du solltest mit ihnen über Themen reden, die euch alle interessieren. Du kannst davon ausgehen, daß sie sich mit dir verstehen, dir helfen wollen. Und: Sie wollen von dir geliebt werden!

Wieso glauben Erwachsene immer, daß sie im Recht sind?

Junge Menschen haben den Drang, sich gegen die von den Eltern auferlegten Zwänge aufzulehnen. Sie

rebellieren gegen alles, berechtigte und unberechtigte Vorgaben. Vorschriften im Elternhaus kommen ihnen ebenso „blöd" vor wie die in der Schule. Auch gewisse gesellschaftliche Spielregeln empfinden sie als Zumutung. Jeder Mensch erlebt in seiner Entwicklung eine solche Phase der Auflehnung gegen die Welt und die Werte der Erwachsenen. Sie dient dazu, sich eine eigene Meinung zu bilden. Nach einer Weile sieht man alles nicht mehr so extrem und ist auch bereit, Zugeständnisse zu machen.
Manche Eltern reagieren etwas angestrengt aus der Sorge heraus, ihr Kind könnte etwas Falsches tun und sich selbst gefährden. Manchmal wollen sie tatsächlich nur auf ihrem Recht beharren. Und manchmal sind sie auch wirklich etwas rückständig oder gar spießbürgerlich, gerade bei Geschmacksfragen. Viele Jugendliche haben das Gefühl, daß sich ihre Eltern in alles einmischen, sie immer herumkommandieren und ständig wohlmeinende, aber unerwünschte Ratschläge von sich geben. Selbst fortschrittliche Eltern werden ihr Recht auf Einspruch nicht so schnell aufgeben. Verbote und Streit sind in allen Familien an der Tagesordnung. Die Streitpunkte sind in fast allen Familien und zu allen Zeiten die gleichen: Schule, Hausaufgaben, abendliche Ausgangszeiten, Mithilfe im Haushalt, Taschengeld, Freunde, Bekannte, Kleidung, Frisur, Musik, Geschmack, erste Liebe, Sex.
Willst du die Unterstützung deiner Eltern gewinnen, solltest du sie fragen, wie es denn früher bei ihnen war: Was durften sie? Was nicht? Wann haben sie zum ersten Mal allein Ferien gemacht? Wann durften sie ein Mofa haben? Hatten Sie nie Schulprobleme? Wie alt waren sie, als sie sich das erste Mal verliebt haben? Wie alt waren sie, als sie zum ersten Mal mit jemandem geschlafen haben? Wenn sie dir diese Fragen ehrlich beantworten, werden sie nämlich zugeben müssen, daß vieles bei ihnen ähnlich war, aber auch, daß du in einer Zeit groß wirst, in der sich manches geändert hat. Versuche ihre Ansichten vor dem Hintergrund ihrer

Lebensgeschichte zu verstehen. Du wirst sehen, daß du dann viel diplomatischer mit ihnen diskutieren kannst. Um so eher wird es dir gelingen, allzu starre Vorschriften langsam aufzuweichen. Auch wenn sie deine Freunde kennenlernen, könnte dir das nützlich sein. Wenn du mit zunehmender Selbständigkeit in der Familie Pflichten übernimmst und deinen Eltern zeigst, wie verantwortungsvoll und zuverlässig du bist, werden sie sich mit deinen Ausflügen in die große, weite Welt besser anfreunden können.

Jungen haben im Gegensatz zu Mädchen da meist weniger Probleme. Die müssen meist mehr kämpfen, wenn es darum geht, abends länger ausgehen, woanders übernachten und allein wegfahren zu dürfen. Da es in der Tat für Mädchen gefährlicher sein kann, sich draußen unbeschwert zu bewegen, ist diese beschützende Haltung zum Teil sehr berechtigt. Natürlich darf das dennoch nicht dazu führen, daß ein Mädchen daran gehindert wird, ihre Erfahrung in der Welt zu sammeln. Du kannst bei deinen Freundinnen einen Teil dazu beitragen, indem du sie ermutigst, sich nicht mutwillig in Gefahr zu begeben, und ihnen auch Verständnis entgegenbringst, wenn sie früher nach Hause müssen als du oder überhaupt strenger erzogen werden.

Du selbst solltest deinen Eltern möglichst auch immer sagen, wo du hingehst, am besten für abends noch eine Telefonnummer hinterlassen. Heimkommen solltest du wirklich zur verabredeten Zeit, damit sie wissen, daß sie sich auf dich verlassen können. Willst du dann etwas erreichen, was sie sehr streng sehen, hast du auf alle Fälle die besseren Chancen. Versuche doch, ob du das wenigstens einmal probieren darfst. Dann pendelt sich das oft schon von alleine ein.

Mit deinen Geschwistern wirst du jetzt wahrscheinlich gelegentlich auch etwas „Streß" haben. Dennoch sind sie die Menschen, die dir am nächsten stehen und später noch sehr wichtig für dich sein werden. Vielleicht befinden sie sich gerade auch in einer schwierigen Lebensphase. Wahrscheinlicher ist es aber, daß du jetzt selbst gelegentlich eine echte Zumutung für sie bist. Wenn du das Gefühl hast, deiner Schwester oder deinem Bruder mal zu Unrecht auf die Füße getreten zu sein, solltest du dich entschuldigen. Dadurch vergibt man sich nichts und schafft die Möglichkeit, wieder nett miteinander zu sein. Vielleicht könnt ihr euch auch gemeinsam bei den Eltern einsetzen, daß sie strenge Vorschriften lockern.

Mit meinen Freunden zusammen fühle ich mich immer stark, warum fühle ich mich allein wie ein Würstchen?

In deiner Clique oder Gruppe habt ihr wahrscheinlich gleiche Interessen, ähnliche Ansichten, Fragen und Antworten. Das macht euch gemeinsam stark. In dem Gefühlswirrwarr, in dem du dich jetzt befindest – hier deine Eltern, da die Schule, deine alten Hobbys, die Mädchen, deine Sexualität – und in dem du jetzt Orientierung suchst, sind deine Freunde deine neue Ersatzfamilie. Du verbringst wahrscheinlich viel Zeit mit ihnen – zumindest bis du eine feste Beziehung hast. Denn meistens sind die Jugendcliquen nur eine Verbindung auf Zeit.
Aber solange es sie gibt, ist diese Gemeinschaft sehr wichtig für dich. Natürlich fühlst du dich ohne den schützenden Freundschaftsmantel klein und hilflos. Das ist ganz normal. Aber wenn du ehrlich bist, ist es wahrscheinlich in der Clique oft auch nicht viel anders, weil hier auch viel Schaumschlägerei und viele Schaukämpfe betrieben werden. Oft werdet ihr euch auch zu großartigen Sprüchen und Aktionen gegenseitig

aufstacheln, die sich letztlich keiner von euch allein traut. Das sind gewissermaßen Proben für den Ernstfall im „richtigen" Leben. Sehr wichtig wäre es, darauf zu achten, daß ihr dabei nicht allzusehr über die Stränge schlagt. Denn das hat weder was mit Mut noch mit Überlegenheit und Klugheit zu tun . . .
Oft entstehen in der Jugendzeit auch Freundschaften fürs ganze Leben. Freundschaften können große Geborgenheit bieten und durch manche Untiefen des Erwachsenwerdens hindurchhelfen. Freundschaft bedeutet echte Zuwendung und Unterstützung in allen Lebenslagen. Beim besten Freund sollte man sich geben können, wie man ist, sich nicht verstellen müssen. Es tut auch gut, Ärger loswerden zu können, ohne gleich um die Freundschaft fürchten zu müssen. Zwei, die sich streiten und wieder vertragen können, fühlen sich einander sehr nahe. Gute Freunde können einander Selbstvertrauen und in schwierigen Zeiten Halt geben. Schmerzliche Verluste bei Trennungen, schwierige Entscheidungen, Probleme mit den Eltern oder der Freundin werden gemeinsam bewältigt.
Es kann natürlich auch sein, daß du etwas schüchterner bist und dich schwertust, einen Freund oder einen Freundeskreis zu finden. Viele Menschen trauen sich nicht, auf andere zuzugehen und ihnen Interessen am Zusammensein zu signalisieren. Instinktiv glaubt man wohl immer, man sei nicht gern gesehen. Das stimmt aber in der Mehrzahl aller Fälle nicht. Oft sind andere Menschen bloß gedankenlos und kommen gar nicht auf die Idee, ihre Freundschaft anzubieten. Also schau dich ruhig um, wo du eine verwandte Seele findest, mit der du eine so tragende Beziehung aufbauen kannst. Wenn du nicht weißt, wo, versuchst du am besten, dich auf Veranstaltungen umzuschauen, in Sportvereinen oder Gruppen, die sich mit irgend etwas befassen, was dir besonderen Spaß macht. Scheue dich nicht, auf andere zuzugehen. Manchmal sind andere nur schüchtern, auch wenn man es ihnen nicht anmerkt. Jemand kennenzulernen ist gar nicht

so schwer, wenn man nur aufgeschlossen und freundlich ist.

Wie kriege ich meine Mutter dazu, mich nicht ständig zu gängeln?

Wenn Jungen in die Pubertät kommen, erwartet jedermann nun, daß sie sich abnabeln und sich draußen in der Welt „austoben", sich die Hörner abstoßen. Doch da ist auch die Mutter, die das vielleicht gar nicht so gerne sieht. Dann dämmert vielen Jungen bewußt oder unbewußt, daß sie schon bis dahin so etwas wie eine Doppelexistenz geführt haben: Während sie sich draußen – in Kindergarten und Schule – schon auf den harten Männeralltag vorbereiteten, waren sie daheim Mamas Liebling. Zumal sie oft auch zum Teil den einzigen männlichen Part in der Familie spielen, weil der Vater so oft nicht da ist. So manche Mutter fiele sicher aus allen Wolken, wenn sie wüßte, wie hart die Regeln unter Jungen sind. Manch einer würde sich wohl aber auch wundern, wie lieb sein schlagkräftiger Kumpel zu Hause sein kann.
Viele Jungen (und Männer) sind zu Hause anschmiegsam und kuschelig, draußen lehnen sie jede Vertrautheit mit „Weibspersonen" ab. Der Wunsch, sich gegen die Mutter zu behaupten, erfährt in der Pubertät einen Reifeschub. Auch die beste Mutter wird diese Abnabelung nicht aufhalten können. Auch wird sie ihren Sohn nicht bewahren können vor der Angst, Verlassenheit und Enttäuschung, die damit verbunden sind. Wahrscheinlich bist du an manchen Tagen hin und her gerissen zwischen dem Wunsch, die Mutter ritterlich zu beschützen und sie lustvoll „in die Grütze zu kochen".

Auf eine gewisse Weise ist die Abnabelung für Jungen besonders schwierig. In der Kindheit ist das Verhältnis zur Mutter sehr innig. Während Mädchen nun immer mehr Gemeinsamkeiten feststellen, bemerken Jungen, daß sie wirklich anders sind. Jeder Entwicklungsschritt ist eben auch ein „Fort-Schritt". Und darin liegt für manche Mütter auch der Hund begraben: Die Söhne gehen weg und nehmen ihr Leben mit. Hinein mischt sich vielleicht auch noch die Vorstellung, alle Frauen werden ihn lieben. Und die, die ihn unter Schmerzen geboren hat, soll ihn nun an eine andere abgeben. Auf einmal soll sie weniger wert sein, nachdem sie ihm doch alles gegeben hat? Auch für deine Mutter bedeutet dein Erwachsenwerden Abschied und Verzicht.

Manchmal versuchen Mütter das aufzuhalten, indem sie sich besonders kumpelhaft oder modisch geben. Trotzdem werden sie wahrscheinlich nicht davon ablassen, das Leben ihres Jungen zu reglementieren. Das ist für den Sohn dann besonders schlimm oder gar peinlich, wenn es Außenstehende mitbekommen: Denn schließlich erwartet man doch von einem „richtigen" Mann, daß er sich von Frauen nichts sagen läßt. In der Pubertät muß deshalb die Mutter vom Thron der „schönsten, besten, liebsten und klügsten Mutter des Jahrhunderts" gestoßen werden, ganz gleich, wie sie sich verhält. Der Sohn möchte und muß sich aus der engen Verbindung mit der Mutter lösen, um eine eigenständige Person zu werden.

Andererseits wird an der Mutter auch der ganze Druck ausgelassen, den die Pubertät und die Anstrengungen in der Schule mit sich bringen. Zumal die Pubertät auch eine Phase ist, in der Jugendliche alles andere als selbstlos sind. Es wird nun an allem herumgenörgelt, was die Mutter betrifft, an ihrer Frisur, ihrer Kleidung, ihrer Figur, ihrem peinlichen Verhalten, ihrem Essen und möglicherweise sogar ihrem Männergeschmack – selbst wenn es um den eigenen Vater geht. Kinder haben manchmal das Empfinden, daß ihre Mutter sie

vor den Freunden schrecklich blamiert. Dabei versucht sie wahrscheinlich nur, auf eine Art und Weise um die Liebe zu kämpfen, die als peinlich empfunden wird, es aber höchstwahrscheinlich gar nicht ist.
Deshalb mußt du auch lernen, daß deine Mutter Gefühle hat und von dir gekränkt werden kann. Es tut euch beiden nicht gut, auf euren Gefühlen herumzutrampeln. Du solltest ihr klarmachen, daß es nicht persönlich gemeint ist, daß du als Junge viele Dinge anders siehst und anders machen wirst, als sie es sich vorstellt, und daß du jetzt wirklich auch mehr mit deinen Geschlechtsgenossen und anderen Frauen zu tun haben möchtest. Das ist dein gutes Recht. Auf der anderen Seite hat deine Mutter in vielen Dingen mehr Erfahrung, du wirst ihren Rat manchmal gerne annehmen wollen. Deswegen ist es wichtig, daß ihr euch nicht in eine ausweglose Situation hineinmanövriert.

Ich würde gerne mehr mit meinem Vater machen, warum ist er so viel weg?

Lange Zeit haben Väter ihren Frauen die Kindererziehung fast ausschließlich überlassen. Das war für die Kinder nicht gut, denn Kinder brauchen ihre Väter sehr. In der Pubertät ist es für Jungen besonders wichtig – wenn sie sich zunächst von ihrer Mutter wegbewegen –, daß sie sich an ihrem Vater orientieren können. Der Vater, der ja auch mit der Mutter in Liebe verbunden ist, kann dem Sohn beispielsweise vorleben, wie man ihr nahe sein kann, ohne vereinnahmt zu werden.
Die meisten Männer – so nett sie auch sind – tun sich immer noch schwer damit, ihrer Familie die gefühls-

mäßige Zuwendung zukommen zu lassen, die ihr zusteht. Trotz gegenteiliger Äußerungen konzentrieren sie sich gerade nach der Geburt eines Kindes verstärkt auf ihren Beruf, und das ist oft nicht auf erhöhte Anforderungen zurückzuführen. Kleine Kinder sind anstrengend, sicher ist es da bequemer, weniger zu Hause zu sein. Das bedeutet natürlich nicht, daß Väter, die selten zu Hause sind, ihre Familie nicht lieben. Sondern nur, daß sie selbst in Rollenklischees gefangen sind. Kinder spüren so einen Zwiespalt oft viel deutlicher als die Erwachsenen selbst.

Aber stell dir nur mal vor, welche Auswirkungen ein solches Verhalten haben kann: Kein Vater kann seinem Sohn beim Abendessen schnell Rücksicht beibringen, wenn er selbst den ganzen Tag mit den Ellbogen „gedacht" hat. Läßt er sich zu Hause von vorne bis hinten bedienen, wird auch sein Sohn nicht einsehen, warum er einen Finger krümmen soll. Wer seine Frau insgeheim verachtet, weil sie sich immer nur mit solchen häuslichen Dingen beschäftigt, kann davon ausgehen, daß auch der Filius Frauen gegenüber verächtlich sein wird.

Immer wieder wird übersehen, wie wichtig Väter für ihre Söhne sind. Jungen suchen in ihrem Vater einen Verbündeten oder einen gleichberechtigten „Kampfpartner", mit dem sie praktisch männliches Verhalten neu kennenlernen und einüben. Das kann einem Jungen viel Sicherheit in den Wirrungen der Pubertät geben. Es kann einfach sein, daß dein Vater überhaupt nicht ahnt, wie bedeutend dir das Zusammensein mit ihm ist. Möglicherweise hat er auch Angst davor, deine Fragen nicht beantworten zu können. Du solltest einfach mal versuchen, das auszuloten und ihm seine Unsicherheit zu nehmen. Zeig ihm in irgendeiner Form, daß dir viel an seiner Gesellschaft liegt. Dein Vater wird es möglicherweise auch genießen, in dir einen Ansprechpartner zu finden. Jungen brauchen keine Helden, „einfache Väter" reichen.

Das Leben ist das einzig Wirkliche!
Das Leben setzt das Bewußtsein frei, gibt ihm die Möglichkeit, die Formlosigkeit oder unendlich viele, vielfältige Trillionen von Formen zu wählen – alle Formen, die es sich vorzustellen vermag.

Um frei und glücklich zu leben,
mußt du die Langeweile opfern.
Das ist nicht immer
ein leichtes Opfer.

männlich

Warum beginnt die Sexualität so plötzlich?
Tut sie gar nicht, sie ist schon von Geburt an da. Doch erst wenn die Hormonbildung in Gang kommt, macht sie sich richtig bemerkbar.

Woran merke ich, ob die Pubertät angefangen hat?
Erst beginnen deine Hoden zu wachsen, dann dein Glied.

Wie heißt das Männerhormon?
Testosteron. Es sorgt unter anderem dafür, daß dein Körper nun männliche Formen annimmt.

Wo werden die Samen gebildet?
In den Hoden. Das dauert etwa zwei Monate.

Wann kann ich mich rasieren?
Das hängt davon ab, was deine Eltern dir für einen Haarwuchs mit auf den Lebensweg gegeben haben.

Was sind „feuchte" Träume?
So nennt man einen unwillkürlichen Samenabgang. Das passiert zu Beginn deiner Entwicklung, meist nachts.

Wird mein Glied groß genug?
Ganz sicher. Durch die Versteifung wächst es bei allen Männern fast auf die gleiche Größe. Die Scheide der Frau paßt sich ihr an.

Ich möchte gern ein viel größeres Glied haben.
Entscheidend ist doch nicht, was man hat, sondern was man daraus macht.

Wozu ist die Vorhaut da?
Sie schützt die empfindliche Spitze des Gliedes und ist die Reservefalte für die Versteifung.

Was ist bei Mädchen in der Pubertät anders?
Sie kommen etwa zwei Jahre früher in die Pubertät und entwickeln dennoch ihre Sexualität oft langsamer.

Wieso hört man plötzlich auf, Kind zu sein?

Es wurde schon viel darüber nachgedacht, wann ein Mensch anfängt, sexuelle Gefühle zu haben. Manche Erwachsene glauben, es ginge erst mit der Pubertät los. Das ist aber nicht wahr und spricht eher für eine verklemmte Denkweise. Wir alle kommen als geschlechtliche Wesen auf die Welt – ob Eltern dies nun erlauben oder verbieten, ignorieren oder tolerieren. Von Geburt an ist ein Junge ein kleiner Mann und ein Mädchen eine kleine Frau.

Wobei es Jungen allgemein leichter gemacht wird, das auch selbst zu bemerken, denn ihre Geschlechtsteile sind ja von Anfang an sichtbar. Stolze Eltern bestaunen das Glied ihres kleinen Sohnes, schauen nach, ob die Hoden dort sind, wo sie hingehören. Beim Waschen und Pflegen wird alles liebevoll behandelt. Wer aber bewundert die Scheide eines kleinen Mädchens und freut sich über ihren Kitzler? Oft genug wird nicht einmal gesagt, daß auch Mädchen etwas „zwischen den Beinen" haben.

Zwar sind uns anfangs sexuelle Gefühle nicht bewußt. Wie der Mensch auch nicht von Geburt an laufen kann, entwickelt sich auch die Sexualität ganz allmählich – auch wenn sie von Anfang an angelegt ist. Das geht über mehrere Stufen, die ganz allmählich ineinanderfließen. Jeder Mensch hat dabei sein eigenes Entwicklungstempo. Bei dem einen Kind beginnt eine Etappe früher, bei einem anderen später. Das gilt gerade auch für die Pubertät, in der du jetzt steckst. Doch schon Säuglinge wissen, was ihnen angenehm oder unangenehm ist, welche Berührungen oder Menschen sie besonders mögen. Als besonders lustvoll erleben sie beispielsweise in den ersten Lebensmonaten das Saugen und Lutschen. Das gilt besonders für das Stillen, aber auch für vieles andere. Deswegen stopfen sich Babys gerne Dinge in den Mund und lutschen daran – die eigenen Finger, den Schnuller oder einen Zipfel der Bettdecke. Dabei finden sie Befriedigung, und sie fühlen sich geborgen.

Von Mutter und Vater berührt und liebevoll gestreichelt zu werden, finden alle Kinder toll. Durch das zärtliche Streicheln lernt ein Kind, daß es einen Körper hat. Es beginnt dann selbst, den eigenen Körper zu berühren und zu erforschen. Es faßt sich überall an und logischerweise auch an seinen Geschlechtsteilen. Ein Junge erfährt dabei sein Glied und seine Hoden als normalen Teil seines Körpers wie Nase oder Ohren. Das Glied kann sich auch jetzt schon versteifen. Das hat aber noch nichts mit bewußter Erfahrung zu tun.

Erwachsenen ist so etwas oft peinlich, weil für sie das Berühren der Geschlechtsteile inzwischen eine ausschließlich sexuelle Bedeutung hat oder weil sie „das da unten" für einen verbotenen Bereich halten. Vor allem bei Mädchen kann dies logischerweise dazu führen, daß ihre Geschlechtsorgane völlig ignoriert werden.

Etwa vom dritten bis vierten Lebensjahr an entwickeln Kinder ein Bewußtsein für das eigene Geschlecht. Von da an beginnen sie Erlebnisse zu haben, bei denen ihr Geschlecht eindeutig eine Rolle spielt. Sie sind beispielsweise neugierig darauf, wie die Geschlechtsteile und der Po von anderen Kindern aussehen, und sie wollen ihren Körper anderen zeigen. Deswegen spielen viele Kinder in diesem Alter so gerne „Doktor". Auch das Wettpinkeln und das Umsichwerfen mit „schmutzigen" Wörtern gehört zu dieser Entwicklungszeit. Daran erinnerst du dich sicher auch noch. Vielen Kindern macht es von diesem Alter an schon Spaß, an ihren Geschlechtsorganen zu reiben. Dadurch kann in manchen Fällen ein Orgasmus ausgelöst werden. Das ist eine völlig normale Körperreaktion.

Die Geschlechtsorgane befinden sich jedoch im Prinzip in dieser Zeit noch in einer Art Ruhephase. Dennoch werden Jungen und Mädchen schon mit allen Geschlechtsanlagen geboren. Wenn auch viel kleiner als heute: Glied und Hoden waren schon da, als du auf die Welt kamst. Damit kennst du dich ja schon sehr gut aus. Genaugenommen gehört aber dazu noch mehr: die Nebenhoden, der Samenleiter, die Samenblasen, die Prostata und viele andere Drüsen. In den Hoden werden von der Pubertät an Hormone gebildet, die dafür verantwortlich sind, daß der Körper sich allmählich verändert und du dich langsam zum Mann entwickelst.

Etwa vom neunten Lebensjahr an nehmen sie ihre Arbeit auf. Der Zeitpunkt ist im Prinzip in unserem Erbgut angelegt. Doch wodurch dieser Schub genau ausgelöst wird, weiß man noch nicht. Man nimmt an, daß der Teil des Gehirns, der die Hormonbildung steuert, den Geschlechtsorganen befiehlt, ihre Hormone zu bilden, sobald ein Kind ein bestimmtes Wachsstadium erreicht hat.

Hormone sind Stoffe, die der Körper in Drüsen bildet und mit denen er einen großen Teil seiner Abläufe steuert. Zum Beispiel kontrolliert er damit das Wachstum, die Stimmung oder bestimmte Krankheiten. Eine der bekanntesten Hormonauswirkungen ist die Reaktion des Menschen, wenn er sich in einer akuten Gefahr befindet. Der Organismus stellt sich, sobald ein bestimmtes Hormon ausgeschüttet wurde, darauf ein, mit der Bedrohung den Kampf aufzunehmen oder vor ihr zu flüchten. Das ist von jeher ein wichtiger Überlebensmechanismus des Menschen gewesen. Heute tritt sie als Reaktion auf Streßsituationen auf.

Die Hormone, mit denen der Körper Sexualität und Fruchtbarkeit steuert, gehören zu den wichtigsten des Menschen. Sie sind auch der Taktgeber für die Pubertät. Wann bei dir selbst die Pubertät einsetzt, läßt sich nicht genau vorhersagen. Jeder Junge hat da sein eigenes Tempo. Am ehesten erhältst du Anhaltspunkte, wenn du deinen Vater fragst, wann es bei ihm soweit war. Denn in den Familien gleichen sich die Entwicklungsmuster.

Woran merke ich, ob ich mich richtig entwickle?

Wann die Pubertät beim einzelnen Menschen beginnt, läßt sich nicht genau vorhersagen. Das ist von Person zu Person verschieden. Bei dem einen Jungen fängt sie früher an, bei einem anderen dauert sie länger. Das ist vor allem auch von familiären Vorgaben abhängig. In aller Regel machen Jungen mit 12 bis 14 Jahren die ersten Schritte in Richtung Erwachsenwerden. Alle Zahlen und Daten, die in diesem Zusammenhang genannt werden, sind statistische Durchschnittswerte und für den einzelnen lediglich grobe Richtlinien.

Warum dieser Entwicklungsprozeß überhaupt und zu diesem Zeitpunkt einsetzt, ist noch weitgehend ungeklärt. Man geht davon aus, daß Jungen und Mädchen in Europa und in den USA früher in die Pubertät kommen als Kinder in anderen Ländern, den Entwicklungsländern beispielsweise. Auch bei deinen Großeltern setzte die Entwicklung wahrscheinlich noch sehr viel später ein. Wahrscheinlich ist, daß es – außer der Veranlagung – eine ganze Menge von Dingen gibt, die den Beginn der Pubertät beeinflussen. Fachleute sind zum Beispiel der Ansicht, daß vor allem die ausreichende Ernährung und unsere günstigen Lebensbedingungen dafür verantwortlich sind, daß die Pubertät immer früher eintritt.

Tatsache ist jedenfalls, daß die Entwicklung bei jedem Menschen zu einem anderen Zeitpunkt einsetzt. Ob du selbst mit 11 oder mit 15 Jahren in die Pubertät kommst, ist also gleichermaßen normal. Es muß dich also nicht beunruhigen, wenn deine Freunde weiterentwickelt sind als du. Oder wenn du selbst schon weiter bist als die anderen. Es ist typisch für diese Entwicklungsphase, daß gleichaltrige Jugendliche unterschiedlich schnell reifen. Es kann sogar vorkom-

men, daß bei zwei gleichaltrigen Freunden einer völlig am Beginn seiner körperlichen Entwicklung steht, während der andere schon ausgewachsen ist.
Verständlicherweise kann das auch mit sich bringen, daß sich die Interessen unterschiedlich entwickeln. Während der eine noch gerne spielt, guckt der andere schon den Mädchen hinterher. So kann dir dein bester Freund plötzlich fremd werden. Davon solltest du dich aber nicht irritieren lassen: Jeder entwickelt sich so schnell oder so langsam wie es für ihn persönlich angelegt ist. Bei „Frühentwicklern" ist das Ergebnis das gleiche wie bei „Spätentwicklern": Am Ende kommt ein erwachsener Mensch heraus. Und so wird es auch bei dir sein.

Woran merke ich, ob ich in der Pubertät bin?

Man sieht einem Jungen zunächst nicht an, daß sich in seinem Körper ein wichtiger Entwicklungsschritt ereignet. Doch durch die Pubertät verändert sich im Laufe der Zeit bei dir sichtbar einiges: Ein Wachstumsschub setzt ein, an dessen Ende du deine endgültige Körpergröße erreichst. Deine Arme und Beine werden länger. Deine Brust und deine Schultern werden breiter. Dein Gesicht verändert seine Züge, sie werden erwachsener. Deine Stimme bekommt einen tieferen Klang, und unter den Achseln, an der Scham und im Gesicht beginnen Haare zu sprießen. Die Haut wird fettiger und pickeliger. Du schwitzt mehr und mit einem männlicheren Duft als vorher. Die Muskeln vergrößern sich und werden stärker. Die Hoden beginnen allmählich, Hormone auszuschütten und Samen zu bilden.
Mit etwa elf bis zwölf Jahren bemerkt ein Junge, daß seine Hoden größer geworden sind. Ungefähr ein Jahr

später beginnt auch das Glied zu wachsen. Dafür ist die Ausschüttung des männlichen Geschlechtshormons Testosteron verantwortlich. Gemessen an der Kindheit verdoppelt das Glied etwa bis zum 16. Lebensjahr seine Größe.
Die beiden eiförmigen Hoden, die sicher verpackt im Hodensack zwischen den Beinen hängen, sind die zentrale Schaltstelle der männlichen Sexualität und Fruchtbarkeit. Sie werden von feinen Nerven und Blutgefäßen durchzogen. Normalerweise sind die Hoden so groß wie Taubeneier – etwa viereinhalb bis fünf Zentimeter lang und einen Zentimeter dick. Meist hängt der linke Hoden tiefer und ist ein klein wenig kleiner als der rechte. Es wird vermutet, daß die Natur dies so eingerichtet hat, damit die Hoden nicht gequetscht werden und schmerzen, beispielsweise beim Gehen oder beim Beineübereinanderschlagen. Andererseits ist es aber meist auch so, daß fast alle Menschen zwei unterschiedlich große Hände und Füße haben. Bei Frauen sind beispielsweise meist die beiden Brüste unterschiedlich groß.
Nur an einer Stelle haben die Hoden eine feste Verbindung zum übrigen Körper. Am hinteren Teil führt die Versorgungsleitung mit Blutgefäßen, Nervenbahnen und Samensträngen vom Körper in die Hoden. Die Haut der Hoden ist etwas dunkler gefärbt als die übrige Haut. Sie ist außerordentlich faltenreich, widerstandsfähig und sensibel zugleich. Daß die Hoden sehr schmerzempfindlich sind, wirst du wahrscheinlich schon lange aus eigener Erfahrung wissen. Deswegen halten Fußballer und andere Sportler im Notfall schützend die Hände vor diesen empfindlichen Körperteil. „In die Eier getreten werden" ist wohl eine der unangenehmsten „Konfrontationen" des Mannes mit anderen Menschen. Du weißt selbst, wie höllisch weh es tun kann, wenn die Hoden gekniffen, geschlagen oder getreten werden. Auf zarte Berührungen reagieren sie aber sehr empfindsam und lustvoll.
Die Hoden liegen außerhalb des Körpers, weil sie eine

niedrigere Körpertemperatur brauchen als die übrigen Organe. Die normale wäre zu hoch für die Samenbildung. So werden sie nämlich in der richtigen Temperatur gehalten. Zusätzlich wird die Temperatur noch über die Hautfalten reguliert. Sind die Hoden entspannt und haben die richtige Wärme, entfälteln sie sich und hängen tiefer herunter als sonst. Wird es ihnen zu warm, entfernen sie sich noch weiter vom Körper, um sich nur ja nicht aufheizen zu lassen. Ist es kalt, ziehen sie sich dagegen zusammen und rücken an den Körper heran. Bei Angst oder Schreck tun sie das übrigens auch. Das hast du bestimmt auch schon bei dir selbst beobachtet.
Männern, die sich ein Kind wünschen, aber offenbar Schwierigkeiten damit haben, empfiehlt man deshalb auch, nicht in die Sauna zu gehen, nicht zu heiß zu baden und keine zu engen Jeans anzuziehen, bis ihre Partnerin schwanger geworden ist. Andererseits hat man auch schon versucht, durch Überwärmung der Hoden den unerwünschten Kindersegen zu verhüten – etwa indem die Hoden in warmem Wasser gebadet wurden. Diese Versuche waren jedoch nicht vom notwendigen Erfolg gekrönt.
In den Hoden wird das männliche Geschlechtshormon Testosteron gebildet. Ihre Größe sagt nichts darüber aus, wieviel Hormon in die Blutbahn ausgeschüttet wird. Den meisten Raum in ihrem Inneren nehmen meterlange feine Röhrchen ein, die wie Wollfäden aufgeknäuelt sind und die Samenzellen bilden. Wie Fließbänder in einer Autofabrik verwandeln diese Röhrchen mit der Zeit Abermillionen Zellen von gewöhnlichem Aussehen in kleine Flitzer und machen sie mit vorgewärmtem Motor startbereit. Das Testosteron selbst wird in kleinen Inseln zwischen den Röhrchen gebildet. Sie nehmen nur Bruchteile des Platzes für sich in Anspruch.
Die Größe der Hoden und des Penis ist vor allem auch erblich bedingt. Wie der Vater ausgestattet ist, wird es der Sohn wahrscheinlich auch sein.

Irgendwann bleibt auch deiner Umelt deine Entwicklung zum Mann nicht mehr verborgen. Darauf wirst du einerseits sehr stolz sein, es wird dich manchmal aber auch mit zwiespältigen Gefühlen erfüllen, und du möchtest dich vielleicht am liebsten verkriechen. Das ist in dieser Zeit völlig normal.

Warum ist meine Stimme auf einmal so komisch?

Wenn die Hormonausschüttung in den Hoden begonnen hat, wird langsam auch deine Stimme anders. Meist ist das etwa um das 14. Lebensjahr herum der Fall. Beim Stimmbruch verändern sich Stimmbänder und Kehlkopf, dadurch wandelt sich die kindlich hohe Stimme zur männlich rauhen. Das geschieht nicht sanft und allmählich, sondern ziemlich abrupt. Die Stimme „bricht" deutlich hörbar durch Kieksen und Krächzen. Mal ist sie schon männlich tief und dann wieder ganz hoch wie in der Kindheit.

Die Stimme von Jungen, die noch nicht in der Pubertät sind, gilt als besonders rein und „engelsgleich". Um diesen herrlichen Sopran zu erhalten, wurden manchem Jungen in früheren Jahrhunderten die Hoden abgeschnitten, denn dadurch bleiben die Stimmbänder, wie sie in der Kindheit sind. Die Jungen konnten körperlich nicht ausreifen und zu „richtigen" Männern werden. Es ist überliefert, daß sie im Laufe ihres Lebens verständlicherweise sehr darunter gelitten haben.

Du selbst wirst wahrscheinlich auch zu spüren bekommen haben, daß Erwachsene deine Art zu sprechen in dieser Zeit häufig mit einem Lächeln begleiten oder sie einfach „süß" finden. Oder daß deine Freunde und Schulkameraden dich deswegen ärgern. Laß dich dadurch bloß nicht verunsichern. Auch Erwachsene waren mal in der Pubertät. Jeder Junge macht den Stimmbruch durch. Nimm es ruhig als Kompliment und freu dich, daß du nun in eine neue Lebensphase aufbrichst.

Ab wann kann ich mich rasieren?

Das läßt sich nicht genau sagen. Meist ist es zwischen dem 14. und 18. Lebensjahr soweit. Bei dem einen Jungen geht es früher los, beim anderen dauert es länger. Das hängt von der Hormonbildung ab und davon, was für ein Haarwuchs dir von deinen Eltern mit auf den Weg gegeben wurde. Ganz generell läßt sich sagen, daß du dich dann rasieren solltest, wenn du es möchtest oder die Barthaare beginnen, dich zu nerven. Im allgemeinen ist es anfangs ja nur ein kleiner Flaum, der sich auf der Oberlippe und vor den Ohren bildet. Aber es ist mehr als selbstverständlich, daß du diesen Moment herbeisehnst. Denn schließlich ist der Bart ein deutliches Zeichen für die Manneskraft.
Das Hormon Testosteron sorgt auch dafür, daß die Brust- und Schamhaare wachsen, in denen sich sexuelle Duftstoffe besonders gut entfalten können. Mit jeder Körperbewegung verbreitet der Mensch ganze Schwaden solcher Sexuallockstoffe. Das hat die Natur so eingerichtet, damit sich Mann und Frau – unmerklich allerdings – auch am Geruch erkennen können.
Mit der Menge, der Farbe und der Beschaffenheit der Körperbehaarung verhält es sich wie mit dem Kopfhaar: Manche haben rote Haare, manche schwarze, manche blonde, manche mehr, manche weniger. Auch das ist überwiegend Vererbungssache. Wenn du dir die Männer in deiner Familie anschaust, bekommst du eine Vorstellung davon, wie sich deine

Körperbehaarung entwickeln wird. Das gilt für dichten Haarwuchs ebenso wie für schütteren und gehört einfach zur Ausstattung dazu, die jeder ganz persönlich mit auf den Weg bekommt.

Die Körperbehaarung läßt sich durch äußere Dinge nicht beeinflussen. Ob man das mag, schön oder anregend findet, ist Geschmackssache. Da darfst du dich auch nicht von irgendwelchen Modeströmungen in die Irre leiten lassen. Dichtere Körperbehaarung macht dich nicht männlicher als weniger dichte. Im Gegenteil: Es spricht einiges dafür, daß die Veranlagung zu schütterem Kopfhaar oder einer Glatze nur wirksam wird, wenn der Pegel an männlichem Hormon groß genug ist. Männer, die keine Hoden und daher wenig männliches Hormon haben, bekommen keinen Haarausfall. Ob jemand also eine kahle Stelle auf dem Kopf bekommt, hängt von drei Dingen ab: von der Vererbung, von der ausreichenden Ausschüttung des Testosterons und dem Lebensalter.

Was sind das für Flecken in meinem Bett?

Auf die erste Erfahrung mit der Samenflüssigkeit werden Jungen heute wahrscheinlich ebenso wenig vorbereitet wie Mädchen auf ihre erste Regel. Meist passiert es nachts und kann für dich peinlich oder furchterregend sein. Vielleicht bist du mit einem seltsamen Lustgefühl aus einem Traum erwacht und merkst, daß es in deinem Bett feucht ist. Dein erster „feuchter" Traum, wie man diesen unwillkürlichen Samenabgang nennt. Unter dem Einfluß des Testosterons haben sich in den Hoden Samen entwickelt und in den Nebenhoden aufgestaut. Die entladen sich in deinem Alter dann irgendwann durch einen nächtlichen Samenerguß. Das passiert meist in der Pubertät in dieser Form. Es liegt auf der Hand, daß dir die Flecken im Bett zunächst unangenehm sind, vor allem wenn du mit deinen Eltern nicht darüber reden kannst oder den Spott deiner Geschwister fürchtest. Dabei ist es ja eigentlich ein tolles Zeichen dafür, daß du dich völlig normal entwickelst.

Unter diesem sexuellen Druck entdecken die meisten Jungen relativ rasch die Selbstbefriedigung und verschaffen sich so Erleichterung. Damit entdecken sie auch das Lustgefühl, das damit verbunden ist, wenn die Samenflüssigkeit aus dem Glied herausspritzt. Wer öfter onaniert, hat seltener feuchte Träume und sehr wahrscheinlich mehr Spaß dabei. Selbstbefriedigung ist also nicht nur unschädlich, sondern kann im Gegenteil sogar nützlich sein. Wenn du die Flecken im Bett nicht magst, kannst du ja ein Handtuch ins Bett legen oder ein paar Papiertaschentücher bereit haben.

Viele Jungen bekommen auch so oftmals eine Erektion, ohne daß sie damit rechnen. Beispielsweise wachen Männer meist morgens mit einem steifen Glied auf. Wahrscheinlich läßt sich das durch den morgendlichen Testosteronanstieg erklären. Manchmal entsteht eine Erektion aber auch durch den Harndrang, beim Tragen von schweren Sachen, durch die bloße Reibung der Hose, durch den Anblick eines tiefen Ausschnitts, eines Frauenpos in enger Hose oder nackter Beine. Sexuelle Gedanken, sexuelle Literatur oder erotische Vorstellungen von einer bestimmten Person können sehr erregend sein. Meistens versteift sich das Glied aber bei direkter sexueller Erregung. Reibst oder berührst du oder jemand anders dein Glied und deine Hoden auf sexuelle Weise, dann wird es sehr wahrscheinlich steif.

Es kann auch sein, daß dir die Erektion gerade ungelegen kommt. Etwa im Schulunterricht, beim Sport oder wenn du sonstwie mit anderen Menschen zusammen bist. Bei Jungen in der Geschlechtsreife neigt das Glied dazu, sich bei jedem kleinen Anlaß ungefragt selbständig zu machen. Bei Jugendlichen geschieht das häufig, da der Testosteronspiegel manchmal sehr hoch und auf alle Fälle sehr schwankend ist. Eine solche Gliedversteifung kann unter Umständen sehr schmerzhaft und unangenehm sein. Diese gesteigerte Bereitschaft, sich zu erregen, läßt mit der Zeit nach. Generell gibt es jedoch weder zu häufige noch zu seltene Erektionen.

Wird mein Glied groß genug?

Diese Frage bewegt jeden Jungen in der Entwicklung ganz enorm. Genau wie bei allen anderen Körperteilen gibt es auch bei diesem alle möglichen Formen und Größen. Warum befinden sich so viele junge Männer in dem Glauben, ihr Glied sei zu kurz oder insgesamt zu klein? Vielleicht weil sie in der Kindheit meist nur den Vergleich mit dem doch viel größeren Glied ihres Vaters hatten? Möglicherweise auch, weil die Aktmodelle in Zeitschriften oder Pornoheftchen, die sich Jungen oft anschauen, besondere Riesenexemplare haben? Oder weil dieser Körperteil zu wichtig genommen wird? Ganz sicher ist, daß ein Mann mehr ist als ein einzelner Körperteil. Nicht nur das Glied ist ein sinnliches und sexuelles Organ, sondern der gesamte Körper. Dennoch ist es natürlich logisch, daß du dir auch darüber einen Überblick verschaffen möchtest: Die Medizin hat ein Standardmaß zwischen 7,5 und 10 Zentimetern im schlaffen Zustand ausgemacht. Normalerweise wird es durch die Erektion um etwa fünfzig bis sechzig Prozent länger, was also eine statistische Bandbreite von 11,5 bis 17,5 Zentimeter Länge und einen Umfang von 7,8 bis 11,5 Zentimeter ergibt. Nur ein Viertel aller Männer hat ein Glied, das größer ist als dieses Maß. Und einer von hundert Männern bringt es auf eine Länge von 22,5 Zentimetern. Das ist

allerdings nur Statistik. Die Größenunterschiede sind im steifen Zustand relativ gering. Man weiß, daß ein im schlaffen Zustand kleiner Penis weit über sich hinauswächst und ein schon im schlaffen Zustand recht großer Penis nicht mehr so viel größer wird.
Größe und Form des Gliedes sind eher Vererbungssache, daher durch äußere Maßnahmen nicht zu beeinflussen. Wichtig scheint auch die Menschenrasse zu sein, der jemand angehört: Afrikaner haben ein größeres Glied, Europäer ein mittelgroßes und Japaner ein eher kleineres. Aber es gibt noch eine viel wichtigere Beobachtung: Die Scheide der Frau paßt sich durch Erweiterung oder Schrumpfung den Größenverhältnissen des Gliedes an. Die Natur hat offenbar für Mittel und Wege gesorgt, daß beide Geschlechter (und Angehörige eines Volksstammes) „ineinanderpassen" und immer genügend lustvolle Reibung der beiden Geschlechtsorgane aneinander garantiert ist. Das „Schicksal" der Geschlechtsorgane steht also fest. Es gibt kein Wundermittel oder -hormon, mit der man das Glied wachsen lassen könnte.
Das solltest du dir merken und auch deinen Freunden und Schulkameraden erzählen, wenn sie dir dumm kommen oder sich vor dir mit ihrem eigenen Glied brüsten. Gleichaltrige sind als „Berater" in deinem Alter sowieso eher ungeeignet. Denn sie haben genauso viel oder genauso wenig Ahnung wie du. Manchmal tun sie auch nur so, als hätten sie welche. Davon solltest du dich niemals täuschen lassen. Für deine eigene Lust spielt Größe und Form überhaupt keine Rolle. Die Fähigkeit, Kinder zu zeugen, hat damit nichts zu tun. Auch für die Qualität als Liebhaber wird das schlichtweg überschätzt. Je kleiner das Glied, desto größer ist im Verhältnis die Versteifung. Es kommt auf die Reibung in den ersten zweieinhalb bis dreieinhalb Zentimetern der Scheide an, denn da sitzen die Nervenenden, die der Frau Lust bereiten. Also kommt es auch auf die Dicke an. Die Scheide paßt sich an jede Größe an. Und ganz wichtig: Entscheidend ist

schließlich nicht, was man hat, sondern was man daraus macht.
Bei fast allen Männern fällt das Glied im Ruhezustand übrigens auf die linke Seite. Warum das so ist, weiß man nicht. Ob wohl der Hosenstall bei Männerhosen deshalb immer nach links aufgeht? Gewiefte Herrenschneider haben auch schon immer etwas mehr Stoff auf der linken Hosenseite vorgesehen, heißt es.

Wie entwickeln sich die Samen?

Im Inneren der Hoden winden sich die stark aufgeknäulten Samenkanälchen. Sie gehen alle ineinander über und sind insgesamt fast dreihundert Meter lang. In diesen Gängen werden von der Pubertät an die Samen gebildet. Dafür ist das männliche Geschlechtshormon Testosteron zuständig, das in den Hodenzwischenzellen produziert wird. Sie bilden sich in diesem Alter erst richtig aus. Haben sie ihre Arbeit aufgenommen, kann ein Junge auch Vater werden.
Der Nebenhoden ist ein ausgedehnter, stark gewundener Schlauch. Er liegt wie eine Mondsichel hinter dem Hoden. Auch der Nebenhoden spielt bei der Entwicklung der Samen eine wichtige Rolle. Von den Hoden führen die Samenleiter zur Harnröhre. Sie können sich rhythmisch zusammenziehen und dadurch die Samen vorwärts schieben. An den Samenleitern sitzen viele kleine Bläschendrüsen, die die Hauptmenge der Samenflüssigkeit produzieren. Diese Flüssigkeiten werden hier mit den Samenfäden vermischt. Sie haben alle bestimmte Eigenschaften, die für die Beweglichkeit und den Stoffwechsel der Samen wichtig sind.

Die Samenleiter durchqueren die Vorsteherdrüse, bevor sie in die Harnröhre münden. Die Vorsteherdrüse sitzt direkt vor der Harnröhre und verdankt diesem Umstand ihren Namen. Medizinisch wird sie Prostata genannt. Sie besteht in Wirklichkeit selbst aus vielen kleinen Drüsen, die ebenfalls einen Teil zur Samenflüssigkeit beisteuern.
Die Bildung der Samen ist ein sehr komplizierter Vorgang. Er kann durch viele Dinge leicht gestört werden, zum Beispiel durch Streß, Nikotin oder Umweltgifte. Die Samen reifen in verschiedenen Stufen heran, die man deutlich voneinander unterscheiden kann. Erst entstehen die Spermatozyten, aus denen sich die Spermatiden und dann erst die Spermien – also die Samenzellen – entwickeln.
Ein Samenfaden ist winzig klein und hat Ähnlichkeit mit einer Kaulquappe. Er besteht aus Kopf, Mittelstück und Schwanzteil. Der Schwanz kann sich propellerartig bewegen und damit sein ganzes Vorderteil vorwärts schieben. Diese Beweglichkeit ist eine der wichtigsten Voraussetzungen dafür, daß sich ein Samen in der Frau zur Eizelle hinschlängeln und diese befruchten kann.
Etwa 64 Tage – also mehr als zwei Monate – dauert es, bis aus den Vorstufen der Samen reife Samenzellen geworden sind. Diese werden in den Nebenhoden „zwischengelagert". Während die Samenfäden zwölf weitere Tage durch dieses Schlauchsystem wandern, werden sie erst richtig einsatzfähig gemacht: Erst nach dieser Reise ist ein Samen nämlich in der Lage, sich zum Ei zu bewegen.
Von den Nebenhoden führen die Samenleiter zur Harnröhre. Durch diesen Gang werden die Samen dann beim Samenerguß endgültig hinausbefördert. Vorher münden aber noch bestimmte Drüsen ein: Aus der Prostata und den anderen Drüsen wird die Flüssigkeit abgesondert, in der die Samen nach draußen katapultiert werden. Sie wird auch Sperma genannt und ist eine hochkomplizierte Angelegenheit: Jeder

Bestandteil hat nämlich eigene und wichtige Aufgaben zu erfüllen. In den Flüssigkeiten aus den kleineren Drüsen sind Stoffe enthalten, die den noch starren Samen zur Bewegung anregen. Andere wiederum schaffen dem Samen ein geeignetes Lebensklima und nähren ihn.

Es ist sogar eine Art Treibstoff enthalten, der den Samen „Beine macht", sobald sie in den Geschlechtsorganen der Frau angekommen sind. Denn schließlich gewinnt nur der schnellste Samen den Wettlauf um ein befruchtungsfähiges Ei. In den Geschlechtsorganen der Frau wird das Sperma noch flüssiger, damit es besser in die Eileiter aufsteigen kann, wo die Befruchtung meist stattfindet. Die Samenflüssigkeit ist teils gallertartig wie Hühnereiweiß, teils flüssig. Sie hat einen typischen, leicht säuerlichen Geruch.

Mit dem ersten Ausstoß der Samenflüssigkeit erlebt ein Junge gleichzeitig seinen ersten Orgasmus. Und er lernt schnell, daß damit sehr angenehme, lustvolle und erleichternde Gefühle verbunden sind.

Vor dem Austritt der Samenflüssigkeit schließt sich die Harnröhre zur Blase hin. So wird verhindert, daß die Samen in den Körper des Mannes wandern oder zusammen mit dem Urin ausgestoßen werden. Der Samenerguß selbst geht stoßweise und unter einem großen Druck vor sich, so daß nicht selten eine „Output"-Geschwindigkeit von 70 Stundenkilometer erreicht wird. Die ersten Ausstöße können mehrere Meter weit fortgeschleudert werden. Das muß aber nicht sein, gerade am Anfang ist es genauso normal, wenn die Samenflüssigkeit nur herausrinnt.

Durch einen einzigen Samenerguß werden etwa 350 bis 400 Millionen Samen hinausbefördert. Also, rein theoretisch, genug für ebenso viele Babys. Je öfter hintereinander Ejakulationen stattfinden, um so weniger Samen sind in der Samenflüssigkeit enthalten. Aber nie so wenig, daß eine Verhütung überflüssig wäre.

Welche Rolle spielt das Testosteron?

Sexualität und Fruchtbarkeit werden vom Gehirn aus gesteuert. Hier werden die Hormone FSH (follikelstimulierendes Hormon) und LH (luteinisierendes Hormon) ausgeschüttet. Über die Blutbahn gelangen sie zu den Geschlechtsorganen und setzen dort die Ausschüttung der Geschlechtshormone in Gang. Die typischen Hormone des Mannes werden Androgene genannt. Das Testosteron ist ihr wichtigster Vertreter. Es regt unter anderem die Zellen in den Hoden an, Samen zu bilden.

Das Testosteron bewirkt, daß Männer „männlich" aussehen. Es steuert ihre Lust auf Sex und ihr sexuelles Verhalten. Ähnlich wie die Bildung des Östrogens bei Frauen, ist auch die Ausschüttung von Testosteron Schwankungen unterworfen. Am höchsten ist sie morgens, am niedrigsten abends. Allerdings können auch äußere Reize – etwa sexuelle Reize – die Testosteronbildung mächtig ankurbeln. Alkohol und Streß dagegen lassen sie absinken.

Testosteron hat nicht nur einen Einfluß auf den Sextrieb. Es fördert nachweislich auch viele der typischen männlichen Verhaltensweisen wie Risikofreude, Abenteuerlust, Konkurrenzdenken. Allerdings darf man daraus nicht schließen, daß Mädchen all diese Verhaltensweisen nicht an den Tag legen, weil sie nur über geringe Mengen dieses Hormons verfügen.

Mädchen bilden nämlich immer etwas männliches Hormon, genauso wie bei Jungen auch Östrogen ausgeschüttet wird. Andererseits spielen auch andere wichtige Dinge eine Rolle, wie die Erziehung oder das, was die Gesellschaft für typisch männliche oder weibliche Eigenschaften hält. Bestimmte Eigenschaften wurden in der Vergangenheit beispielsweise bei Jungen gefördert, bei Mädchen dagegen unterbunden und umgekehrt. Dadurch sind bei beiden Geschlechtern manche Anlagen gar nicht richtig zum Zuge gekommen. Heute ist uns jedoch glücklicherweise wieder klargeworden, daß Jungen auch warm und zärtlich und Mädchen kräftig und zupackend sein können.

Wie kommt es, daß das Glied steif wird?

Das Glied ist eines der eigenwilligsten Körperteile. Wie die Versteifung zustande kommt, ist letztlich noch nicht geklärt. Es ist ein unwillkürlicher Reflex, der sich nicht steuern läßt. Das Glied ist praktisch geformt wie ein Rohr und besteht aus zwei Teilen. Die Eichel ist die abgerundete Spitze und der Teil, der am empfindlichsten auf Berührungen reagiert. Der Schaft ist der lange Teil des Penis, der steif werden kann. Er verfügt über drei Schwellkörperstränge. Sie füllen sich bei sexueller Erregung verstärkt mit Blut. Dadurch richtet sich das normalerweise weiche und kleine Glied auf, wird härter und größer. Es steht dann vom Körper weg. Man hat dann fast das Gefühl, als wäre ein Knochen darin. Mit diesem Mechanismus hat die Natur es eingerichtet, daß Mann und Frau wie Schloß und Schlüssel ineinanderpassen und das Glied in die Scheide der Frau eingeführt werden kann.
Durch ein ausgeklügeltes Schleusensystem bleibt das Blut in den Schwellkörpern, bis die Erregung abgeklungen ist. So lange ist auch das Glied steif. Das Glied hat zwei getrennte Kreisläufe: Einer ist zuständig für die Gliedversteifung, der andere für die Nährstoffe und Sauerstoffversorgung. Dadurch wird gewährleistet, daß auch bei einer längeren Versteifung das Glied nicht irgendeinen Versorgungsmangel erleidet und geschädigt wird.

Wozu ist die Vorhaut da?

Die Vorhaut nur eine Haut zu nennen, ist schon fast ungerecht. Sie ist nämlich viel mehr: Sie ist der wichtigste Schutz der empfindlichen Gliedspitze, der Eichel, dem verdickten vorderen Ende des Gliedes. In der Haut der Eichel befinden sich nämlich sensible Nervenenden, die ganz besonders lustvoll und erregt reagieren können. Die Eichel ist das Gegenstück zum Kitzler der Frau, der sich ebenfalls mit Blut füllen und ganz prall werden kann.

Die Vorhaut bietet dem Glied die Entfaltungsmöglichkeit, um bei Erregung über sich selbst hinauszuwachsen. Auf Anforderung vom Gehirn, das beispielsweise auf den Anblick eines Mädchens oder einer zarten Berührung reagiert, gleitet diese Schutzhülle zurück, um die pralle Eichel zu enthüllen. Sie enthält auch noch bestimmte Drüsen, die eine ölige Substanz absondern, um zu verhindern, daß die Eichel austrocknet oder sich bestimmte Krankheitskeime dort ansiedeln.

Die Vorhaut wird auf einer Seite wie durch ein feines Bändchen festgehalten. Normalerweise ist die Eichel von der Vorhaut bedeckt. Das weißt du ja selbst am besten vom Waschen, wenn du die Vorhaut zurückschiebst, um dich darunter zu reinigen. Wenn du übrigens auf der Toilette treffsicher sein möchtest, solltest du die Vorhaut zurückschieben. Noch besser wäre es, wenn du dich dabei hinsetzen würdest. Dann müssen nämlich nicht andere Menschen die Folgen des „Gießkannenprinzips" beseitigen.

Im Glied verläuft auch die Harnröhre. Durch sie fließen sowohl der Urin als auch die Samenflüssigkeit. Ein spezieller Verschlußmechanismus sorgt dafür, daß sich die beiden Flüssigkeiten niemals mischen. Es kommt also nicht zum Austritt von Urin, wenn ein Mann mit einer Frau schläft. Die Harnröhre ist reich an Drüsen. Sie sondern Sekrete ab, um die Harnröhre feucht zu halten.

In manchen Religionen und Kulturen wird die Vorhaut

beschnitten. Die modernen Befürworter der Beschneidung führen dafür Argumente an, die – um es vorwegzunehmen – letztlich keine sind: Unter der Vorhaut sammelt sich eine Absonderung, die Smegma genannt wird. Wenn sie sich zersetzt, soll sie sowohl beim Mann als auch bei der Frau Krebs auslösen können. Belegt wird diese These durch verschiedene Beobachtungen: Juden, denen wenige Tage nach der Geburt aus religiösen Gründen die Vorhaut entfernt wurde, erkranken nur ganz selten an einem Peniskrebs. Bei unbeschnittenen Männern ist das wesentlich häufiger der Fall. Auch bei Partnerinnen beschnittener Männer wird wesentlich seltener Krebs am Gebärmutterhals entdeckt. Bei Nonnen kommt ein solcher Krebs überhaupt nicht vor.

In den USA, wo solche Dinge immer gern zur Mode stilisiert werden, ist deshalb bei kleinen Jungen die Beschneidung gebräuchlich: Dabei wird die gesamte Vorhaut mit einem chirurgischen Eingriff entfernt. Man hat sich lange Zeit nicht überlegt, was es für einen Mann bedeutet, wenn dieses Hautstück fehlt, in dem Drüsen und sensible Nervenenden sitzen. Beschnittene Männer berichten davon, daß ihre Eichel durch die fehlende Vorhaut und die dadurch ständige Reibung sehr unempfindlich geworden sei und sie weniger intensive Gefühle beim Sex haben.

Es gibt bislang keinen wirklichen Beweis dafür, daß eine Beschneidung wirklich nötig ist – außer bei einer Phimose. Dann ist der Eingriff notwendig und sehr sinnvoll. Entscheidend ist jedoch etwas ganz Einfaches: Ob ein Mann sich ordentlich wäscht oder nicht!! Wichtig ist es, daß du beim Waschen immer die Vorhaut vorsichtig zurückziehst, um die Eichel freizulegen. Dieser Bereich wird nun lediglich mit warmem Wasser gründlich gereinigt und anschließend mit einem Handtuch trockengetupft. Glücklicherweise scheint es in unserer Zeit für Männer kein Problem mehr zu sein, das Glied mit der Liebe und Sorgfalt zu pflegen, die ihm gebührt.

Warum hat mein Glied einen Knick?

Normalerweise läßt sich die Vorhaut leicht und vollständig zurückstreifen. Bei kleinen Jungen ist die Vorhaut sogar deutlich länger als der Penis. Die Eichel liegt dadurch geschützt im Inneren der Vorhaut. Dies verändert sich im Laufe der Entwicklung. Bei manchen Erwachsenen liegt die Eichel völlig frei.
Wenn du in der Pubertät ein steifes Glied bekommst, kann es sein, daß du bemerkst, daß sich die Vorhaut nicht zurückschieben läßt und das Glied dadurch einen Knick bekommt. Dabei handelt es sich um eine Vorhautverengung (Phimose). Eine Phimose kann angeboren sein oder als Folge von Entzündungen auftreten. Sie wird manchmal auch durch eine mangelhafte Hygiene begünstigt. Allerdings wird eine Phimose fast immer schon beim kleinen Jungen entdeckt.
Meist ist eine Vorhautverengung auch mit Jucken, Schmerzen und Brennen beim Wasserlassen verbunden. Die Phimose muß dringend behandelt werden, weil die Gefahr besteht, daß die Eichel völlig abgeschnürt wird. Dann bilden sich auch unter der Vorhaut gesundheitsschädliche Absonderungen. Die Operation ist ein bißchen unangenehm, aber völlig ungefährlich. Danach steht auch einem befreiten Sex nichts mehr im Wege. **(Mehr über gesundheitliche Probleme auf Seite 215.)**

Ich habe einen kleinen Busen, ist etwas mit mir nicht in Ordnung?

Beide Geschlechter bilden in ihrem Körper auch die Hormone des anderen Geschlechts – Männer Östrogen und Frauen Testosteron. In der Kindheit haben Jungen und Mädchen annähernd die gleichen Mengen Östrogen und Testosteron im Blut. Mit Beginn der verstärkten Hormonausschüttung in der Pubertät kommt es vorübergehend zu einem Ungleichgewicht. Deshalb kann bei vielen Jungen mit etwa zwölf Jahren das Brustgewebe durch das Östrogen einen Wachstumsschub erhalten. Jungen bekommen dann einen kleinen Busen, der ähnlich wie bei Mädchen in diesem Alter jucken und spannen kann.
Sobald sich die Hormonbildung eingependelt hat, bildet sich die Brust zurück und wird männlich breit. Das ist meist innerhalb eines Jahres der Fall. Du brauchst dir also keinerlei Sorgen zu machen, wenn deine Brust anschwillt. Das ist lediglich ein Zeichen dafür, daß du dich nun auf dem Weg zum erwachsenen Mann befindest.

Was ist bei Mädchen in der Pubertät anders?

Bei Mädchen beginnt die geschlechtliche Entwicklung in aller Regel ein bis zwei Jahre früher als bei Jungen. Auch bei ihnen wird dieser Entwicklungsschub durch Hormone ausgelöst. Bei den meisten Mädchen fängt so etwa um das elfte Lebensjahr her-

um die Brust an zu wachsen. Von nun an dauert es noch etwa zwei Jahre, bis das Mädchen seine erste Monatsblutung bekommt.
Ähnlich wie bei dir schwankt jetzt auch bei Mädchen die Stimmung leichter als früher. Sie fühlen sich oft unattraktiv und sind deswegen traurig.
Ebenso wie Jungen werden Mädchen mit allen Geschlechtsanlagen geboren: den beiden Eierstöcken, zwei Eileitern, der Gebärmutter, der Scheide und dem Kitzler. All diese Organe befinden sich im Unterleib unterhalb des Bauchnabels. In der Mitte liegt die Gebärmutter, die die Form einer kleinen Birne hat. Am „Kopf" dieser Birne windet sich auf jeder Seite ein Eileiter zum Eierstock hin. Von der Gebärmutter aus führt die Scheide nach unten aus dem Körper heraus. Äußerlich sind nur die Schamlippen mit der Schamspalte zwischen den Oberschenkeln zu sehen. Zwischen ihnen versteckt sich der Kitzler, das sexuell empfindlichste Organ der Frau.
In den Eierstöcken haben sich schon vor der Geburt etwa 400 000 Eianlagen gebildet. Das sind die kleinen Bläschen, aus denen nach einer Befruchtung mit dem Samen eines Mannes ein Baby entsteht. In jedem Zyklus reift eine solche Eizelle heran. Das wichtigste Erlebnis im Laufe der Pubertät ist für die meisten Mädchen die erste Monatsblutung, Menarche genannt.
Die erste Regel tritt im Durchschnitt zwischen dem neunten und dem sechzehnten Lebensjahr ein. Der Zeitpunkt liegt etwa drei Jahre nach dem Beginn der Hormonproduktion und zwei Jahre nach der Brustknospung. In den Eierstöcken werden jetzt Östrogene gebildet.
Der Zyklus wird vom Gehirn gesteuert: Das follikelstimulierende Hormon (FSH) gelangt über die Blutbahn zum Eierstock, wo es die Bildung von Östrogen anregt. In der ersten Hälfte des Zyklus reift in einem der beiden Eierstöcke eine Eizelle heran. In der Gebärmutter wird gleichzeitig die Schleimhaut aufgebaut. Hier soll sich

nämlich im Fall einer Schwangerschaft die befruchtete Eizelle einnisten.
Ist die Eizelle ausgereift, wird vom Eierstock mittels Östrogen ein Signal an das Gehirn geschickt. Es schüttet daraufhin ein weiteres Hormon aus: das luteinisierende Hormon. Nun springt die reife Eizelle aus dem Eierstock heraus in die Trichteröffnung des Eileiters, der sich zu diesem Zeitpunkt etwas über den Eierstock stülpt. Mit diesem Eisprung beginnen die fruchtbaren Tage der Frau. Die Reise der Eizelle durch den Eileiter dauert etwa vier Tage. Auf diesem Weg kann sie von einer Samenzelle befruchtet werden. In der leeren Eihülle im Eierstock wird nun ein weiteres Hormon gebildet, das Progesteron. Es sorgt unter anderem dafür, daß ein möglicherweise befruchtetes Ei nicht aus Versehen ausgestoßen wird.
Ist es zu keiner Befruchtung gekommen, stirbt die Eizelle ab. Innerhalb der nächsten zehn bis vierzehn Tage setzt dann die Blutung ein. Dabei wird die oberste Schicht der Gebärmutterschleimhaut abgestoßen. Die Muskeln der Gebärmutter ziehen sich dabei leicht zusammen, um diesen Prozeß zu erleichtern. Wie lange eine Blutung dauert, ist von Frau zu Frau und von Mal zu Mal verschieden.
Ob eine Monatsblutung schmerzhaft und mit Unwohlsein verbunden ist, ist ebenfalls von Frau zu Frau und von Mal zu Mal unterschiedlich. Gerade in der Pubertät, wenn der Zyklus sich noch einpendeln muß, kann die Blutung und die Zeit davor sehr unangenehm sein. Allgemein gilt jedoch, daß das auch vom Wohlbefinden der Frau abhängig ist: Je besser sie sich fühlt, desto weniger Probleme hat sie damit.
Mit der Regelblutung beginnt ein neuer Zyklus. Es ist ein verbreiteter Irrtum, daß er immer 28 Tage lang sein muß. Nur eine von hundert Frauen hat einen solchen Rhythmus, bei allen anderen ist er länger oder kürzer. Der kann allerdings beeinflußt werden von inneren und äußeren Spannungen, Umbruchsituationen und Stimmungen.

Wir sind die Brücke über die Zeit, wir wölben uns über das Meer, lassen uns zu unserem bloßen Vergnügen auf gefährliche Unternehmungen ein, erleben Geheimnisse, wählen Katastrophen, Triumphe, Herausforderungen, Situationen, in denen unsere Chance hundert zu eins steht, stellen uns selbst immer wieder auf die Probe und lernen Liebe, Liebe, Liebe!

Ich bin!
Du bist!
Und Liebe – ist das einzige – was zählt!

Liebe

Ist die erste Liebe gleich die große Liebe?
Das fühlt sich zwar meist am Anfang so an, ist es aber eher selten.

Warum habe ich mich noch nie richtig verliebt?
Wahrscheinlich bist du noch nicht so weit, und „die Richtige" ist dir noch nicht über den Weg gelaufen.

Ist es normal, in mehrere Mädchen gleichzeitig verknallt zu sein?
In der Pubertät völlig; kommt bei Jungen sowieso häufiger vor.

Hört Liebeskummer tatsächlich wieder auf?
Auch wenn es mittendrin unvorstellbar ist. Ja!

Ich bin so eifersüchtig, gibt es ein Rezept dagegen?
Sei in erster Linie nett zu dir selbst.

Wie findet „sie" mich am tollsten?
Spiel nicht den Macker, sei du selbst!

Warum gucken Mädchen oft darauf, ob man was hat oder ist?
Das liegt unter anderem an dem oberflächlichen Männerbild, das uns in den Medien vorgegaukelt wird.

Wie werde ich „sie“ wieder los?
Stell dir vor, du wärst an ihrer Stelle!

Warum redet meine Freundin dauernd über ihre Gefühle?
Frauen suchen mehr Nähe zu ihrem Partner als umgekehrt.

Gehören Sex und Liebe zusammen?
Können, müssen aber nicht. Für Mädchen ist es öfter so als für Jungen.

Was ist Liebe überhaupt?

Woher kommt dieses Gefühl, das uns zufrieden, zärtlich und glücklich macht? Zu erklären, was Liebe ist und was sie von anderen Gefühlen unterscheidet, ist fast unmöglich. Es gibt Hunderte von Erklärungen, fast jede Wissenschaft hat eine dafür parat. Fest steht: Liebe ist eine reine Gefühlssache, hat mit dem Verstand nichts zu tun, Liebe ist einfach da, man kann sie nicht herbeidenken oder herbeizwingen. Sie kommt und geht, wie sie will.

Es gibt viele unterschiedliche Arten von Liebe. Für jeden Menschen bedeutet sie etwas anderes. Eltern lieben ihre Kinder, Kinder lieben ihre Eltern, Geschwister lieben einander (auch wenn sie es manchmal nicht merken), Kinder lieben ihre Großeltern, ihre Tiere, ihr Spielzeug, Freunde lieben einander. Liebe steht für ein warmes Gefühl und für den festen Willen, sich für den geliebten Menschen einzusetzen und mit ihm auf Gedeih und Verderb zusammenzuhalten. Wenn man so liebt und geliebt wird, fühlt man sich geborgen, ist zufrieden und glücklich.

Von der Pubertät an bekommt das Wort Liebe noch eine andere Bedeutung: Diese Liebe entfacht sich in der Regel zwischen Frau und Mann, zwischen Mädchen und Jungen, aber auch zwischen Mädchen und Mädchen, Jungen und Jungen. Neu und entscheidend an der „geschlechtlichen" Liebe ist die Sexualität. Auch wenn ein Paar noch nicht gleich miteinander schlafen möchte, schwingt jetzt doch etwas ganz besonderes zwischen den beiden. Diese Liebe beginnt meist mit Verliebtsein – einer Art Urknall der Liebe –, einem ganz besonderen, beglückenden Ausnahmezustand, der an den drängenden Wunsch gekoppelt ist, daß nun alle Träume auch wirklich in Erfüllung gehen. Das ist so ein Gefühl, da könnte man pausenlos vor Freude in die Luft springen.

Die erste Erfahrung mit solchen Liebesgefühlen ist

meist die Schwärmerei. Du selbst beginnst vielleicht für eine Person zu schwärmen, die du gar nicht persönlich oder nur vom Sehen kennst, einen Popstar etwa, eine Lehrerin, die Schwester eines Freundes oder ein Mädchen aus einer anderen Klasse. Du kannst Stunden damit zubringen, dir auszumalen, wie es sein könnte, mit diesem Mädchen oder dieser Frau wirklich zusammenzusein. Du phantasierst dich in Situationen, in denen sie dir zu Füßen liegt, dich anbetet, weil du so stark, reich, erfolgreich und klug bist, und in denen alle deine Kumpels vor Neid erblassen. Du träumst davon, wie ihr euch küßt, wie ihr miteinander schlaft und du in sie eindringst. Das ist gewissermaßen das Üben für den Ernstfall. Auch später noch, wenn du in jemanden frisch verliebt bist, wirst du dir insgeheim noch solche inneren Filme zusammenträumen. Das ist völlig normal und kann sehr schön sein.

Wenn sich zwei Menschen richtig ineinander verlieben, dann stehen sie vor lauter „Schmetterlingen im Bauch" völlig neben sich. Sie sind total voneinander verzaubert. Jede auch noch so winzige Berührung wird zu einer Erschütterung. Sie gehen völlig ineinander auf und finden sich gegenseitig einzigartig. Sie starren sich stundenlang in die Augen, vergessen alles um sich und sind für ihre Umwelt nicht gerade ein Gewinn. Denn sie sehen und hören nichts außer einander. Das ist für Jungen nicht anders als für Mädchen. Oft mögen sie es allerdings vor ihren Freunden nicht zugeben, daß es sie richtig „erwischt" hat.

Natürlich ist dieser Zustand nicht von Dauer. Irgendwann kehrt bei jedem Paar der Alltag ein. Das kann der Startschuß für die große Liebe sein. Aber auch der Anfang vom Ende. In der Pubertät ist meist letzteres der Fall. Und das ist auch gut so, denn Heranwachsende müssen sich ja erst einmal beim anderen Geschlecht umtun. Auch Lieben will gelernt sein. Deswegen kann es auch sein, daß du in zwei oder sogar mehrere Leute gleichzeitig verliebt bist. Nicht aus jedem Verliebtsein wird etwas. Bei näherem Besehen

sind die Menschen, die sehr gut zu einem passen, sowieso nicht so reichlich gesät. Aus manchen solcher Beziehungen werden sich bei dir vielleicht echte Freundschaften entwickeln.
Nicht selten ist in solchen Beziehungen einer verliebter als der andere. Es tut weh, wenn die eigene Liebe nicht im gleichen Maß erwidert wird. Das gilt übrigens natürlich auch für ein Mädchen, das in dich verliebter ist als umgekehrt. Es wäre wichtig, wenn du es dir von Anfang an zur Spielregel machst, nicht mit der Liebe eines Mädchens zu spielen, seine Gefühle nicht mit Füßen zu treten. Auch dann nicht, wenn du selbst mal von jemandem schlecht behandelt wurdest und dich am weiblichen Geschlecht rächen möchtest. Sei immer so ehrlich wie möglich und versuche, keine Spielchen mit ihm zu spielen. Auf lange Sicht zahlt sich so ein Verhalten für dich selbst aus.

Ist es unmännlich, von Liebe zu schwärmen?

Es gibt eine Reihe von Jungen, die es besser finden, mit möglichst vielen Mädchen „herumzumachen". Vielleicht weil sie es „obercool" finden, weil ihr Sexualtrieb sie auf viele fliegen läßt, weil sie sich nicht richtig verlieben können, weil sie Angst vor Gefühlen haben, weil sie sich nicht binden mögen? Es gibt so viele Erklärungen, wie es Möglichkeiten gibt, sich zu verhalten. Vielleicht ist es aber auch eine Frage des Alters, also ob man eher am Beginn der Pubertät steht oder schon etwas reifer ist. Denn der größte Teil der Jugendlichen glaubt an die große Liebe.
Liebe und Treue, Geborgenheit und Wärme sind Ideale, die für die Jungen von heute wieder ganz groß im Kommen sind. Ihnen ist die Bedeutsamkeit einer Zwei-

erbeziehung sehr wohl bewußt, und sie gehen sehr behutsam damit um, wenn sie eine haben, die ihnen am Herzen liegt. Auch für die meisten Jungen ist Liebe nämlich die Voraussetzung für schönen Sex. Das gemeinsame Erleben steht vor der reinen Befriedigung. Am wichtigsten ist, daß man über alles reden kann, daß man es nicht nötig hat, sich etwas vorzumachen, sagen sie. Jungen von heute – so eine aktuelle Untersuchung – respektieren eher die Grenzen, die Mädchen ziehen, und nehmen sehr viel Rücksicht auf ihre Freundinnen. Auch „ich liebe dich" zu sagen, fällt ihnen nicht so schwer wie den „älteren Herrschaften", die noch große Probleme damit haben, Gefühle überhaupt auszudrücken.

Warum bin ich nie richtig verknallt?

Wenn ein Junge beginnt, Mädchen hinterherzuschauen, ist sein Interesse eher „global". Es gibt viele Mädchen, die er toll findet und in die er vielleicht auch verknallt ist, mit denen er aber noch keinen richtigen Kontakt sucht. Wahrscheinlich träumt er dann von ihnen, denkt an sie, wenn er abends allein im Bett liegt, und überläßt sich seinen Vorstellungen. Möglicherweise ist es heute die eine, am nächsten Tag dann schon wieder eine andere.
Denn erst einmal muß man sich ja auch innerlich vorbereiten auf den Ernstfall. Außerdem weiß man vielleicht auch noch gar nicht, auf welchen Typ man überhaupt richtig fliegt, welche Eigenschaften einem wichtig sind. Und am Anfang, wenn man sich selbst noch nicht so richtig kennt, findet man Mädchen auch noch eher bedrohlich. Vor allem auch, wenn man sich vorstellt, man müßte ihretwegen die Jungen-

clique, den Fußball oder sonst etwas aufgeben. Das ist völlig normal. Du kannst aber sicher sein, daß du – wenn du reif genug bist für die erste richtige Liebe – es selbst als erster merken wirst und daß dir dann nichts wichtiger sein wird, als genau und gerade jetzt mit diesem Mädchen zusammensein zu können.

Warum gerade die?

Schon in der Kindheit hast du dich bestimmt für das eine oder andere Mädchen – vielleicht aus deiner Klasse – interessiert. Manche Jungen und Mädchen „gehen" auch schon in der Grundschule miteinander, weil sie sich so gerne mögen. Das ist schon so etwas wie ein „kleines" Verliebtsein. Wann du dich aber zum ersten Mal richtig verliebst, läßt sich nicht vorhersagen. Dafür gibt es keine Regeln. Bei den einen dauert es länger, manchmal auch, weil niemand da ist, in den man sich verlieben könnte. Bei den anderen geht es schneller.

Irgendwann passiert es aber bei jedem: Die erste Begegnung, erster Blick, zweiter Blick, Verwirrung, Kontaktaufnahme, das erste warme Prickeln im Bauch, und schon bebt die Erde. Oft ist innerhalb weniger Minuten alles gelaufen: verliebt, verknallt, verschossen, für die Welt erstmal verloren. Es kann aber auch anders sein: Du siehst ein bekanntes, ja vertrautes Mädchen plötzlich in einer anderen Situation, in einem neuen Licht, lernst eine überraschende Eigenschaft an ihm kennen oder entdeckst vielleicht, daß es besonders schöne Hände hat oder etwas anderes, was du so noch nie wahrgenommen hast, und plötzlich knallt bei dir eine Sicherung durch: tausendmal berührt, tausendmal ist nichts passiert, und dann ist auf einmal Tausendundeine Nacht angesagt.

Was sich im Körper dabei abspielt, beschäftigt inzwi-

schen sogar die Wissenschaftler. Sie haben herausgefunden, daß dafür ein Hormonfeuerwerk im Kopf verantwortlich ist. Das Liebeshormon (Oxytoxin genannt) kann offenbar Gefühle der Liebe, der Lust, der Leidenschaft und der Zärtlichkeit auslösen. Wodurch die Ausschüttung in Gang gesetzt wird, ist noch unklar. Auf wen das Gefühl gerichtet ist, kontrolliert dieses Liebeshormon allerdings nicht. Das hängt von ganz anderen Dingen ab. Du könntest also niemanden in dich verliebt machen, indem du ihm eine Hormonpille ins Glas schmuggelst. Genauso hoffnungslos wäre es, wenn man sich selbst damit zu innigeren Gefühlen überlisten wollte. Und ganz offenbar spielen auch noch jede Menge anderer Hormone eine Rolle, auf alle Fälle die Geschlechtshormone.
Weshalb du also beim Anblick der langbeinigen blonden Schwester deines Freundes, dem vollbusigen schwarzen Wuschelkopf aus der Disco oder der Zarten mit der roten Löwenmähne aus dem Ferienlager weiche Knie und ein „vernebeltes“ Hirn bekommst, bleibt damit ein Rätsel. Wahrscheinlich gibt es eine Art inneres Suchbild, das sich im Laufe des Lebens herausbildet und sich natürlich auch immer wieder verändern kann. Das hängt wohl mit deiner Erziehung, deinen Erfahrungen, deinen Erinnerungen, deinen Ansichten und Vorurteilen, aber auch mit dem Körpergeruch deines Gegenübers, seiner Stimme, den Blicken, dem Aussehen, vielleicht sogar von seiner Kleidung und vom Zeitpunkt ab.
Die meisten Menschen suchen einen Partner, der ihnen in gewisser Weise ähnlich ist, einen Wesensverwandten. Andere aber werden von exotischen Menschen angeregt, die total anders sind als sie selbst. Daher rühren auch die Sprichwörter „Gleich und gleich gesellt sich gern“ und „Gegensätze ziehen sich an“. Dieser „Mix“ ändert sich von Mal zu Mal, wohl auch durch die Erfahrungen, die man macht und wie man sie verarbeitet.
In den meisten Fällen geht die „Anmache“ übrigens

vom Mädchen oder von der Frau aus. Das ist auch bei vielen Tierarten so: Das Weibchen bestimmt, wann, mit wem und wie oft es sich paart. Die Männchen konkurrieren dabei untereinander, oft kämpfen sie sogar. Meist „erhört" das Weibchen dann den Stärksten. Auch bei Frauen wollen Forscher dieses Verhalten ausgemacht haben. Das sei ein Überbleibsel aus der menschlichen Entwicklungsgeschichte, glauben sie: Die Frauen fliegen automatisch auf Männer, die stark und schön sind und die ihnen am meisten zu bieten haben. Damit suchen sie sich den besten Vater für ihre Kinder aus. Männer hingegen orientieren sich danach eher an Fruchtbarkeitsmerkmalen: großer Busen, weiblicher Hintern, weiche Ausstrahlung.
Wir wissen heute glücklicherweise, daß sich da einiges verändert hat. Männer müssen nicht „bärenstark" sein, um von einer Frau „erhört" zu werden. Zärtlichkeit, Liebesfähigkeit und Partnerschaftlichkeit sind heute genauso gefragt. Frauen müssen nicht „schwach" sein, um einen geeigneten Partner zu finden. Ein Beruf und eine ordentliche Portion Durchsetzungskraft machen eine Frau schließlich attraktiver.
Im wirklichen Leben und in der wirklichen Liebe sind einem solche Theorien ohnehin ganz egal. Auch wenn wir irgendwann ganz genau wissen, was sich in unserem Körper abspielt, tun die Gefühle doch, was sie wollen: Wir verlieben uns einfach, in wen wir uns verlieben müssen. Erzwingen läßt sich dieser Funke nicht. Jedesmal wieder ist es eine ganz eigene geheimnisvolle Geschichte, aus der sich am Anfang noch nicht ablesen läßt, wie sie am Ende ausgehen wird. Ein Biochemiker, der solche Prozesse im Körper erforscht, meinte dazu: „Je mehr man darüber weiß, welche komplizierten Dinge im Körper passieren, wenn jemand liebt, um so mehr Ehrfurcht bekommt man vor diesem tiefen Gefühl!"

Was muß ich tun, damit die Mädchen auf mich abfahren?

Mit der Pubertät und den erwachenden Liebesgefühlen wird der Umgang mit dem anderen Geschlecht viel komplizierter. Sobald du beginnst, dich für jemanden zu interessieren, wird es dir wahrscheinlich schwerfallen, in seiner Nähe unbefangen zu sein. Du beginnst in Gesten und Äußerungen etwas hineinzugeheimnissen, ohne zu wissen, was wirklich dahintersteckt. Du wirst viel Zeit damit zubringen, dir zu überlegen, wie was gemeint sein könnte und ob sie sich – hoffentlich – auch für dich interessiert. Deine größte Angst ist wahrscheinlich, daß sie dich womöglich unattraktiv findet. Du fragst dich, wie sie dich am tollsten findet, was du tun und anziehen solltest, um ihr zu gefallen. Was du tun kannst, damit sie außer dir keinen anderen mehr ansieht.

Und du überlegst dir natürlich, wie du an sie „herankommen" könntest. Die meisten Mädchen erwarten immer noch, daß der Junge den ersten Schritt tut. Das ist zwar verständlich, denn es ist auch einfacher: Wer gefragt wird, hat immer die Möglichkeit, ja oder nein zu sagen. Wer hingegen fragen muß, läuft Gefahr, sich eine Abfuhr erteilen zu lassen. Jungen haben dadurch schon immer ganz schön unter Druck gestanden. So ein Verhalten ist aber eigentlich gar nicht mehr zeitgemäß. Denn es hängt mit alten Rollenbildern zusammen.

Kein Mensch lebt und denkt für sich allein, sondern hat unbewußt immer mit im Kopf, wie andere etwas beurteilen. So ist das auch mit den Vorstellungen, die wir uns als Gesellschaft vom „richtigen" Verhalten von Mann und Frau machen. Jetzt, wo du in der Pubertät bist, wird es auch für dich eine bedeutende Rolle spielen. In früheren Zeiten war es ganz klar, daß Mädchen schwächer sind, mit Puppen spielen, sich lieb in

alles fügen und häusliche Eigenschaften an den Tag legen. Von Jungen hingegen wurde Stärke und Draufgängertum erwartet, sie wurden von klein auf darauf getrimmt, ihre Gefühle zu verleugnen. Damit mußten beide Geschlechter einen Teil ihres Ichs verleugnen.
Heute werden Kinder zum Glück nicht mehr so erzogen. Doch obwohl wir heute alle wissen, daß Mädchen auch stark und klug und Jungen auch warm und zärtlich sind, können wir uns von den alten Ansichten noch immer nicht ganz lösen. Und so erwarten wir immer noch, daß der Mann den ersten Schritt tut und die Frau wartet, bis sie gefragt wird. Daraus entstehen viele Unsicherheiten für beide. Vor allem du wirst dich öfter mit dem Gedanken plagen „Soll ich oder soll ich nicht?" und „Wie verkrafte ich eine Abfuhr?"
Natürlich wäre es toll, wenn das Mädchen auf dich zugeht. Viele Mädchen sind da auch sehr unkompliziert. Doch erwarten kannst du es nicht. Möglicherweise dauert es dir auch zu lange, und du möchtest einfach wissen, ob sie sich auch für dich interessiert. Also: Zeig ihr dein Interesse! Das wichtigste ist, daß du du selbst bist und nicht etwas vorspielst, was du gar nicht bist. Es bringt nichts, jemand anders nachzuahmen, den du bewunderst. Das wirkt nur gekünstelt und bringt dir gar nichts. Verhalte dich einfach so, wie dir zumute ist.
Kleine Manipulationen knacken meist selbst die härteste Nuß. Hilf dem Zufall auf die Sprünge. Halte dich möglichst oft in ihrer Nähe auf, ohne sie anzusprechen. So weckst du ihre Neugierde. Es gibt eine Menge Dinge, mit denen du dein Interessse eindeutig signalisieren kannst: ihr in die Augen sehen, ihr zulächeln, ihr zuhören, herausfinden, wofür sie sich interessiert, dich ihrer Clique anschließen oder sie ganz einfach zu irgend etwas einladen. Auf alle Fälle solltest du sie wissen lassen, daß dir an ihrer Gesellschaft gelegen ist. Auch wenn es dich Überwindung kostet: Sie kann schließlich keine Gedanken lesen.
Gib aber dir und ihr genügend Zeit, damit du den

Charme und die Unbeschwertheit deiner Liebe bewahren kannst. Nicht gut wäre es, aus falsch verstandenem Stolz heraus so zu tun, als wäre sie Luft für dich, und womöglich noch mit deinen Freunden über sie zu kichern. Das verletzt sie und verdirbt dir die Chancen. Du solltest nicht vergessen, daß auch Mädchen eine außerordentlich schwierige Phase durchleben und genausoviel oder so wenig Erfahrung haben wie du.

Warum ist es für Mädchen oft so wichtig, ob man etwas hat oder ist?

Auch Mädchen befinden sich in einer Phase, in der sie Orientierung suchen. Dabei schauen sie ebenfalls eine Zeitlang eher auf Äußerlichkeiten – etwa ob du ein Mofa hast, vielleicht schon ein Auto in Aussicht, einen Motorradführerschein, was deine Eltern sind, ob du ein Crack im Sport bist, Mitglied einer bestimmten Clique oder in einer Band mitspielst. Sie suchen erstmal Idole. Hauptsache Held und Geld – so könnte man es vereinfacht nennen.
Unterstützt wird das durch das Bild vom „richtigen" Mann, das uns in den Medien, der Werbung, in Videos und Filmen vorgegaukelt wird. Echte Individualisten sind da nicht gefragt. Mädchen verlieben sich offenbar nicht in jemanden, von dem man annehmen könnte, daß er irgendwann mal nach mühsamer Kleinarbeit ein berühmter Polarforscher wird . . . Normalerweise gibt sich das aber auch, wenn sie reif genug für die Beziehung zu einem Jungen sind. Dann ist der leibhaftige Junge meist wichtiger als der schöne Schein.
Es gibt aber auch noch eine in unserer Menschheits-

geschichte begründete Erklärung dafür, daß Jungen sich auf mehrere Mädchen gleichzeitig konzentrieren können, während Mädchen darauf achten, was einer hat oder ist: Früher glich eine Beziehung oft eher einem Geschäftsverhältnis. „Er" war an viel Sex interessiert und „sie" dafür an Sicherheit. Nur jemand, der etwas hatte, konnte einer Frau diese Sicherheit bieten, die sie brauchte, um Kinder großzuziehen. Und so kam es zu einem Tauschhandel – Sex gegen Sicherheit – als verdeckte Grundlage für die Ehe. So kam es auch zustande, daß sich Frauen früher eher zum Sex gedrängt fühlten und Männer glaubten, sie hätten das Recht dazu, ihn einzuklagen, während Frauen sich eben auch darauf verließen, daß der Mann schon das Geld nach Hause bringen würde. Heute haben sich die Zeiten geändert: Frauen haben Spaß an der körperlichen Liebe, und Männer müssen nicht immer nur etwas darstellen.

Aus welchem Grund geht mir das Gerede von Mädchen manchmal auf die Nerven?

Die Frage könnte auch lauten: Wieso geraten Männer manchmal in Panik, wenn ihnen eine Frau zu nahe kommt? Die Liebe ist unser mächtigstes Gefühl. Die Erwartungen, die wir an sie stellen, enden nicht selten in einem unauflöslichen Chaos. Oft haben Mädchen und Jungen völlig unterschiedliche Erwartungen, was die Liebe angeht. Wenn es um unterschiedliche Gefühle geht, reißen manchmal Abgründe auf, und du hast vielleicht das Gefühl, deine Freundin käme von einem anderen Stern.
An vielen Mißverständnissen zwischen Mann und Frau

ist eine unterschiedliche Sprache der Geschlechter schuld. Sie führt dazu, daß Männer manchmal den Eindruck haben, Frauen „quasselten" unentwegt, und Frauen sich darüber beschweren, daß Männer ihnen nie zuhören. Frauen lieben es, wenn sie verstanden werden, ohne daß sie ihre Wünsche direkt aussprechen. Sie suchen stets die totale Nähe zum Partner und wollen alles mit ihm besprechen. Männer reden weniger und nur über das, was ihnen wichtig erscheint. Ihre Gefühle sind das recht selten. Sie halten mehr Abstand. Das fassen Frauen leicht als Beweis mangelnder Liebe auf, was es aber gar nicht ist. Bei Männern geht es eher um Inhalte und Information, bei Frauen mehr um Vertrauen und Verständnis.
Von klein auf gehen Mädchen und Jungen unterschiedlich mit der Sprache um: Kleine Mädchen sind die besten Freundinnen, wenn sie pausenlos miteinander reden und sich Geheimnisse anvertrauen. Sie verhalten sich absolut gleichberechtigt, möchten Harmonie und keinen Streit. Kleine Jungen halten das anders: Sie unternehmen etwas zusammen, treiben Sport oder erleben gemeinsam Abenteuer. In ihren Gruppen herrscht eine klare Rangordnung, in der auch mit Worten miteinander um die besten Plätze gekämpft wird. Miteinander zu sprechen ist für sie nicht so wichtig.
So kommt es, daß die Geschlechter auch in eurem Alter oder als Erwachsene etwas anderes voneinander erwarten. Während du dir von deiner Partnerin also erwartest, daß ihr viel gemeinsam macht, sie aber auch akzeptiert, daß du mit deinen Freunden zum Fußballspielen, Tennis oder Surfen gehst, möchte sie rund um die Uhr mit dir zusammensein, dir alles ganz ausführlich erzählen und an jeder Einzelheit deines Lebens teilnehmen. Jungen fühlen sich da leicht belästigt und Mädchen schnell zurückgestoßen. Das kann für euch beide enttäuschend sein. Aber allein wenn du weißt, daß vieles bei dir anders ankommt, als es gemeint ist, wird es dir schon helfen. Deine Freundin

will deine Äußerungen schließlich nicht gegen dich verwenden. Wenn sie dir viel erzählt, ist es ein Zeichen dafür, daß sie dich mag. Nicht weniger, aber auch nicht mehr!

Sie hat mich verlassen, wie komme ich damit klar?

„Das erste Mal tat's noch weh, beim zweiten Mal nicht mehr so sehr, und heute weiß ich, daran stirbt man nicht mehr" – heißt es in einem bekannten Schlager. Die meisten Popsongs handeln von Liebe und Leid, von gebrochenen Herzen. Zu allen Zeiten haben Sänger und Sängerinnen, Dichter und Dichterinnen, Maler und Malerinnen mehr oder weniger erfolgreich versucht, mit einem Gefühl fertig zu werden, das einen immer wieder und mit unverminderter Wucht treffen kann. Offenbar bleibt niemand davon verschont, egal, ob Junge oder Mädchen, jung oder alt, arm oder reich: Kummer um eine verflossene oder auch nicht erfüllte Liebe kann einen Menschen stark erschüttern. Manchmal sogar in seinen Lebensgrundfesten.
In welcher Form es einen erwischt, läßt sich gar nicht vorhersagen. Manchmal ist es leichter zu ertragen, manchmal schwerer. Manche Menschen können besser damit umgehen, andere sind da „schwerblütiger". Du selbst machst vielleicht auch von einem zum anderen Mal unterschiedliche Erfahrungen mit dir: Einmal tut es dir gar nicht so weh, beim nächsten Auseinandergehen hast du dann das Gefühl, als stürzest du aus dem siebenten Himmel ab in ein schwarzes Loch, wenn du von einem geliebten Menschen verlassen wirst. Du kannst dir nicht vorstellen, wie dein Leben ohne sie weitergehen soll, weil du dir auch

schon so viele schöne Dinge mit ihr zusammen vorgestellt hast.
Besonders groß ist die Kränkung, wenn du wegen eines anderen verlassen wurdest. Je nachdem, wie intensiv das Liebesgefühl war und wie sie persönlich „gestrickt" sind, haben manche Menschen in solchen Momenten auch Selbstmordgedanken. Sie kommen meist ohne fremde Hilfe nicht darüber hinweg. Für Jugendliche gibt es da spezielle Beratungsstellen **(Adressen Seite 241 f.).**
Im Normalfall aber werden der Schmerz und die Trauer um die verlorene Liebe irgendwann vorbei sein. Auch wenn es anfangs nicht sehr tröstlich ist: Die Zeit heilt tatsächlich alle Wunden, selbst die seelischen. Dennoch müssen die meisten nach dem Schock erstmal mit einem Wirrwarr von Haß und Wut, Verzweiflung, Angst und Selbstzweifel fertig werden. Die Symptome des Liebeskummers sind fast immer die gleichen: Man kann nicht mehr schlafen, nicht mehr essen, sich auf nichts konzentrieren und fühlt sich wie zerbrochen. Alles ist irgendwie leer.
Wenn du in diese Situation kommst, ist es gut, wenn du jemanden hast – einen Freund, einen Bruder, deinen Vater oder auch deine Mutter –, bei dem du dich richtig ausklagen kannst. Du brauchst dich nicht zusammenzureißen. Selbst wenn dir mal die Tränen kommen. Weinen ist sehr gesund und in solchen Fällen ganz besonders. Tränen lösen den aufgestauten Druck und helfen dir, das seelische Gleichgewicht wiederzufinden. Das gilt auch für andere Gefühlsprobleme, zum Beispiel bei Ärger in der Schule: Wer jede feuchte Aufwallung unterdrückt und sich niemals auch nur ein bißchen gehenläßt, läuft Gefahr, krank zu werden. Das machen dir genügend Erwachsene vor. Wer beispielsweise immer alles herunterschluckt, bekommt irgendwann ein Magengeschwür.
Tränen sind ein hochkomplizierter Cocktail aus vielen verschiedenen Zutaten, Sauerstoff, jede Menge Mineralien, Vitamine, Enzyme und ganz viele verschiedene

Eiweiße. Je nachdem, wodurch die Tränen ausgelöst wurden, ist die Mixtur anders. Mit dem Weinen befreit sich der Körper auch von schädlichen Stoffen, die bei Streß und Kummer im Körper gebildet werden. Also: Ohne falsche Scham heraus damit! Die wegen einer unglücklichen Liebe vergossenen Tränen füllen ein ganzes Meer, und deine sollten ruhig mit hineinfließen. Versuche nicht zu verleugnen, daß du verlassen wurdest. Das ist unrealistisch und verlängert deine Leidenszeit nur. Meist war die Beziehung wirklich nicht das richtige oder hatte schon länger einen Knacks. Und immer sind beide am Ende beteiligt, auch wenn man das vielleicht nicht immer wahrhaben möchte. Selbsterkenntnis befreit von Ballast – allerdings nur langsam und unter Schmerzen. Aber: Sie macht den Weg frei für die nächste Liebe. Und mit der wird ganz bestimmt alles anders.

Wie werde ich mit meiner Eifersucht fertig?

Niemand, der liebt, ist vor Eifersucht gefeit. Und auch vor Untreue nicht. Wer sich von seinem Partner betrogen sieht, reagiert fast immer eifersüchtig. Also gibt es wohl auch hier niemanden, der in seinem Leben davon verschont bleibt. Eifersucht kann wie ein Fieber sein, ständig laufen im Kopf dieselben Bilder ab: Man sieht sie, wie sie mit dem anderen „herummacht", ihn liebt, mit ihm viel netter, lieber und fröhlicher ist, mit ihm Dinge tut, die sie mit einem selbst nie getan hat. Mal ganz davon abgesehen, ob das wirklich stimmt, man wird es einfach nicht los. Diese Bilder treiben einen zu Wahnsinn, Haß, Wut, Angst, Neid und Selbstzweifel.
Diese dunkle Seite der Liebe entspringt dem Gefühl, daß uns etwas weggenommen wird und daß jemand,

den wir lieben, uns mit einer anderen Person vergleicht und wir dabei schlechter abschneiden. Sie entspringt der Angst, mit dem anderen nicht konkurrieren zu können und auch irgendwie dagegen machtlos zu sein, denn ein großer Teil des Geschehens spielt sich ja „hinter dem Rücken“ ab – also ohne daß wir selbst dabei sind. Das gleicht einer elementaren Bedrohung. Und so reagiert in diesem Moment auch unser Körper: Er richtet sich sowohl auf Kampf als auch auf Flucht ein.

Die Kommandozentrale im Gehirn bringt dazu eine Kettenreaktion in Gang: Um den Organismus in höchste Alarmbereitschaft zu versetzen, muß die Nebenniere verstärkt Adrenalin – unser Selbstschutzhormon – ausschütten. Das Herz schlägt schneller, Gehirn und Muskulatur werden mit mehr Sauerstoff versorgt, kalter Schweiß kühlt den Körper. Der Appetit auf Essen verschwindet bei den meisten. Manche reagieren aber auch, indem sie anfangen, ganz furchtbar viel zu essen. Das soll ihnen die verlorene Liebe ersetzen. Ziemlich sicher ist, das dieses Verhalten nicht die Seele, sondern den Körper rund macht: Kummerspeck nennt man das treffend.

Während eifersüchtige Jungen und Männer dazu neigen, aggressiv zu werden und den Nebenbuhler verhauen oder ihm sonst einen Schaden zufügen zu wollen, gehen Frauen mit List und Tücke vor, indem sie Intrigen gegen die andere schmieden. Sie verzeihen Untreue auch schneller, weil ihnen die seelische Verbundenheit meist wichtiger ist. Sie „kitten“ oft auch da, wo es gar nichts mehr zu kitten gibt. Jungen sind da oft viel rigoroser und verschließen sich wie eine Auster, wenn ihnen so weh getan wurde.

Für extreme Eifersucht ist oft mangelndes Selbstbewußtsein die Ursache. Eine gesunde Portion Selbstliebe schützt vor dem selbstzerstörerischen Gefühl. Dafür werden gerade in der Pubertät wichtige Grundsteine gelegt. Wenn du in diese Situation gerätst, solltest du also in erster Linie nett zu dir selbst sein. Mache nicht den Fehler dir einzureden, dich würde niemand mehr mögen oder daß jeder mit dem Finger auf dich zeigt. Versuche aber auch nicht, deine Eifersucht zu verdrängen, sondern zu verstehen. Ohne Verletzungen kommt kein Mensch durch das Leben. Weine dich ruhig auch einmal aus. Das hilft mehr, als sich für den vermeintlichen Gegner etwas Böses auszudenken. Tue Dinge, die du gerne magst und die dich ablenken: Sport treiben, mit deinen Freunden ins Kino gehen, ein spannendes Video ansehen, ein schönes Buch lesen, die nächsten Ferien planen oder für einen Kurztrip zu Verwandten fahren. Du bist schließlich die wichtigste Person in deinem Leben!

Wie werde ich sie los, ohne ihr weh zu tun?

Treue ist unter Jugendlichen an sich großgeschrieben. Solange sie mit jemandem zusammen sind, halten sie sich auch daran. Aber in diesem Alter gibt es noch so viele Menschen und die Liebe zu entdecken. Das gefährdet die Treue und führt dazu, daß Beziehungen wieder auseinandergehen. Es ist also völlig normal, wenn dir das auch passiert.
Wenn du schon eine neue hast, wird es dir leichter fallen, dich von deiner alten Freundin zu trennen. Du fängst an, beide miteinander zu vergleichen. Es kann sein, daß du dir deine bisherige Freundin vor dir selbst und anderen nun schlechtmachst. Damit versuchst du wahrscheinlich schon, dir einen besseren Abgang zu verschaffen. Das ist zwar allgemein verbreitet, aber dennoch nicht die feine Art: Das Mädchen, mit dem du bislang zusammen warst, ist wahrscheinlich nicht schlechter als die, die du jetzt gefunden hast. Du hast nur bemerkt, daß ihr vielleicht doch nicht so gut zu-

sammenpaßt. Bei einem anderen Jungen ist sie aber auch sicher besser aufgehoben.
Hast du noch keine neue Freundin gefunden, sondern nur kein Interesse mehr mit deiner jetzigen zusammenzusein, wird dir der Ablösungsprozeß wahrscheinlich schwerer werden. In beiden Fällen solltest du mit Bedacht vorgehen. Stell dir vor, was für dich selbst am schlimmsten wäre, wenn du in ihrer Situation wärest. Und das vermeide, ihr anzutun. Das bedeutet: Sei so offen und ehrlich wie möglich, versuche, ihr ihr Selbstwertgefühl zu lassen. Und wenn du das Gefühl hast, das nicht zu können, kannst du auch ruhig einmal zu einer Notlüge greifen. Natürlich mußt auch du sehen, daß du heil, gesund und so schnell wie möglich aus dieser Sache herauskommst.

Gehören Liebe und Sex zusammen?

Sexualität und Liebe sind zwei Vorgänge, die zwar zusammengehören, jedoch nicht miteinander verwechselt werden dürfen. Sexualität ist ohne Liebe möglich. Und Liebe kann sich ohne Sex entfalten. Die Sexualität wird aber in unserer Gesellschaft so hoch bewertet, daß die Liebe darüber manchmal völlig vergessen wird. Oder daß Sex mit Liebe verwechselt wird. Liebe kann die Voraussetzung dafür schaffen, daß die Sexualität an Klarheit, Schönheit und seelischer Freude gewinnt. Aber das eine muß nicht zwangsläufig mit dem anderen zusammengehen. Vielen Jungen fällt es leicht, Liebe und Sexualität zu trennen. Sie haben gelernt, körperliche Lust zu erleben, durften aber viele andere Gefühle, die mit Liebe verbunden sind, gar nicht erst entwickeln oder zulassen. Sie neigen dann dazu, ihre Sexualität auszuleben,

ohne darauf zu achten, ob es ihnen oder der jeweiligen Partnerin guttut.
Den meisten Mädchen geht es in ihren Liebesbeziehungen weniger um Sex als Jungen. Sie sehnen sich vielmehr nach einem Menschen, der ihnen Zärtlichkeit schenkt und sie versteht. Sie möchten mit ihrem Freund Gedanken und Gefühle teilen, Probleme mit ihm besprechen können. Sie wollen, so oft es geht, mit ihm zusammen sein und möglichst viel gemeinsam unternehmen. Sie wollen vorrangig sein für ihn – nicht an letzter Stelle nach Schule, Clique und Fußball. Mädchen träumen meist von mehr Nähe als Jungen. Bei Jungen ist das oft erst der Fall, wenn sie erwachsen geworden sind.
Sex ist für Mädchen vor allem eine Möglichkeit, ihm besonders nahe zu sein. Vielen jungen Mädchen ist die sexuelle Befriedigung selbst gar nicht so besonders wichtig, sie geben oft den Wünschen ihres Freundes nach, ohne es wirklich zu wollen. Sie möchten ihn nicht verlieren, nicht prüde wirken oder mit den anderen mitreden können. Bei einer guten Beziehung gibt es aber eine Menge Dinge, die ein Paar zusammenschweißt, ohne daß sie miteinander schlafen müssen, wenn sie beide oder einer von ihnen es nicht will.
Liebe und Sexualität nehmen zu unterschiedlichen Zeiten einen anderen Stellenwert ein. Manchmal glaubt man auch, Jungen sei Sex wichtiger als Liebe und bei Mädchen sei es umgekehrt. Sicher ist wohl, daß Jungen oft schlechter über ihre Gefühle sprechen können als Mädchen und in der Pubertät einen stärkeren Sexualtrieb haben. Mädchen ist in dieser Zeit Liebe wichtiger als Sex. Es dauert eine Weile, bis sich das ausgleicht. Aber natürlich ist Jungen auch Liebe nicht unwichtig. Die meisten Menschen träumen davon, sich eines Tages in jemanden zu verlieben, mit dem sie auch die sexuelle Liebe und das ganze Leben genießen und zusammenbleiben können. Liebe läßt über die sexuelle Lust hinausdenken. Durch Liebe kann Sex noch sinnvoller werden.

Alles, was uns verzaubert, leitet und schützt uns gleichzeitig auch.
Wenn wir von irgendeiner Leidenschaft besessen sind,
ebnet ein mächtiger Zauber uns den Weg, hebt alle Regeln auf, beseitigt alle
Unstimmigkeiten und trägt uns mit sich –
über Abgründe, Ängste und Zweifel hinweg.
Ohne diese Macht der Liebe sind wir nur noch träge dahintreibende Boote auf dem windstillen Meer der Langeweile;
und dieses Meer ist tödlich.

Dein Gewissen ist das Maß
der Aufrichtigkeit deiner Selbstsucht.
Höre darauf.

Sex

Wann kann ich mit einer Frau schlafen?
Wenn du dich persönlich – auch seelisch – reif dazu fühlst.

Ich hab Angst, beim ersten Mal nicht alles richtig zu machen.
Verständlich, der Erwartungsdruck ist für Jungen sehr hoch.

Warum zieren sich Mädchen oft so?
Weil sie biologisch anders „gestrickt" sind und purer Sex ihnen noch nicht so wichtig ist.

Welche Stellung ist beim Sex die beste?
Jede, die dir und euch Spaß macht.

Kann meine Freundin von Petting schwanger werden?
Nein. Es sei denn, es gelangen irgendwie Samen in ihre Scheide – etwa durch die Hände nach einem Samenerguß.

Wie fühlt sich ein richtiger Orgasmus an?
„Jede Zelle meines Körpers tanzt" – hat jemand mal gesagt.

Warum denke ich den ganzen Tag an Sex?
Weil bei Jungen der Sexualtrieb von Anfang an sehr viel stärker ist.

Wie oft kann ich mich selbt befriedigen?
So oft es dir Spaß macht und dir nichts weh tut.

Wie kann ich mich vor Aids schützen?
Nur mit dem Kondom. Und zwar jedes Mal.

Warum tut das Glied oft nicht, was ich will?
Es reagiert unwillkürlich, eine Versteifung läßt sich nicht herbeidenken oder herbeizaubern. Umgekehrt genauso.

Wann kann man miteinander schlafen?

Es liegt auf der Hand, daß dich diese Frage brennend interessiert. Sehr wahrscheinlich hast du schon oft davon geträumt, wie es sein wird, wirklich mit einem Mädchen oder einer Frau zu schlafen. Leider gibt es keine endgültige Antwort darauf, wann die richtige Zeit für das erste Mal ist. Das hängt in erster Linie davon ab, ob du persönlich dich reif genug dafür fühlst. Und natürlich auch, ob du eine Freundin hast, die genauso gerne mit dir ins Bett möchte wie du mit ihr.

Die körperliche Reife spielt dabei keine Rolle. Mit dem Einsetzen der Geschlechtsreife – das heißt seit deinem ersten nächtlichen Samenerguß – könntest du theoretisch schon Geschlechtsverkehr haben und Kinder bekommen. Das ist bei allen Männern so. Bei Frauen beginnt die Geschlechtsreife mit der ersten Monatsblutung. Sie tritt ja oft schon ein, wenn sich Junge oder Mädchen noch wie ein Kind fühlen. Die geistig-seelische Reife spielt also eine größere Rolle. Entscheidend ist, daß du diesen Schritt wirklich bejahst und das Gefühl hast, daß er gut für dich ist.

Wahrscheinlich bist du in Wirklichkeit hin und her gerissen, weißt nicht so genau, was du tatsächlich möchtest: Einerseits stehst du bestimmt sexuell unter einem ziemlichen Druck, den du verständlicherweise gerne loswerden möchtest. Zum anderen hast du ziemlich sicher Angst davor, zum ersten Mal so intim mit jemandem anders zusammen zu sein. Logischerweise befürchtest du, nicht alles richtig zu machen, irgend etwas nicht zu können, keine Gliedversteifung zu bekommen oder die Partnerin nicht befriedigen zu können. Auch das geht allen so – Mädchen und Jungen – vor dem ersten Mal. Diese Gewißheit ist doch erleichternd, selbst wenn sie für dich die konkrete Situation wohl wenig vereinfacht.

Viele Schwierigkeiten beim Miteinander-Schlafen treten deshalb auf, weil einer von beiden innerlich nicht dazu bereit ist und es eigentlich gar nicht möchte. Das trifft ganz besonders für das erste Mal zu. Der Druck, miteinander zu schlafen, kann aus ganz unterschiedlichen Ecken kommen: von deinen Freunden oder deinen Kumpels, von denen du denkst, sie hätten es schon „hinter sich" und würden über dich lachen, weil du noch nicht „dazugehörst". Manchmal sind es auch Eltern, Lehrer oder andere Erwachsene, die dir in irgendeiner Form ihre Erwartungen signalisieren.
Es wird gerade in diesem Bereich massenhaft gemogelt: Du mußt es wirklich nicht glauben, wenn einer von euch damit prahlt, mit wem und wie oft er es schon „gemacht" hätte und was er sonst für ein toller Hecht im Bett sei. Auch bei Erwachsenen stimmen im übrigen Sprüche oft nicht mit der Wirklichkeit überein. Wer kann solche Aussagen schon überprüfen? Eine Frage, die sich da eher stellt: Warum hat jemand es nötig, so anzugeben, warum ist es so wichtig für ihn, anders zu scheinen, als er es wirklich ist? Den sexuellen Trieb mit schnellen Nummern zu befriedigen oder ein Mädchen zum Sexhäschen abzuwerten, ist weder eine großartige Leistung noch sonstwie verdienstvoll. Da wird das Miteinander auf das „Aufeinander" reduziert. Und dem sexuellen Druck kann man schließlich auch eigenhändig abhelfen, anstatt jemand anders unglücklich zu machen.
So jemand gesteht wohl eher ein, daß er niemanden hat, dem er sich nahe fühlt, zu dem er eine vertrauensvolle Beziehung aufbauen kann. Denn mit jemandem zu schlafen, ist die intimste Form, mit einem anderen Menschen überhaupt in Verbindung zu treten. Die Gewissensfrage, die sich wohl jeder stellen muß, lautet: Was will ich von diesem anderen Menschen? Nur körperliche Befriedigung? Nur Zeitvertreib ohne großes Brimborium? Geistige Bereicherung? Spaß und Spiel? Geborgenheit und Stütze? Anregung oder Ergänzung? Gleichwertigkeit oder Unterwerfung?

Die Gründe, miteinander zu schlafen, die in diesem Zusammenhang oft genannt werden, sind der stärkere sexuelle Druck von Jungen und die Tatsache, daß Jungen es lieber und öfter wollen als Mädchen. Das liegt eben nicht nur daran, daß Jungen biologisch tatsächlich anders gestrickt sind, sondern auch daran, daß alle Welt von ihnen erwartet, daß sie sich sexuell austoben. Jungen machen relativ rasch Erfahrungen mit ihrer Sexualität, vor allem mit der Selbstbefriedigung.

Bei Mädchen trifft das nicht zu. Sie entdecken ihre Sexualität oft erst wesentlich später. Ob das nun biologische Ursachen hat oder in der meist anderen „beschützenderen" Erziehung von Mädchen begründet ist, läßt sich nicht klar sagen. Doch ein Ergebnis ist bekannt und wird sicher auch dir einmal zu schaffen machen: Der Junge möchte gerne mit einem Mädchen schlafen, und das Mädchen gibt ihm einen Korb.

Auf alle Fälle mußt du das Nein respektieren. Im Zweifelsfall hat immer derjenige Recht, der etwas nicht möchte. Wenn du das akzeptierst, kommt das letztlich auch dir zugute. Eines ist aber vor allem für dich sehr wichtig: Du darfst eine solche Ablehnung auf keinen Fall persönlich nehmen. Mit dem Nein ist schließlich erstmal nur das Nein zum Sex gemeint und nicht das Nein zu dir! Das bedeutet keinesfalls, daß du nicht attraktiv genug bist oder etwa zu „unmännlich", sondern daß das Mädchen ganz unabhängig von dir noch nicht bereit dazu ist.

Es ist klar, daß du enttäuscht bist oder dich verletzt fühlst, wenn deine Freundin nein sagt. Eine solche Zurückweisung macht dich verständlicherweise unsicher und verstärkt deine Angst zu versagen. Für Mädchen ist da aber nicht nur die Angst vor einer Schwangerschaft oder einer Ansteckung mit Geschlechtskrankheiten **(mehr über Aids siehe S. 117, 137 f., 152, 156, 175–182)**, sondern gerade in diesem Alter Sex eine ganz andere Sache als für dich. Sie möchten oft damit noch warten.

Natürlich wäre es wünschenswert, wenn ihr über eure unterschiedlichen Erwartungen sprechen könntet. Das sollte aber nicht mit dem Hintergedanken geschehen, das Mädchen doch noch zum Sex überreden zu können. Dazu neigen Jungen in deinem Alter nämlich manchmal. Es gibt niemals ein Anrecht auf Verfügbarkeit oder die (sexuelle) Zuneigung einer Frau. Und es wäre letztendlich für dich auch nicht unbedingt sehr schmeichelhaft, wenn ein Mädchen nur deshalb mit dir schläft, weil es sich von dir unter Druck gesetzt fühlt und nicht nein sagen mag.
Du solltest versuchen, das Mädchen, ihre Sorgen und Ängste zu verstehen und im Idealfall mit ihr zu teilen. Du kannst das gleiche von ihr erwarten! Nämlich, daß sie pfleglich mit dir umgeht und zu begreifen versucht, in welcher Situation du steckst, mit welchen Wünschen und Gefühlen du zu kämpfen hast. So lernt ihr auch eigene und andere Sehnsüchte, Phantasien und sexuelle Vorstellungen einzuschätzen. Sie treten leider bei zwei Menschen nicht immer zeitgleich auf – in eurem Alter ist das sogar eher die Regel als die Ausnahme. Es kommt deshalb darauf an, ein Tempo zu finden, das beide nicht überfordert, nicht zuviel erwarten läßt, den Jungen nicht enttäuscht oder zu einem Über-sich-ergehen-Lassen des Mädchens führt.
Es ist wichtig, daß du versuchst, deinen wirklichen Standpunkt herauszufinden und auf deine innere Stimme zu hören. Wenn sie dir bedeutet, daß Sex für dich im Moment wichtiger ist als eine umfassendere Beziehung zu einem Mädchen, ist das völlig in Ordnung. Du solltest dann nur schauen, daß du ein Mädchen oder eine Frau findest, deren Wünschen das entgegenkommt. Hast du das Gefühl, du würdest selbst das erste Mal auch gerne noch etwas hinausschieben, dann solltest du dir diese Freiheit unbedingt nehmen, Es gibt schließlich keine Vorschrift dafür, wann und wie du deine Wünsche in die Tat umsetzt. Auch nicht dafür, daß sich ein Junge zwangsweise dem Gerede seiner Kameraden oder anderer Leute unterwerfen muß. Für

viele Jungen sind Liebe und Zärtlichkeit mindestens ebenso wichtig wie Sex.
Auch wenn es sich etwas spießig anhört: Du hast alle Zeit der Welt und brauchst dich mit dem ersten Mal im Endeffekt gar nicht so zu beeilen. Die Sexualität mit einem anderen Menschen zu genießen ist eine so wunderbare Sache, daß man alles dafür tun sollte, unschöne Erlebnisse zu vermeiden. Je entspannter sich deine Sexualität entfalten kann, um so mehr Freude wird sie dir machen, desto mehr Kraft kannst du aus ihr schöpfen und um so begehrenswerter bist du auch für deine späteren Partnerinnen (oder Partner). Zärtlichkeit, Liebe, Sex – all das soll Spaß machen. Und der stellt sich nur ein, wenn ihr beide das gleiche wollt.

For the very first time – was passiert dabei?

Erst einmal muß man es ganz nüchtern betrachten: Die Sexualität dient dem Menschen zur Fortpflanzung. Sie sorgt dafür, daß Kinder gezeugt und damit die Menschheit erhalten wird. Damit das auch klappt, hat die Natur es so eingerichtet, daß Sexualität lustvoll ist und ein starkes Verlangen im Menschen auslöst. Sexualität fördert eine enge Beziehung zwischen zwei Menschen und trug ursprünglich dazu bei, daß sie eine Familie gründen. Die Sexualität läßt uns Gefühle der Liebe und Verbundenheit in einer Intensität und Stärke ausdrücken, wie es auf andere Weise gar nicht möglich ist. Sie ist eine ganz besondere Form, Nähe, Intimität und tiefe Gefühle mit einem anderen Menschen zu erfahren und zu teilen.
Sexualität und Zärtlichkeit in einer Beziehung sind mehr als nur miteinander zu schlafen. Zum miteinander Schlafen wollen sich viele Jugendliche erst gut genug

kennen und miteinander vertraut sein. Das geht Jungen meist nicht anders als Mädchen. Das erste Mal ist für beide etwas ganz Besonderes. Es ist jedoch ein Märchen, daß Sex von Anfang an der reine Genuß sein muß. Frau und Mann reagieren unterschiedlich schnell auf sexuelle Erregung und müssen erst lernen, sich aufeinander einzustellen. Meist sind natürlich auch zwei unerfahrene junge Menschen zusammen. Lust und Befriedigung stellen sich nicht wie mit einem Paukenschlag ein. Viele Jugendliche berichten von körperlichen Schmerzen, Nervosität, Streß, zu wenig Zärtlichkeit, zu wenig Zeit und zu wenig Verständnis füreinander.

Sexuelle Liebe hat viele Spielarten. Sie richtet sich nach Lust, Laune und dem, was beide Partner zulassen wollen. Viele Menschen machen den Fehler, Sexualität immer mit Geschlechtsverkehr gleichzusetzen. Alles, was zwei Menschen aus sexueller Lust machen, ist Sex. Bei jungen Menschen fängt es meist mit Petting und Necking an. Damit ist das intensive Küssen und Streicheln des ganzen Körpers gemeint, vor allem aber auch von Brüsten, Kitzler und Scheide beim Mädchen, Glied und Hoden beim Jungen. Der Körper ist voller sogenannter erogener Zonen, die einen bei Berührung lustvoll erschaudern lassen. An welchen Stellen es am schönsten ist, muß man erst langsam herausfinden.

Der sexuelle Hautkontakt, bei dem man den Körper des anderen erkundet und entdeckt, kann sehr aufregend und prickelnd sein. Wer intensiv schmust, sich an den richtigen Stellen streichelt und genügend sexuell erregt ist, kommt dabei auch zum Höhepunkt. Für den Geschlechtsverkehr ist das die beste Übung. Wenn sich ein Paar darauf beschränkt, kann es sich mit der Verhütung noch Zeit lassen, bis es wirklich miteinander schlafen will. Es muß sich aber sicher sein, daß beim Liebesspiel keine Samen in den Bereich des Scheideneingangs gelangen – etwa durch die Hände nach einem Samenerguß. Das ist eine Sache, die der Junge

ganz besonders im Auge behalten muß. Steht es bevor, daß ein Paar miteinander schlafen möchte, muß das Verhütungsproblem gelöst sein. Das ist heute ja Partnerschaftssache.
„Rein technisch" gesehen, unterscheidet sich der Geschlechtsverkehr vom Petting dadurch, daß der Mann sein steifes Glied in die Scheide der Frau einführt. Mädchen, die noch nie ein erregtes Glied gesehen haben, können das anfangs als etwas bedrohlich empfinden. Das liegt unter anderem daran, daß man zwar überall nackte Frauen sehen kann, aber fast nie nackte Männer und schon gar nicht mit aufgerichteten Gliedern. Wenn ein Mädchen davor Angst hat, ist sie sicher noch nicht reif genug für die Liebe. Für etwas ältere lustbetonte Frauen kann dieser Anblick allerdings sehr erregend sein.
Bei der Frau schwillt der Kitzler an und richtet sich ebenfalls etwas auf. Die Scheide wird bei sexueller Erregung feucht, damit das steife Glied in die Scheide gleiten kann. Will ein Paar miteinander schlafen, führen Mann oder Frau (oder beide gemeinsam) das Glied meist mit einer Hand in die Scheide ein. Die beiden passen zusammen wie Schloß und Schlüssel. Die Scheide paßt sich der Größe des Gliedes bei Erregung an, indem sie sich dehnt.
Ist das Glied in die Scheide eingedrungen, bewegen sich beide miteinander so, daß sich das Lustgefühl noch weiter steigert. Für fast alle Frauen ist es wichtig, daß ihr Kitzler dabei gestreichelt wird. Das ist aber auch von der Stellung abhängig. Die meisten Paare schlafen in der sogenannten Missionarsstellung miteinander. Dabei liegt die Frau auf dem Rücken, der Mann dringt von vorne in sie ein. Diese Stellung war lange Zeit fast ausschließlich populär, weil der Mann sich dabei besonders gut bewegen kann und weil die Menschen ihrer Phantasie keinen freien Lauf ließen.
Ein Paar kann aber in allen nur denkbaren Stellungen liegen, sitzen, stehen oder sonst tun, was ihm gerade Spaß macht. Bei manchen Stellungen wird beispiels-

weise der Kitzler automatisch mehr mitgereizt als bei der „Frau-unten-Mann-oben"-Stellung, bei wieder anderen kann sich der Mann noch kraftvoller bewegen. Was am angenehmsten und am lustvollsten empfunden wird, hängt von persönlichen Vorlieben ab. Die Liebestechniken werden dabei maßlos überschätzt. Sobald ein Paar sich wirklich aufeinander einläßt, findet es ganz automatisch seine eigenen Neckereien, Zärtlichkeiten und Liebesspiele heraus. Weder Petting noch Geschlechtsverkehr müssen zwangsläufig in einem Orgasmus enden. Das Zusammensein kann auch ohne sehr beglückend sein.

Die Befürchtungen von Jungen vor dem ersten Mal gleichen sich meist: Hoffentlich versagt mein Glied nicht seinen Dienst, hoffentlich bekomme ich nicht zu früh einen Samenerguß, hoffentlich finde ich den Scheideneingang, hoffentlich wird das Mädchen feucht genug, damit ich mir nicht weh tue. Viele Jungen fürchten sich auch davor, in der Scheide stecken zu bleiben, wenn das Mädchen sich verkrampft. Das ist jedoch noch nie passiert und wohl eher ein Zeichen der Angst vor der unbekannten dunklen Höhle der Frau.

Wissen, worum es geht, macht da eine ganze Menge aus, auch wenn man dich wahrscheinlich nicht von der Erwartungsangst befreien kann. Das liegt eben in der Natur des „ersten Mals" und ist wohl vergleichbar mit der Situation, wenn du auf eine Party gehst, wo du niemanden kennst.

Mädchen fürchten sich vor dem ersten Mal, weil dabei meist das Jungfernhäutchen zerreißt. Beim Reißen gehen oft einige Blutströpfchen ab, und in den ersten Stunden danach kann sich das Mädchen etwas wund fühlen. Aber das heißt nicht, daß es verletzt ist und irgendwelche heilenden Maßnahmen ergreifen müßte. Der weiche Hautkranz am Scheideneingang hat eine dehnbare Öffnung.

Bei vielen Mädchen übersteht dieses Häutchen die erste Liebe unbeschadet, bei manchen Frauen sogar

eine Geburt. Bei nicht wenigen ist es aber auch schon früher beim Sport, beim Reiten oder Spielen eingerissen. Das solltest du wissen, damit du deine Freundin beruhigen kannst, wenn sie sich Sorgen macht oder fürchtet, du könntest es nicht glauben, daß sie noch unberührt war. Denn wenn auch die Jungfräulichkeit in unserer Erziehung kein Thema mehr ist, haben Mädchen doch manchmal noch ein schlechtes Gewissen wegen solcher Dinge. Schauergeschichten über unerträgliche Erlebnisse bei der Entjungferung stammen aus der Zeit, in der Frauen keine sexuelle Lust zugestanden wurde und viele Männer wenig Rücksicht nahmen. Das war noch vor einigen Jahrzehnten so.
Angst vor Schmerzen beim ersten sexuellen Kontakt ist unbegründet, sofern beide Partner behutsam und liebevoll miteinander umgehen. Wenn das Mädchen sexuell erregt ist, tut ihm das Eindringen gar nicht oder kaum weh. Es wäre deshalb sinnvoll, dem Mädchen die Entscheidung zu überlassen, wann der Junge in sie eindringen soll. Das ist auch für ihn selbst besser, denn wenn die Scheide des Mädchens nicht feucht genug ist, kann das Eindringen auch dem Jungen weh tun.
Schon beim allerersten Mal sind Empfängnisverhütung und Schutz vor Aids Pflicht. Du solltest in jedem Fall ein Kondom verwenden. Bist du ungeübt im Umgang damit, kannst du ruhig zu Hause mal „Trockenübungen" machen – vielleicht beim Onanieren. **(Mehr über das richtige Benutzen von Kondomen auf S. 138, 157–163, 182, 183.)** Das Mädchen könnte zusätzlich ein samentötendes Zäpfchen oder Gel benutzen. Viele Mädchen lassen sich auch vorsorglich die Pille verschreiben. Darauf solltest du dich aber nicht verlassen, sondern selbst vorsorgen. Außerdem ist das Kondom das einzige Mittel, eine Ansteckung mit Geschlechtskrankheiten zu verhindern.

Wie fühlt sich ein Orgasmus an?

„Jede Zelle meines Körpers tanzt" – hat mal jemand den Orgasmus beschrieben. Es ist die Entladung der Muskel- und Nervenanspannung auf dem Höhepunkt der sexuellen Erregung. Dieser kurze Moment der schönen Gefühle wird von jedem Jungen, jedem Mann anders empfunden. Auch von Mal zu Mal kann es ganz verschieden sein. Doch die Vorgänge im Körper sind immer die gleichen.
Die körperlichen und seelischen Reaktionen bei sexueller Erregung sind bei Mann und Frau in vielen Punkten gleich. Bei beiden verändern sich Atmung, Durchblutung und wird der sexuelle Höhepunkt von lustvollen, pulsierenden Gefühlen und rhythmischen Muskelkontraktionen begleitet. Aber es gibt einen großen Unterschied im Tempo, mit dem sich bei Frau und Mann sexuelle Erregung zuerst auf- und dann wieder abbaut. Bei Frauen dauert es fast immer länger.
Sexualforscher haben die sexuelle Anspannung des Mannes in mehrere Phasen eingeteilt, die allerdings ineinander überfließen: Während der Erregungsphase, die Minuten bis Stunden dauern kann, wird das Glied steif. Erst kommt es zu einer verstärkten Muskelanspannung in Armen und Beinen und einem leichten Blutdruckanstieg. Das Herz beginnt zu rasen. Der Hodensack zieht sich zusammen, seine Haut wird dunkler und verdickt sich. Die Hoden werden größer und rükken dichter an den Körper heran. Am ganzen Körper rötet sich die Haut bei der Liebe. Die Brustwarzen werden hart.
Die Plateauphase hält 30 Sekunden bis drei Minuten an. Die Muskelspannung und das Herzklopfen nehmen während dieser Zeit weiter zu. Im Glied staut sich noch mehr Blut und macht auch den wulstigen Rand der Eichel prall. Aus einigen inneren Drüsen wird jetzt

etwas Sekret ausgestoßen, um die Harnröhre für die Samen gleitfähig zu machen. Aus dem Glied tritt nun schon Flüssigkeit aus, in der bereits Samenfäden sein können. **(Deswegen ist Verhütung von Anfang an wichtig! Siehe auch S. 117.)**
Während der Orgasmusphase, dem Höhepunkt des sexuellen Erlebens, sind die meisten Sinneswahrnehmungen vermindert oder ausgelöscht. Viele Körpervorgänge entgleiten jetzt der Kontrolle. Der Atem fliegt, am ganzen Körper können sich die Muskeln krampfartig zusammenziehen.
Die Ejakulation – der Ausstoß der Samenflüssigkeit – und der Orgasmus werden von Kontraktionen begleitet, die dem Mann Lust und Erleichterung verschaffen. Die ersten Kontraktionen sind dabei am intensivsten und am angenehmsten, die darauffolgenden sind nicht mehr so stark. Der Orgasmus wird bei den meisten Jungen von einem befreiten Aufstöhnen und einer sekundenlangen Bewußtseinstrübung begleitet. Im Idealfall sind Körper, Geist und Seele miteinander auf dem Höhenflug.
Im Augenblick höchster Lust führt das Zusammenziehen der Muskeln um den Penis dazu, daß der Samen in Spritzern ausgestoßen wird. Das passiert nicht selten mit einer Geschwindigkeit von 70 Stundenkilometern. Die Hochgefühle beim Orgasmus entstehen unter anderem dadurch, daß die Samenflüssigkeit in den tief innerhalb der Prostata gelegenen Teil der Harnröhre gespritzt wird und sie ausdehnt. Hat länger kein Sex stattgefunden, wird diese Explosion als besonders lustvoll empfunden. Die aufgebaute Spannung entlädt sich binnen Sekunden im Samenerguß mit einem ziemlichen Druck.
Die Gefühle der Lust entstehen durch verschiedene Reize. Zunächst einmal sind es die Reize, die von den zahlreichen Nervenenden an der Eichel ausgehen. Sie reagieren auf Druck und Reibung. Die Intensität wird durch das Zurückschieben der Vorhaut beim Geschlechtsverkehr verstärkt. Weitere reizempfindliche

Zonen liegen in dem Teil des Gliedes, in dem die Harnröhre angesiedelt ist, und in der Vorhaut. Die Auflösungsphase dient in erster Linie dem Rückstrom des Blutes aus dem Glied in den Körper. Der Penis nimmt sehr rasch an Größe ab und wird wieder schlaff. Hat kein Orgasmus stattgefunden, dauert das etwas länger.

Die meisten Männer sind nach einem Samenerguß für eine Weile außer Gefecht gesetzt. Sie haben dann erstmal keine Lust mehr, und ihr Körper braucht eine Ruhepause. Diese Phase kann Minuten bis Tage anhalten. Bei Jungen und jungen Männern dauert das meist nicht so lange, bis sie wieder „können". Bei Frauen ist das anders, sie können mehrere Orgasmen hintereinander haben. Das kommt bei Männern sehr viel seltener vor. Untersuchungen haben gezeigt, daß die Orgasmusfähigkeit von Frauen anfänglich sehr viel geringer ist als die von Männern, aber mit den Jahren immer mehr zunimmt und schließlich die des Mannes wahrscheinlich sogar überflügelt.

Manchmal haben Männer auch einen Samenabgang ohne einen Orgasmus, vor allem wenn sie sich zu stark anspannen und glauben, auch im Bett besonders kontrolliert sein zu müssen. Sie werden dann leicht unsicher, weil sie glauben, nicht auch einmal passiv die Liebesbekundungen der Partnerin hinnehmen zu können. Um bei einem Orgasmus echte und umfassende Lust fühlen zu können, ist wirklich Hingabe wichtig. Und auch das will gelernt sein. Je besser ein Mann seine Ungeduld zügeln kann, desto länger dauert das sexuelle Erlebnis – und um so schöner wird es auch für ihn. Für einen Jungen ist ein Orgasmus jedoch wahrscheinlich zunächst immer erst einmal eine Erleichterung.

Sex ist auch ohne Orgasmus schön. Die Jagd nach einem Orgasmus kann nämlich den ganzen Spaß am Sex verderben. Tatsache ist beispielsweise, daß ungefähr 70 Prozent aller Frauen beim normalen Geschlechtsverkehr nicht regelmäßig zum Orgasmus kommen. Die meisten brauchen eine zusätzliche Stimulation ihres Kitzlers. Mädchen müssen ihre sexuelle Erlebnisfähigkeit erst trainieren. Junge Mädchen mit wenig sexueller Erfahrung haben es schwer, zum Höhepunkt zu kommen. Deswegen bist du noch lange kein schlechter Liebhaber, wenn sie bei den ersten Malen mit dir nicht zum Höhepunkt kommt. Erfahrungsgemäß „geht es besser", wenn das Mädchen schon Erfahrungen mit der Selbstbefriedigung hat. Daß beide in der gleichen Sekunde den Gipfel der Lust erleben, ist so etwas wie das absolute Highlight beim Liebesspiel. Und ist auch meist nur für geübte Paare zu erreichen, die schon etwas länger zusammen sind. Der gemeinsame Orgasmus sollte ein Glückstreffer bei der Liebe sein. Wer Sex zum Leistungssport macht, wird dieses gemeinsame Glücksgefühl kaum erleben.

Warum denke ich den ganzen Tag an Sex?

Jungen spüren ihre Sexualität, ihren Sexualtrieb, wie die Wissenschaftler sagen, von Anfang an sehr viel drängender als Mädchen. Sie fühlen sich dadurch manchmal fast wie fremdgesteuert. Mit der Pubertät fängt Sex deshalb an, dein Denken zu erfüllen, du beginnst, Mädchen nachzuschauen, überall Sexsymbole zu entdecken, die deine Phantasie beflügeln, und mit Freunden darüber herumzualbern.
Das ist überhaupt eine Besonderheit der männlichen Sexualität: Männer jeden Alters reagieren zunächst viel stärker auf optische Signale des anderen Geschlechts als Mädchen und Frauen. Wie magisch werden ihre Augen von einem tiefen Ausschnitt, einer engen Hose oder nackten Frauenbeinen angezogen. So stark, daß sie kaum den Blick davon wenden kön-

nen. Das ist auch der Grund, warum bei Jungen in deinem Alter der Wunsch erwacht, sich Pornos und Sexzeitschriften anzuschauen, in denen nackte Frauen zu sehen sind.
Oft entwickelt sich auch eine ausgeprägte Lust am „Spannen". Wo auch immer es geht, versuchen Jungen dann einen Blick auf nackte Mädchen und Frauen zu erhaschen, sei es beim Umziehen im Badezimmer, in den Duschräumen der Schule oder im Schwimmbad. Das gehört zur sexuellen Entwicklung dazu und gibt sich meist (zumindest in dieser Ausprägung), sobald Jungen sexuelle Kontakte zu Mädchen haben. Alles, was man – noch – nicht haben kann oder darf, reizt! Und das ist keine Schande, sondern beflügelt die Phantasie! Eine Fehlentwicklung liegt dann vor, wenn das „Spannen" für einen erwachsenen Mann wichtiger ist, als mit einer Frau wirklich zusammen zu sein und die Sexualität gemeinsam zu genießen.
Es ist natürlich aber auch klar, daß es für Mädchen und Frauen nicht angenehm ist, immer begafft, beurteilt zu werden und sich in der Intimsphäre bedroht zu sehen. Das kann gefährlich nah an der Grenze zur sexuellen Belästigung sein und auch dazu führen, daß Frauen zu bloßen Sexobjekten abgewertet werden. Das sollte dir schon bewußt sein: Du guckst zwar liebend gern auf Brüste, Po oder Beine von Mädchen und stellst dir vielleicht vor, wie es wäre, mit diesem Mädchen irgend etwas zu machen. Aber hinter diesen sexuellen Signalen steht ein ganzer Mensch, der mit deinen Vorstellungen meist nicht das geringste im Sinn und oft auch ganz andere Probleme damit hat als du!
Lust ist im übrigen eine Sache, die vor allem auch vom Kopf gesteuert wird. Außenreize spielen eine wichtige Rolle. Männer macht erst einmal vor allem das an, was sie sehen. Ihr Gesichtssinn ist besonders ausgeprägt. Frauen wiederum nehmen das Objekt ihrer Begierde eher über den Geruchs-, Tast- und Gehörsinn wahr. Sie zieht eher ein bestimmter Geruch oder eine schöne

Stimme an. Aber natürlich lassen sich auch Männer von einem schönen Duft oder einer erotischen Stimme anziehen. Viele Männer sagen sogar, Sex wäre für sie im Dunkeln besonders schön, weil sie dann ihre Partnerin besser über Nase, Ohr und Haut wahrnehmen könnten.

Warum sind meine Phantasien so wahllos?

Das ist zum Teil schon aus der Antwort der vorherigen Frage hervorgegangen. Aber es gibt auch noch eine weiterführende Erklärung: Wie sich Männer und Frauen verhalten, hat auch etwas mit der Menschheitsgeschichte zu tun. Eine Zeitlang ging man davon aus, Jungen und Mädchen würden sich bei genau gleicher Erziehung und gleichen Lebensbedingungen auch gleich entwickeln. Heute weiß man jedoch, daß die Unterschiede von Natur aus recht groß sind.
Es geht dabei um den Fortpflanzungstrieb der Menschheit, und der ist im Prinzip nicht viel anders als der von Tieren. Vereinfacht gesagt: Während „das Weibchen" sich gezielt einen Partner auswählt, von dem es glaubt, er könne es für die Zeit der Schwangerschaft, der Geburt und Kinderaufzucht beschützen und ernähren, muß „das Männchen" zusehen, daß es sich mit möglichst vielen Weibchen paart. Dabei kommt es ihm vor allem darauf an, seine Chance, zu vielen Nachkommen zu kommen, zu vermehren. Damit Männer und Frauen auch aufeinander fliegen, sind sie mit bestimmten Attributen ausgestattet beziehungsweise legen bestimmte Verhaltensweisen an den Tag: Das gilt beispielsweise für die breiten Schultern, die Muskeln und das Imponiergehabe von Männern, den Busen, den Po, das kokette Lachen und den

Hüftschwung von Frauen. Deswegen fahren Männer auch eher auf erotische Signale ab, während Frauen Macht und Stärke imponieren.
Diese Lockmittel wurden zu allen Zeiten unter anderem durch die Mode unterstützt. Nur früher trafen die Geschlechter nicht so unverblümt aufeinander wie heute. Noch bei euren Eltern oder Großeltern war es eine Sensation, wenn sie überhaupt irgendwo mal den Anblick einer nackten Frau (geschweige denn eines nackten Mannes) erhaschen konnten. Oft haben sie sich mit Bildern aus dem Lexikon oder ähnlichem „über die Runden" geholfen. Die Männer hatten vielleicht das Bild einer wollüstigen Idealgeliebten im Kopf, doch gesehen haben sie sie vielleicht selten oder niemals wirklich. Die (Schul-)Mädchen und (Haus-)Frauen in der näheren Umgebung sahen selten so schillernd aus.
Heute werden wir täglich mit Bildern von schönen, äußerlich idealen Frauen konfrontiert. In allen Medien räkeln sie sich mehr oder weniger bekleidet. Jedes Mädchen und jede Frau kann sich heute herausputzen und tut es auch: Pumps, rote Münder, Make-up, tiefe Ausschnitte, kurze Röcke, ewig lange Beine, hochgestylte Busen oder die feinsten Dessous fordern den alten Adam in jedem Jungen und Mann ständig heraus. Denn das weibliche Geschlecht signalisiert – oft ohne sich dessen bewußt zu sein – damit Paarungsbereitschaft. Der Mann muß und kann nicht anders als hingucken und eine sexuelle Regung verspüren.
Das ist zwar vor diesem Hintergrund verständlich, öffnet natürlich auch der Oberflächlichkeit Tür und Tor, denn schließlich registriert man in dem Moment nur Äußerlichkeiten, reagiert also gar nicht auf die wirkliche Frau. Und natürlich kann es einem Jungen selbst auch mal auf die Nerven fallen, wenn man immer so „blindlings" reagieren muß. Dummerweise sprudelt in diesen uralten Verhaltensmustern auch eine Quelle vieler Mißverständnisse zwischen den beiden Geschlechtern gerade in der Jugendzeit: Mädchen, die

sich aufputzen, sind sauer, wenn sie von Jungen nicht beachtet werden. Sind aber auch sauer, wenn sie beim Jungen sexuelle Begehrlichkeit auslösen. Dann fühlen sie sich abgewertet.
Das darf allerdings niemals zu einer Ausrede für sexuelle Übergriffe und Gewalt an Frauen werden – etwa in dem Sinne: „Die hat doch selbst schuld, so wie die aufgetakelt war!" . . . Wer das sagt, hat nicht verstanden, was bei einer Vergewaltigung abläuft. **(Mehr darüber auf S. 142, 186.)**
Jungen selbst geben durch ihr Auftreten auch mehr vor, als sie wirklich einhalten können. So sind sie sicher noch nicht in der Lage, eine Frau mit Baby zu beschützen und zu ernähren. Auf diese Überbleibsel aus der menschlichen Entwicklungsgeschichte ist auch zurückzuführen, daß Männer sich besonders viel Mühe geben, einer Frau den Hof zu machen, ihre Gunst zu „erjagen", bis sie sie dann „auf der Matratze hatten".
Das Gegenstück dazu: Frauen zieren sich, puschen ihren „Wert" hoch und heizen den Mann an, indem sie sich rar oder besonders schön machen, bis sie sich endlich hingeben.
Für den Mann ist der Streß dann vorbei, für die Frau beginnt er erst: Während er sich oft genug mit purem Sex zufriedengibt, ist Sex für sie das Zahlungsmittel für eine gesicherte Existenz. Natürlich läßt sich damit nicht alles erklären, was sich zwischen Männern und Frauen abspielt. Doch wirst du bei näherem Besehen dieses Prinzip sicher öfter wiedererkennen.

Warum machen mir ältere Frauen auf einmal Avancen?

Es kann sein, daß dir das nur so vorkommt. Denn Jungen in deinem Alter träumen oft davon, von älte-

ren Mädchen und erwachsenen Frauen aus der Umgebung verführt zu werden. In der Phantasie stehst du dann voll deinen Mann. So etwas ist gewissermaßen eine innere Übung für den Ernstfall.
Damit probst du, deine Rolle als Mann auszufüllen, zu der traditionell gehört, daß du dich allen Frauen überlegen fühlen mußt – es „locker" mit jeder Frau aufnehmen kannst. Auch das läßt sich unter anderem aus der menschlichen Entwicklungsgeschichte erklären. Ein Mann mußte in Notzeiten – wenn andere Männer etwa beim Jagen oder im Krieg umgekommen waren – in der Lage sein, mit vielen Frauen – egal ob älteren oder jüngeren – schlafen können und Nachkommen zeugen, um die Sippe zu erhalten. Nur das machte ihn überlegen über andere.
So ein verborgener männlicher Allmachtsanspruch kann dich gewaltig unter Druck setzen. Er ist zwar völlig überholt und steht wahrscheinlich auch im Gegensatz zu deiner Überzeugung, dennoch spielt er in unserem Denken, Fühlen und Verhalten doch noch eine große Rolle. Es liegt auch auf der Hand, daß das in dir zwiespältige Gefühle auslöst. Denn da du ja jünger und unreifer bist als eine erwachsene Frau, wirst du dich automatisch auch klein, hilflos und als Mann wenig attraktiv fühlen. Manche Jungen münzen das in ein aggressives und abwehrendes Verhalten gegen Mädchen und Frauen um.
Es ist aber auch durchaus möglich, daß Ältere dir begehrlich begegnen und dich schlichtweg „anmachen". Das kann daran liegen, daß junge Männer in deinem Alter wirklich sehr sexy sein können. Frauen beginnen dann eben im Gegenzug, in dir den Mann zu sehen. Manchmal ist es wohl aber auch so, daß die betreffende Frau keinen geeigneten Sexualpartner hat oder ihren „Alten" stinklangweilig findet und sich dann jemanden aussucht, der „easy zu handeln" ist.
Denkbar wäre auch folgendes: Da manche Frauen ihre Lust auf Sex erst später richtig entwickeln und entdecken, suchen sie sich jemanden, der ihnen ent-

wicklungsmäßig am nächsten steht. Untersuchungen haben gezeigt, daß die Orgasmusfähigkeit von Frauen anfänglich sehr viel geringer ist als die von Männern, aber mit den Jahren immer mehr zunimmt. Sie brauchen dann jemanden, vor dem sie sexuell keine Angst haben müssen, den sie führen können, der von ihnen nichts einklagen kann wie der Ehemann, der nicht so festgefahren ist, der experimentierfreudig und zärtlich ist, der seine Gefühle nicht so unangenehm kontrolliert wie viele erwachsene Männer, der sie als Frau wirklich wahrnimmt, der sich voll auf sie einläßt und Zeit für sie hat.

Wenn du dich auf so ein Verhältnis einläßt, kann das eine wertvolle Erfahrung für dich sein. Erste sexuelle Erlebnisse mit jemandem zu haben, der sich bereits auskennt, kann schön sein und auch weniger stressig. So eine Frau kann dich besser ins Reich der Erotik einführen. Männer sagen manchmal: „Auf alten Pferden lernt sich's gut reiten!" Das ist zwar nicht sehr frauenfreundlich, aber auch nicht ganz von der Hand zu weisen. Dennoch solltest du gut auf dich aufpassen. Es geht für dich darum, deinen eigenen Weg zu finden, dich nicht davon beeindrucken zu lassen, was und wie andere es tun, sondern dir selber treu zu sein. Solche Verhältnisse sind nicht leicht und selten von Dauer. Es ist für Jungen ohnehin nicht leicht, eine gleichberechtigte Partnerschaft zu entwickeln. In einer Mutter-Sohn-Beziehung ist es fast unmöglich.

Irgendwann willst du ganz sicher mit Mädchen deines Alters zusammensein. Da darfst du nicht in eine Situation geraten, aus der du nicht wieder herauskannst. Und du mußt immer dafür Sorge tragen, daß du nichts tust, was du nicht wirklich selbst willst. Hast du das Gefühl, daß dir jemand zu nahe kommt, von dem du das nicht willst, solltest du schnellstens das Weite suchen. Geht das nicht, scheue dich nicht, dir Hilfe zu suchen und mit anderen darüber zu sprechen. **(Mehr zum Thema sexueller Mißbrauch auf S. 140, 183–186.)**

Wieso zieren sich die Mädchen so, wenn man mit ihnen (gleich) ins Bett möchte?

„Soll ich oder soll ich nicht?" – ist eine Frage, die Mädchen wahrscheinlich zur Zeit mehr bewegt als dich. Sexuelle Freiheit heißt nicht, sich in jedem Augenblick und in jeder Frage für Sex zu entscheiden. Früher mußten Mädchen auf die Hochzeitsnacht warten, ehe sie Sexualität erleben durften. Heute ist das glücklicherweise nicht mehr so. Dennoch liegt diese Zeit noch nicht lange zurück. Die Frage der „ersten Nacht" ist nicht unbedeutend geworden.
Sexualität löst starke Gefühle aus, positive und negative, deshalb ist es wichtig, daß niemand sich von diesem Erlebnis überrumpeln läßt. Um ihrer selbst willen sollten Mädchen niemals mitmachen, ohne darüber nachgedacht zu haben und ohne es selbst zu wollen. Mädchen entwickeln sich ebenso unterschiedlich wie Jungen. Es gibt keine Norm, die besagt, wann Sex sein soll und wann nicht. Die körperliche Entwicklung ist bei Mädchen ebensowenig wie bei dir ein Anzeichen dafür, daß sie reif sind für Sex. Die Psyche muß dafür bereit sein. Zu frühe sexuelle Erlebnisse werden von Mädchen sehr oft negativ erlebt.
Ein Mädchen ist sehr wahrscheinlich bereit für die sexuelle Liebe, wenn sie einen Freund hat, dem sie vertrauen kann. Mit dem sie körperlich vertraut ist und mit dem sie einen Schritt weiter gehen möchte, mit dem sie schon ein paarmal Situationen erlebt hat, wo die Lust auf Sex so groß wurde, daß „es" fast passiert ist.
Generell kann man wohl sagen, daß sich die Lust auf Sex bei Mädchen sehr viel langsamer einstellt als bei Jungen. Ob diese Unterschiede zwischen den Geschlechtern jetzt durch die Erziehung in den Kopf kom-

men oder von Anbeginn in den Gehirnwindungen – als Überbleibsel uralten Paarungsverhaltens – sitzen, ist noch immer umstritten. Letztlich ist es auch momentan unerheblich: Es gibt immer wieder Situationen, in denen Frauen glauben, sie müßten mit einem Mann schlafen, obwohl sie es gar nicht wollen. Und das scheinen Männer auch von Frauen zu erwarten. Dahinter steckt ein großes Mißverständnis: Anders als Männer, deren Glied sich versteifen muß, können Frauen scheinbar immer. Auch wenn sie gar keine Lust haben. In Wirklichkeit setzt hingebungsvoller Sex für die meisten Frauen eine große seelische Bereitschaft voraus. Mit einem Mann oder Jungen, der das nicht versteht, sollte ein Mädchen keine Beziehung eingehen.
Daneben ist weibliche Lust stärker abhängig von den Begleitumständen einer sexuellen Begegnung. Frauen lassen sich leichter als Männer durch das Klingeln des Telefons, das Rufen eines Kindes, schulische Probleme oder bedrückende Gedanken von der Liebe ablenken. Sie können kaum auf die Schnelle von den logischen, sachlichen Denkprozessen des Alltags zum sinnlichen Denken wechseln. Deshalb sind sie besonders angewiesen auf eine Übergangszeit vor der Liebe, die ein Umschalten erleichtert: Zeit für ein Bad, einen Spaziergang, ein liebevolles Gespräch, ein schönes Essen.
Frauen scheinen zudem stärkere Lust zu empfinden, wenn der Partner ihnen vertraut ist. Sie berichten, daß sie bei einer festen Beziehung öfter einen sexuellen Höhepunkt empfinden. Sex ohne Gefühlsbildung scheint für die meisten Frauen nichts zu sein, sie empfinden das als unbefriedigend. Frauen mögen auch bei der körperlichen Liebe vor allem das gegenseitige Geben und Nehmen. Die Vorstellung eines Paares, das sich gerade liebt, finden sie beispielsweise viel erotischer als einen nackten Mann.
Es kann ja aber auch sein, daß du mit einem Mädchen aus einem anderen Kulturkreis zusammen bist, wo an-

dere Bräuche herrschen. Für Mädchen, deren Familie aus der Türkei, Italien, Griechenland oder Spanien etwa stammt, ist Jungfräulichkeit heute noch von großer Bedeutung. Wenn sie sich einem Mann vor der Hochzeit hingeben, schänden sie ihre ganze Familie und müssen damit rechnen, selbst verstoßen zu werden. Damit das nicht passiert, können alle Mitglieder der Familie sehr streng darüber wachen, daß kein Mensch männlichen Geschlechts dem Mädchen zu nahe tritt.
Daraus kann sich für das Mädchen ein Konflikt ergeben, der nicht leicht zu lösen ist. Einerseits möchte es vielleicht tun, was viele moderne Mädchen tun, andererseits muß es schauen, daß es nicht „aus dem Rahmen fällt", in dem es mit seiner Familie lebt. Für diese Mädchen ist es ganz besonders schwer, einen eigenen Weg zu finden. Möglicherweise finden sie auch in ihrer Familie keinen Rückhalt oder werden sehr streng erzogen. Da ist es besonders bedrückend, wenn der Freund nur wenig oder gar kein Verständnis zeigt. Solltest du mit einem Mädchen mit solchem Hintergrund nur Sex im Kopf haben, laß die Hände davon. Du handelst sonst fahrlässig.
Das sind übrigens die häufigsten trickreichen Behauptungen, mit denen Jungen versuchen, Mädchen ins Bett zu bekommen:

- Komm, wir kuscheln nur. Es passiert bestimmt nichts weiter.
- Beim ersten Mal kann gar nichts passieren.
- Ich passe schon auf. Es kann überhaupt nichts passieren.
- Ich habe garantiert kein Aids. Ich brauche kein Kondom.
- Du liebst mich nicht, sonst würdest du jetzt mit mir schlafen.
- Du bist die große Liebe meines Lebens (und das, obwohl ihr euch gerade erst kennengelernt habt).
- Du bist ja total verklemmt! Völlig von gestern, sonst würdest du mit mir schlafen.

Das ist sicher nicht besonders einfühlsam, aber in gewisser Hinsicht auch verständlich. Mädchen sollten nämlich eines bedenken: Bei Jungen zwischen 15 und 20 ist der Sexualdrang sehr stark, vielleicht stärker als jemals später im Leben. Bei ihnen ist die spielerische Grenze in dieser Zeit sehr schnell vorbei. Wenn dann nichts läuft, sind die sehr schnell frustriert und angespannt. Sie fühlen sich oftmals zu Recht „gelinkt": Mädchen flirten manchmal auf Teufel komm raus mit einem Jungen – auch um den Grad ihrer sexuellen Attraktivität auszutesten – und „kneifen", wenn es ernst wird. Einerseits ist Flirt ein Spiel, bei dem beide die Nähe zum anderen Geschlecht ausprobieren und sehen wollen, ob sie gut ankommen.
Andererseits sind Mädchen dann sauer, wenn ein Junge die Signale auf seine Art versteht. Er geht stets das Risiko ein, sich eine Ohrfeige einzufangen und am Ende ganz unglücklich dazustehen. Ablehnung zu akzeptieren ist für alle Menschen eine schlimme Sache. Was einen Jungen ganz schön unsicher machen kann, ist, daß er aus dem, was ihm das Mädchen antwortet, heraushören muß, was es wohl meint. Mädchen neigen in solchen Situationen oft dazu, sich nicht besonders klar auszudrücken. Wohl auch, weil sie befürchten, mit einem Nein sich selbst „von der Platte zu putzen".
Ob der Junge nun aus den verschwommenen Andeutungen den jeweils richtigen Schluß zieht – nämlich ob seine Angebetete ja, nein oder vielleicht meint –, entscheidet darüber, wie sie ihn findet. Ob er ein Traummann ist, ein Zauderer, ein Held, ein Schlappschwanz oder ein guter Freund. Bei jedem Spiel hat er alle Chancen . . .
Bei Männern kann diese Kluft zwischen Sehnsucht, dem Wunsch nach zärtlicher Erfüllung ihrer Liebesgefühle, ihrem Wunsch nach Sex und der Furcht vor Ablehnung einen aggressiven Zorn erzeugen. Die Machtlosigkeit und Verletzlichkeit löst einen ganz normalen Schutzmechanismus aus: Abwehr soll dafür sor-

gen, daß die Ablehnung nicht so weh tut. Bei Jungen und Männern kann sich das so äußern: Macht man den Menschen, von dem man sich abgelehnt fühlen kann, vor sich selbst klein, scheint es schon nicht mehr so zu schmerzen, wenn man zurückgewiesen wird.
Das heißt anders ausgedrückt: Gelingt es einem Mann, aus einer Frau ein Objekt, ein Betthäschen oder ein Flittchen zu machen, Liebe und Sex zu einem Spiel zu reduzieren, trifft ihn eine Ablehnung anscheinend nicht allzu sehr. Er kann sich dann sogar über die Frau lustig machen. Die Angst, eine Abfuhr zu erhalten, ist auch ein Grund, warum Jungen manchmal so negativ über Mädchen reden. Es ist sicher nicht in Ordnung, wenn ein Mädchen mit dir flirtet, obwohl sie nichts von dir will. Doch eines muß man sich immer klarmachen: Sex ist nicht die logische Konsequenz von Flirt und Zärtlichkeit!

Warum komme ich immer so früh?

Das ist ein ziemlich häufiges Problem bei jungen Männern, die sich schnell erregen lassen. Vor allem, wenn sie lange nicht mit einer Frau geschlafen oder sich selbst befriedigt haben. Manchmal ist ein schneller Samenerguß auch ein Zeichen dafür, daß der Junge unter einem besonderen Druck steht – etwa wenn er das erste Mal mit einem Mädchen schläft, Streß in der Schule oder am Arbeitsplatz hat.
Es kann aber auch in der Angst begründet sein, daß das Mädchen schwanger werden könnte, Angst vor einem erneuten vorzeitigen Samenerguß, Angst, besonders lange durchhalten zu müssen, Angst, gestört zu werden, Angst vor zu großer Nähe, die Angst vor einer Bindung. Streß jeder Art stimuliert die Ausschüt-

tung eines Hormons, das die Gefäße der Schwellkörper weitstellt und alles sozusagen im Zeitraffer ablaufen läßt.
Dabei ist ein vorzeitiger Samenerguß nicht weiter schlimm, es sei denn, das Mädchen kommt regelmäßig nicht auf seine Kosten. Das muß aber nicht sein, wenn ihr weiter zärtlich miteinander bleibt. Kuscheln und Schmusen ist für Mädchen oft sogar wichtiger als der Geschlechtsverkehr selbst. Du kannst deine Freundin mit Mund und Händen verwöhnen, bis du selbst wieder erregt bist und nochmals mit deiner Freundin schlafen kannst. In deinem Alter geht das wahrscheinlich recht schnell. Dann dauert es auch länger als beim ersten Mal. Auf alle Fälle solltet ihr euch sehr viel Zeit füreinander nehmen.
Es gibt noch einen Trick gegen einen zu frühen Samenerguß: Sobald der Junge spürt, daß der Samenerguß naht, kann er oder sein Mädchen auf einen bestimmten Punkt am Glied drücken. Dazu wird der Daumen auf das Vorhautbändchen gelegt und die Gliedspitze zwischen Daumen und Zeigefinger zusammengedrückt. Der Druck verhindert den Samenerguß. Wenn der Drang nachläßt, kann es weitergehen.

Wie kommt es, daß das Glied manchmal nicht tut, was man will?

Wie die Gliedversteifung zustande kommt, weiß man noch nicht ganz genau. Auf jeden Fall ist es ein unwillkürlicher Reflex, der vom Nervensystem gesteuert wird. Das bedeutet für jeden Mann: Eine Erektion läßt sich nicht mit Gewalt herbeidenken, herbeizaubern oder sonstwie erzwingen. Das Glied wird nach seinen

ganz eigenen Gesetzen steif oder auch nicht. Reagiert es mal so, wie „sein Mann" nicht möchte, ist das völlig normal. Es muß dich nicht beunruhigen, wenn du jetzt öfter, als es dir lieb ist, eine Erektion hast oder wenn du auch mal keine bekommst, selbst wenn du es dringend möchtest. Das passiert jedem Mann von Zeit zu Zeit immer mal wieder. Meist ist dies auf zu großen Druck zurückzuführen – manchmal aber auch schlicht auf Unlust.
Manche Männer, bei denen das häufiger vorkommt, haben unrealistische Vorstellungen darüber, wie oft und unter welchen Umständen ein Mann können muß, wie „donnernd" Sex und die Höhepunkte sein sollten und vor allem darüber, wie groß und stark ein Glied sein sollte. Da oft in unseren Betten ein enormer Leistungsdruck herrscht und wirklichkeitsfremde Normen aufgestellt werden, erwarten manche Männer auch Unmögliches von sich selbst.
Zu einem befriedigenden Sex gehört nicht zwangsläufig ein steifes Glied, sondern die beiderseitige Bereitschaft, sich aufeinander einzulassen. Denn Sex ist auch nicht gleichbedeutend mit Geschlechtsverkehr. Alles, was zwei Menschen aus sexueller Lust miteinander tun, ist Sex pur. „Reinstecken" ist nicht so wichtig, wie man vielleicht meint. Es ist nur ein Teil der Sexualität. Für Frauen ist Nähe ohnehin meist wichtiger. Männlichkeit beweist man nicht durch Supererektionen auf Knopfdruck. Als Mann muß man es lernen, daß Erektionen kommen und gehen, wie sie wollen, und daß man nicht unbedingt ein steifes Glied braucht, um mit einer Frau im Bett glücklich zu sein. Sex ist kein Leistungsturnen!

Bin ich ein guter Liebhaber?

Gibt es beim Sex wirklich Jungen und Mädchen, die „besser" sind als andere? Was macht einen Jungen oder einen Mann zum guten Liebhaber? Gibt es raffinierte Tricks, die man lernen kann? Um es gleich vorwegzunehmen: Mit Technik hat das nichts zu tun. Klar, daß man Angst hat, ein Mädchen oder eine Frau erzählt herum, man sei im Bett eine Niete oder ein schlaffer Typ. Das sind so ziemlich die größten Killer für das Selbstbewußtsein. Vielleicht denkt mancher Junge sich sogar: „Bevor ich wieder etwas falsch mache, lasse ich lieber die Finger von den Mädchen." Es braucht dann schon ein sehr einfühlsames, verständnisvolles Mädchen, um diese Blockade im Kopf wieder zu lösen.
Dabei steht es fest: Leistungsdruck beim Sex ist out. Jungen Pärchen kommt es heute weniger auf sexuelle Akrobatik an, sondern auf Liebe. In einer aktuellen Untersuchung gaben mehr als 80 Prozent der Mädchen und mehr als 70 Prozent der Jungen an, daß Sex ihnen nur wichtig sei, wenn auch Liebe und Vertrauen stimmen. Und so hat das „Gut-im-Bett-Sein" in erster Linie etwas mit Sich-öffnen zu tun. Es geht nicht darum, eine antrainierte Technik anzuwenden, sondern sensibel auf den anderen einzugehen. Wenn man nur neugierig genug auf den anderen ist und offen auf ihn zugehen kann, sind der Lust Tür und Tor geöffnet. Wo sich wirkliche sexuelle Lust aufeinander einstellt und sich das Paar aufeinander einläßt, findet es meist seine eigenen Liebesspiele heraus.
Wenn es ums Schmusen, Petting oder Geschlechtsverkehr geht, machen viele Paare den Fehler, das Erlebnis des ersten Mals immer wieder wie ein festes Ritual zu wiederholen. Das kann zu einem Teufelskreis führen: Weil man den Partner nicht verletzen möchte, macht man mit und verzichtet auf neue Erkundungen, Vorstöße und Erfahrungen. Das führt zu Unzufriedenheit und zu Frust.

Um das zu verhindern, muß man mit der Partnerin darüber reden können. Das klappt aber meist nur, wenn man das von Anfang an tut. So kann man sich auch zeigen, welche Berührungen an welchen Stellen am meisten schöne Gefühle hervorrufen. Manchmal reicht es auch schon aus, sanft und liebevoll die Hand des anderen an die betreffenden Stellen zu führen. Wenn du neugierig und liebevoll mit Händen und Zunge den Körper deiner Freundin erforschst, wird aus ihren Äußerungen und kleinen Seufzern schnell klar, wo ihre besonders empfindlichen Zonen sind. Der besondere Reiz liegt darin, es abwechselnd zu tun. Das heißt, daß mal der eine, mal der andere Partner passiv genießt und sich seinen Gefühlen hingibt. Wer aber seine eigenen Lustgefühle und den Körper des Partners kennt, der wird auch beim Geschlechtsverkehr Spaß haben. So kann man stundenlang miteinander spielen und braucht noch nicht einmal den Geschlechtsverkehr oder einen Orgasmus, um das Zusammensein richtig genießen zu können.
Natürlich sind auch einige andere Dinge von Bedeutung, die den Sex zum Erfolg kommen lassen: Ihr solltet ungestört sein und ein Zimmer für euch allein haben. Vielleicht mögt ihr eine stimmungsvolle gemeinsame Lieblingsmusik, Kerzenlicht, Blumen, Drinks oder Sweeties, um in Stimmung zu kommen. Und natürlich solltet ihr Zeit haben. Klar, ein Quickie zur rechten Zeit am rechten Ort kann manchmal sehr aufregend sein. Nur: Es handelt sich dabei stets um wenige Minuten Lust. Wenn sich ein Paar jedoch mit Muße gegenseitig mit zunächst nur verhaltener Leidenschaft zärtlich berührt, streichelt und küßt, wird es möglich, intensivste Empfindungen zu erleben und höchste Gipfel der Lust zu erklimmen.

Ist es verwerflich, zu einer Prostituierten zu gehen?

Hochrechnungen beweisen, daß täglich mehr als eine Million Männer in Deutschland zu Huren geht. Es kann also gar nicht so ungewöhnlich sein. Statistisch gesehen hat wohl jeder Mann in seinem Leben einmal Kontakt zu einer Prostituierten. Zu den Stammkunden gehören Männer, denen man „das" nicht ansieht – junge Männer, alte Männer, Arme, Reiche, Singles, Familienväter, Politiker, Geschäftsleute. Oft sind es Männer, die sich nach außen hin als Saubermänner und Moralapostel darstellen. Die meisten Männer lügen nämlich, wenn man sie danach fragt, ob sie zu Prostituierten gehen oder sich anderweitig Sex kaufen. Ebenso wie die meisten Männer schwindeln, wenn sie danach gefragt werden, ob sie sich gerne Pornos anschauen.

Indem die Männer es heimlich machen, wird alles in eine Grauzone abgedrängt. Diese Doppelmoral macht die Prostitution verwerflich, nicht die Frauen, die für Geld ihre Dienste anbieten. Das Problem sind und bleiben die Freier. Eines der schwerwiegendsten Beispiele: Die meisten Männer, die auf den Strich gehen, weigern sich tatsächlich, Kondome zu benutzen. Ja, sie bezahlen sogar dafür, daß sie darauf verzichten können. Und das im Angesicht der Aids-Gefahr, die unaufhörlich wächst. Sie gefährden damit nicht nur die Prostituierten und sich, sondern vor allem auch ihre Frauen und Kinder.

Es gab aber auch Zeiten, in denen ein Vater seinen Sohn mit zu einer Prostituierten nahm, um ihn von einer „Fachfrau" in die Liebe einweisen zu lassen. Prostituierte, die ihrem Beruf freiwillig und mehr oder weniger ohne Zwang nachgehen (das heißt beispielsweise, die nicht anschaffen gehen müssen, weil sie drogenabhängig sind oder dazu gezwungen werden), sind bestimmt nicht die schlechtesten Lehrerinnen in Sachen

Sex. Wenn du das Bedürfnis, das Geld und die Gelegenheit hast, ist es sicher nicht unmoralisch, wenn du mal schaust, ob das etwas für dich ist. Du mußt aber gut auf dich aufpassen, daß dir nichts passiert. Prostitution und Kriminalität sind oft miteinander verstrickt, und die Gefahr, daß einem „Grünschnabel" nur das Geld aus der Tasche gezogen wird – notfalls mit Gewalt –, ist relativ groß.
Vielleicht kannst du dich einmal umhören, wer sich damit auskennt. Im Idealfall kannst du mit deinem Vater, einem älteren Bruder oder einem Onkel darüber sprechen. Es ist sinnvoll, wenn du dich an einige Regeln zum Selbstschutz hältst: Niemals darfst du auf ein Kondom verzichten. Keinesfalls solltest du auf den Straßenstrich oder den Babystrich gehen, und du sollst die Grauzonen zum Drogenkonsum meiden. Besser aufgehoben ist man in festen Häusern, wo eine polizeiliche Anmeldung und regelmäßige Gesundheitsuntersuchungen inklusive Aids-Test garantiert sind. Oder bei einer privaten Prostituierten oder einem Callgirl, wo du dir Zeit lassen kannst und nicht nach einigen Minuten wieder weggeschickt wirst.
Solche Besuche solltest du dir allerdings nicht zur Regel machen. Denn die schnelle und oberflächliche Sexualität, die du da kennenlernst, hat nichts gemein mit einer erfüllten gleichberechtigten Sexualität mit einer Partnerin deines Alters. Auf Dauer wird dich das davon abhalten, reif und erwachsen zu werden.
Die meisten Frauen empfinden es übrigens als überaus kränkend und verletzend, wenn sie erfahren, daß ihr Freund oder Mann sich Sex kauft. Darin sehen sie einen Verrat an ihrer Liebe. Sexuelle Hingabe ist für sie der größte Liebesbeweis. Und es ist sehr schwer für sie zu verstehen, warum ausgerechnet ihr Liebster es nötig hat, sie derartig zu hintergehen.
Warum gehen Männer überhaupt zu Prostituierten? Darauf eine umfassende und angemessene Antwort zu finden, ist wohl ebenso schwierig, wie die Frage zu beantworten, ob die Menschheit nicht genausogut

auch ohne Prostitution auskommen könnte, wenngleich es sich um das „älteste Gewerbe der Welt" handelt. Ganz sicher liegt eine Ursache im stärkeren Sexualtrieb von Männern und in der Tatsache, daß viele Männer ganz offenbar und zunächst ganz wertfrei zu Hause oder mit einer Partnerin nicht auf ihre Kosten kommen. Wahrscheinlich hat dies unter anderem etwas damit zu tun, daß „normale" Frauen lange Zeit ihre eigene Sexualität nicht ausleben, selbst keinen Spaß daran haben durften, logischerweise deshalb im Bett eher lustlos reagierten und die Männer oft ziemlich rabiat waren.

Prostituierte erzählen aber, daß nur relativ wenige Dauerkunden normalen Sex wollen. Sie suchen keine Nähe und keine Zärtlichkeit. Oft werden sie auch nicht von Lust getrieben, sondern von einem inneren Zwang. Die meisten stehen auf irgend etwas Perverses, oft verbunden mit einem Rollentausch, bei dem die Frau den Mann erniedrigen und demütigen kann. Sicher ist die Sexualität auch ein Ort, an dem heimliche Machtkämpfe ausgetragen werden. Die Ursachen dafür liegen in der Lebensgeschichte des jeweiligen Mannes, in einer Persönlichkeit mit geringem Selbstwertgefühl und großen Selbstzweifeln.

Psychologen haben die Erfahrung gemacht, daß es sich dabei oft um Männer handelt, die als Kind keine Chance hatten, eine eigenständige Persönlichkeit zu entwickeln und auch ihren sanfteren Seiten genügend Raum zu geben. Viele haben Strafe, sogar Schläge als einzige Form der Zuwendung kennengelernt und setzen das nun mit Liebe gleich. Bei einer Prostituierten kaufen sie sich dann, was sie aus der Kindheit kennen. Bei Fehlern werden sie direkt bestraft, ohne sich aber weiter damit auseinandersetzen zu müssen. Diese Art von Sex soll ihnen helfen, sich stärker zu fühlen und sicher auch, sich über Frauen verächtlich zu machen. Die Wirkung dieser „Droge" läßt allerdings schnell nach, mit der Zeit immer schneller: Die Häufigkeit, die Härte oder die Brutalität muß dann gesteigert werden.

Daß gerade beruflich erfolgreiche Männer diese Form der Sexualität anscheinend besonders oft wählen, liegt zum einen daran, daß sie mit ihrem Erfolgsstreben und dadurch, daß sie anderen etwas befehlen können, auch versuchen, Ängste und Einsamkeit zu überdecken. Zum anderen genießen sie es, von der Prostituierten sozusagen auf ein Normalmaß zurechtgestutzt zu werden, sich auch mal wieder klein und abhängig zu fühlen wie damals als Kind. Das ist wohl untrüglich ein Zeichen dafür, daß sie nicht in der Lage sind, in einer normalen Beziehung Stärke und Schwäche gleichzeitig auszuleben, bei ihrer Partnerin sich auch einmal fallen und sich von ihr führen zu lassen.

Ganz extrem ist das bei Männern, die Kinder als Prostituierte bevorzugen. Das ist eine der verwerflichsten und schändlichsten Formen der Prostitution. Kinderprostitution wird ausschließlich von erwachsenen Männern ausgenützt. Die Kinder, die sich für deren Sexspiele hergeben müssen, sind nichts anderes als leidgeprüfte Opfer. Es ist kaum vorstellbar, daß manche Männer daran Gefallen finden, mit Kindern – Mädchen wie Jungen – sexuell zu verkehren, daß es nicht nur in Entwicklungsländern, sondern auch in Deutschland Eltern gibt, die ihre Kinder als Sexobjekte verkaufen.

In vielen Ländern der sogenannten dritten Welt ist die Prostitution von Minderjährigen oft die einzige Einnahmequelle für deren Familien. Dies wiederum ist nur möglich, weil sich genügend „Kunden" der Wohlstandsgesellschaft finden, die die Armut dieser Bevölkerungsgruppen rücksichtslos ausnützen. Kinder werden regelrecht vermarktet: als sexuelle Lustobjekte in Pornomagazinen, Pornofilmen und für den Geschlechtsverkehr.

Auch bei uns gehen immer mehr Kinder auf den Strich, weil sie in miserablen Familienverhältnissen leben, von zu Hause abhauen, weil sie drogensüchtig sind und auf der Straße leben, weil sie keine wirklichen Bezugspersonen haben. Selbst wenn viele der Minderjährigen nach außen hin so tun, als ob sie überhaupt keine Probleme mit ihrem „Beruf“ haben, bleiben tiefe seelische Wunden zurück, unter denen sie nicht selten ihr ganzes Leben lang leiden und die es ihnen unmöglich machen, irgendwann auch einmal ein normales Leben zu führen. Kinder und Jugendliche müssen mit allen Mitteln vor einem solchen Mißbrauch geschützt werden. Pädophilie – der sexuelle Mißbrauch von Kindern – wird in Deutschland mit einer Freiheitsstrafe von bis zu zehn Jahren geahndet.

Was ist pervers?

Die Frage muß wohl eher lauten: Was ist normal? Das hing schon immer von Kulturkreis, Moralvorstellungen und der jeweiligen Zeit ab und nicht zuletzt von der Einstellung, die jeder einzelne davon hat. Noch im vergangenen Jahrhundert galt es als pervers, wenn eine Frau ihre Lustgefühle offen zeigte. Heute ist es wahrscheinlicher, daß eine Frau, die auf ihre Sexualität verzichtet, als „unnormal“ abgestempelt wird. Auch Selbstbefriedigung galt lange Zeit als pervers und schändlich.
Sexualwissenschaftler sind dazu übergegangen, statt von Perversionen von „Varianten“ des Sexualverhaltens zu sprechen. Gemeint sind damit auch belästigende Verhaltensweisen wie Exhibitionismus und Voyeurismus, die meist zwanghaft sind und als Ersatz für „echte“ Sexualität herhalten müssen. Meist sind es Männer, die einen größeren Hang zu solchen Verhaltensweien haben. Wo das Normale aufhört und das Perverse anfängt, wird von jedem einzelnen Menschen anders betrachtet. Es gibt Sexpraktiken, die für manche Menschen wirklich unvorstellbar sind, doch von anderen werden sie bevorzugt. Das sind Grenzen, die jeder Mensch, jedes Paar für sich selbst abstecken muß.

Allerdings gibt es wirklich Dinge, die aus dem Rahmen fallen und strafrechtlich verfolgt werden müssen: Strafbar ist unter allen Umständen und auf alle Fälle jede Form von Vergewaltigung. Als besonders pervers gilt Sex mit Kindern. Mit Gefängnis bis zu zehn Jahren müssen Erwachsene rechnen, wenn sie sich an Minderjährigen vergehen. Dazu gehört auch, wenn Kinder für Pornofilme mißbraucht werden. Allein der Besitz von Kinderpornos wird strafrechtlich verfolgt. Werden Voyeure und Exhibitionisten, die ihr Glied in der Öffentlichkeit zeigen, angezeigt, müssen sie mit einer Verurteilung rechnen.

Das gilt auch für die Pornographie. Pornographie soll erregen durch die hautnahe Darstellung von sexuellen Handlungen in Wort und Bild. Die „weiche" Variante (softcore) täuscht den Geschlechtsakt nur vor. Die Darsteller „harter" Pornos tun es tatsächlich. Sehr häufig spielen Gewalt und Brutalität eine große Rolle dabei. Laut Strafgesetzbuch muß ein „Porno" beschlagnahmt werden, wenn er Gewalt, sexuellen Mißbrauch von Kindern oder sexuelle Handlungen mit Tieren zeigt. Fast immer werden Frauen in solchen Machwerken diskriminiert. Das ebenfalls unter Strafe zu stellen, wird von einigen Frauengruppen gefordert. Ob Frauen selbst überhaupt Pornos mögen, und wenn ja, welche, wird zur Zeit viel diskutiert. Ganz offenbar haben Frauen an Begegnungen mit „wirklichen" Menschen mehr Freude.

Wenn Männer und Frauen nicht ohne Pornos in Stimmung kommen, sind zwei Ursachen denkbar: Zwischen zwei Partnern gibt es unterschiedliche sexuelle Wünsche, zum Beispiel kann der eine sehr freizügig sein, während der andere eher schüchtern ist. Diese Lücke überbrückt der sexuell interessiertere Partner mit Pornos und vermeidet damit Streit über für den anderen unzumutbare Forderungen. Wer Pornos braucht, kann aber auch Angst haben vor der Begegnung mit einem „echten" Partner. Die Sexualpartner aus Papier und Zelluloid sind immer willig, verfügbar, kennen kei-

ne Scham und keine langen Diskussionen. Mit ihnen gibt es nie Probleme wie in der Wirklichkeit.
Wer zu extremen sexuellen Praktiken neigt, hat oftmals in der Kindheit schwere Schäden davongetragen und sollte sich nicht scheuen, Hilfe anzunehmen **(Adressen ab S. 241.)**.

Wie bringe ich meine Freundin dazu, meine Wünsche zu erfüllen?

Oft bleiben erotische Wünsche unausgesprochen. Aus Scham oder Angst, die Freundin zu verletzen. Meist merkt man schon instinktiv, ob sie etwas mitmachen möchte oder nicht. Manchmal versucht ein Junge aber auch, seine Freundin zu etwas zu überreden, was sie sich in ihren kühnsten Träumen nicht vorzustellen vermag. Eine häufige Beschwerde von Jungen und Männern ist, daß ihre Partnerinnen sich scheuen, bestimmte Wünsche zu erfüllen – etwa sein Glied mit dem Mund zu liebkosen, sich von hinten lieben zu lassen oder seinen Po anzufassen. Es gibt eine Reihe von Dingen, die für ein junges Mädchen gewöhnungsbedürftig sind und die es auf keinen Fall tun sollte, wenn es sich dafür nicht reif fühlt.
In der Liebe ist nur erlaubt, was beiden gefällt. Andersherum ausgedrückt: Es ist **nicht** erlaubt, was nur einem gefällt. Und so gilt: Auch wenn es uns schwerfällt, über die eigenen intimsten Wünsche zu sprechen, so müssen wir das tun, wenn sie erfüllt werden sollten. Und wir müssen eine Ablehnung in Kauf nehmen, wenn der andere etwas dagegen hat.
Überredungskünste sind hier nicht angebracht. Die Gefühle des anderen müssen akzeptiert werden.

Allerdings kann man sich auch gemeinsam liebevoll an neue Dinge herantasten. In der sexuellen Liebe steht Einfühlungsvermögen an erster Stelle. Wer den anderen durch leise erotische Signale zu verstehen gilt, was ihm besondere Freude macht und auch seine sexuelle Erregung spüren läßt, gibt ihm die Möglichkeit, selbst einen Weg zu finden.

Ist es schädlich, sich oft zu befriedigen?

Früher glaubte man, Selbstbefriedigung sei schädlich. Heute weiß man, daß das der pure Unsinn war. Doch ganz offenbar hat sich das immer noch nicht ganz herumgesprochen. Das liegt sicher auch daran, daß ein großer Teil der Erwachsenen noch in dem Bewußtsein aufgewachsen ist, daß Selbstbefriedigung etwas ganz Schlimmes ist. Den Jungen in früheren Jahrzehnten wurde noch weisgemacht, von der Selbstbefriedigung bekäme man einen krummen Rücken oder müsse gar mit Gehirnschwund rechnen. Ja, sie wurden sogar bestraft, wenn sie dabei erwischt wurden, wie sie selbst Hand an sich legten.

Sich selbst sexuellen Spaß zu bereiten, ist weder unmoralisch noch gesundheitsschädlich. Im Gegenteil: Selbstbefriedigung ist eine ganz normale Spielform der Sexualität und hat eine ganze Reihe von guten und sogar gesunden Eigenschaften. Die meisten Menschen erleben ihre ersten sexuellen Erfahrungen bei der Selbstbefriedigung. Fast alle Jungen und ein großer Teil der Mädchen befriedigen sich selbst. Übrigens: Auch Erwachsene tun es! Es ist die beste Möglichkeit, sich selbst kennen und lieben zu lernen, sich selbst anzunehmen, Lust und Gefallen am eigenen Körper zu finden. Jugendlichen ermöglicht sie, sexuelle Erfahrungen mit sich selbst zu sammeln, sich aber Zeit und Muße bei der Partnersuche zu lassen.

Jungen entdecken die Selbstbefriedigung relativ schnell, nachdem sie ihren ersten unwillkürlichen Samenabgang hatten. Es ist für sie die beste Möglichkeit, „Dampf abzulassen", weil ihr Sperma manchmal förmlich auf „Entladung drängt". Für Mädchen ist es ebenfalls eine sinnvolle Erforschung des eigenen Körpers. Viele Mädchen lernen erst so, ihre eigene Sexualität zu entwickeln und auch einen Orgasmus zu haben. Es ist eine wesentliche Erfahrung, die es ihnen auch ermöglicht, die Sexualität mit einem Partner selbstbewußter und entspannter zu genießen, ihm auch zu sagen, was in der Liebe besonders schön ist, was und wo es am meisten Spaß macht. Allerdings kommen sie oft nicht auf die Idee, daß diese Form der Eigenliebe etwas für sie selbst sein könnte. Es gibt keinen Grund sich zu schämen, wenn man sich selbst befriedigt. Wahrscheinlich ist, daß es auch für dich befriedigender ist, wenn du mit einem Mädchen zusammen bist, das schon mit sich selbst Erfahrungen gesammelt hat. Selbstbefriedigung ist überdies eine Möglichkeit, sexuell zu leben, für all diejenigen, die gerade keinen Partner haben, deren Partner nicht da ist, die Schwierigkeiten mit ihrem Partner haben, die andere Vorstellungen über die Häufigkeit von Sex haben als der Partner. Deswegen bleibt die Selbstbefriedigung wohl für erwachsene Männer ein wesentlicher Teil ihres sexuellen Lebens. Manchen Paaren macht es auch Freude und stärkt die sexuelle Lust, sich gegenseitig dabei zu beobachten. Bei der Selbstbefriedigung kann sich auch die Phantasie voll austoben.

Frauen streicheln dabei ihre Brüste und massieren ihren Kitzler, manche stecken sich auch noch einen Finger in die Scheide und bewegen ihn hin und her. Männer befriedigen sich selbst, indem sie ihr Glied mit der Hand rhythmisch reiben, so wie es ihnen Spaß macht. Meist wird dabei die Vorhaut hin und her geschoben.

Jungen befürchten oft, daß zu häufige Selbstbefriedigung schädlich sein könnte. Es gibt da jedoch keine Einwände: Selbstbefriedigung kann so oft betrieben werden, wie es Spaß macht und wie die Geschlechtsorgane mitmachen, ohne wund zu werden. Du selbst wirst merken, wenn es dir zuviel wird. Meist gibt sich die Häufigkeit in dem Moment, wo du eine sexuelle Beziehung eingehst. Selbstbefriedigung darf allerdings nicht dazu führen, daß du dich immer mehr zurückziehst. Wenn du das tust, obwohl du eine feste Partnerschaft hast, ist das ein Zeichen dafür, daß mit euch beiden etwas nicht in Ordnung ist und du dich aus der Beziehung ausklinkst.

Mir ist Zärtlichkeit wichtiger als Sex, ist das unnormal?

Alle Menschen brauchen Zärtlichkeit und Zuwendung, um körperlich und seelisch gesund zu bleiben. Manche Menschen sind da bloß etwas einseitig gepolt und glauben, daß Jungen nicht verschmust und zärtlich sein dürfen. Es wird noch immer erwartet, daß Jungen Draufgänger sein müssen, einsame Wölfe, Indianer, die keinen Schmerz und keine liebevolle Hingabe kennen. Verhalten sie sich anders, sagt man ihnen nach, sie seien weichlich und unmännlich. Ein Junge, der stiller und verträumter ist als andere, Prügeleien aus dem Weg geht, keine Sportkanone ist, sich gerne mit Mädchen zusammen aufhält, viel liest, malt, Musik macht oder Gedichte schreibt, muß mit dem Spott seiner Freunde rechnen. Mädchen werden hingegen dazu erzogen, Gefühle zu zeigen, lieb und zärtlich zu sein. Tun sie das nicht, gelten sie als gefühlskalt und männermordend.
Das ist aber schlicht ungerecht. In beiden Geschlech-

tern sind weibliche und männliche Anteile angelegt. Nur wenn man sie beide angemessen ausleben kann, wird man ein „runder" Mensch. Verstand und Gefühle schließen sich niemals aus! Liebevollere und weichere Umgangsformen zeigen lediglich, daß man nicht so kleinkariert und eingeengt in einer wirklichkeitsfremden Geschlechtsrolle festhängt. Damit stehen einem Menschen wesentlich mehr Lebensmöglichkeiten offen.

Ganz schlimm wird es, wenn sich andere dazu hinreißen lassen, jemanden, der Gefühle zeigt, als „schwul" zu verurteilen. Da sind vor allem Jungen in deinem Alter ziemlich gnadenlos. Sie gehen oft sehr rüde, ja brutal miteinander um. Einmal abgesehen davon, daß damit eine Menge von Vorurteilen über Homosexualität ausgedrückt wird, nehmen sich Jungen so auch die Chance, einander in ihren Eigenheiten Rückhalt zu geben. Damit sagen sie auch eher etwas über sich selbst aus: nämlich, daß sie Angst haben, selbst als unmännlich abqualifiziert zu werden, und froh sind, selbst nicht als Mann mit normalen Gefühlen erwischt worden zu sein. Dazu gehören übrigens auch Angst, Wut, Verachtung, Verletztheit.

Jungen bereden nur wenig persönliche Dinge untereinander. Selbst gute Freunde tun das kaum. Sie scheuen sich davor zuzugeben, wenn ihnen etwas weh getan hat. Denn nach dem Männlichkeitsprinzip wird nur verletzt, wer nicht hart und wehrhaft ist. Nur Jungen, die ihre Gefühle stark kontrollieren und „Nerven wie Drahtseile" haben, gelten als männlich. Sie tun so, als fechte sie nichts an, als könnten sie jede Situation locker bewältigen, als wären sie nie ratlos, hätten nie Angst, etwas nicht zu schaffen, und sich auch mal „in die Hosen zu machen".

Auch in der Sexualität sollen sich Jungen demnach stets wie Eroberer und Draufgänger verhalten, „die Hosen anbehalten" und Mädchen immer erfolgreich befriedigen. Wo und wie sie das lernen, scheint ihre eigene Sache zu sein. Sie protzen mit wirklichen oder

erfundenen Erfahrungen herum, aber schaffen es weder, ihren eigenen Wünschen auf die Spur zu kommen, noch wirklichen Kontakt zu einem Mädchen zu finden. Der „Erfolg" dieser Fehleinschätzung ist, daß jeder Junge denkt, er sei allein mit seinen vermeintlich unerwünschten Gefühlen, seinen Problemen, seinem Kummer und den unbeantworteten Fragen.
Du kannst sicher sein, daß Niederlagen, Kummer, Angst, der Wunsch nach Zärtlichkeit und Geborgenheit zu jedem, aber auch jedem männlichen Leben dazugehören. Auch wenn andere dich tausendmal auf Großartigkeit und Rücksichtslosigkeit festnageln wollen. Das hat letztlich auch nichts mit Männlichkeit zu tun, sondern ist eine ziemlich nutzlose Demonstration von Macht und der zweifelhaften Eigenart, anderen Angst einzujagen. Wer sich so verhält, hat seinen weichen Seiten schon längst eine Zwangsjacke übergestülpt. Es ist schön und erstrebenswert, wenn ein Junge seine Lust auf Zärtlichkeit ausleben und mit Herz, Gefühl und Verstand lieben kann. Er kann dann ein erfüllteres Leben führen als andere – und dabei keinen Deut weniger männlich sein.

Ich interessiere mich nicht für Mädchen, was kann ich tun?

Jungen, die mit Jungen gemeinsam onanieren, und Jungen, die nur auf Jungen abfahren – ist das ein und dasselbe? Sich für das eigene Geschlecht zu interessieren ist nicht so ungewöhnlich, wie oft angenommen wird. Gerade Jungen, die in der Pubertät sind, fühlen sich oft von einem Freund sexuell angezogen. Es kommt zu erotischen Begegnungen, die in diesem Alter keine Seltenheit sind.
Oft ist es bei Jungen auch eine ganze Clique, die

gemeinsam ihre ersten sexuellen Erfahrungen sammelt. Erst wird vielleicht um die Wette gepinkelt, dann die Größe der Glieder miteinander verglichen, und da liegt das miteinander Onanieren nicht mehr fern. Sie stehen ja meist unter einem erheblichen sexuellen Druck, den sie auf jede erdenkliche Art loszuwerden versuchen.
Die meisten Jungen verspüren trotzdem später keinerlei homosexuelle Neigung. Ihre Erlebnisse sind Teil der normalen Reifungsphase, nicht mehr und nicht weniger. In den meisten Menschen scheint die Möglichkeit angelegt zu sein, sich zu beiden Geschlechtern hingezogen zu fühlen. Manche pendeln ihr Leben lang zwischen den beiden hin und her. Das nennt man bisexuell.
Erst dann, wenn sich das sexuelle Verlangen ausschließlich auf das eigene Geschlecht hin verlagert, spricht man von Homosexualität. Der Begriff kommt vom griechischen „homos" für „gleich" und dem Lateinischen „sexus" für „Geschlecht". Weshalb der eine oder andere Mensch gleichgeschlechtliche Neigungen hat, ist bis heute umstritten und nicht wirklich erforscht.
Die Meinungen in der Medizin, der Psychoanalytik und der Sexualwissenschaft klaffen da auseinander: Während die einen glauben, daß Homosexualität auf seelische und familiäre Einflüsse zurückzuführen sei, sind andere wiederum der Ansicht, daß sie hormonell oder genetisch bedingt seien. Letztlich ist das jedoch völlig unerheblich. Es kommt darauf an, die Homosexualität als menschliche Lebens- und Liebesform zu akzeptieren. Jeder Mensch hat das Recht, sich zu entscheiden, wem er seine Liebe schenken und auf welche Weise er seine Sexualität ausleben möchte.
Homosexualität ist weder krankhaft noch abartig und darf auch nicht verfolgt werden. Auch nicht mit übler Nachrede, Mißtrauen und Unverständnis. Das sollte nun wirklich der Vergangenheit angehören! Homosexuelle Männer erfuhren jahrhundertelang teilweise

härteste Strafen. Sehr oft mußten sie für ihre Neigung mit dem Leben bezahlen. Lesbische Frauen hingegen wurden nie vom Gesetzgeber verfolgt. Die Engstirnigkeit der Umwelt macht es vielen homosexuellen Mädchen und Jungen so schwer, sich offen zu ihrer Neigung zu bekennen. Viele brauchen Jahre für ihr „coming-out" – wie man es nennt, wenn sich Homosexuelle zu ihrer Neigung bekennen.
Da es ohnehin meist gar nicht so leicht ist, mit sich selbst klarzukommen, werden für diejenigen, die nicht der gesellschaftlichen Norm entsprechen, die Probleme manchmal überwältigend und sind oft nicht allein zu überstehen. Jungen, die bei sich eine homosexuelle Neigung feststellen, wissen meist zunächst nicht, wie sie damit fertig werden sollen. Gerade die Betroffenen, die auf dem Land oder in einer Kleinstadt leben, haben kaum Möglichkeiten, Gleichgesinnte kennenzulernen.
Denn der Kreis der Jungen, die als Partner in Frage kommen, ist ja wesentlich kleiner als der der Mädchen. Außerdem gibt es anfangs wohl auch immer eine Phase des Umeinanderherumschleichens mit der bangen Frage im Kopf: „Ist er auch so wie ich?" Ob ein anderer Junge sich mehr für das eigene oder andere Geschlecht interessiert, kann man ihm nicht an der Nasenspitze ansehen. Nach einer Weile und mit zunehmender Erfahrung wachsen dafür Antennen, und es geht etwas leichter. Dennoch sind leider Enttäuschungen und Rückschläge nicht zu vermeiden. Um sich solche trostlosen Situationen zu ersparen, verkehren Homosexuelle oft nur in ihren eigenen Kreisen (daraus hat sich eine eigene Kultur entwickelt), in denen sie selbst die Spielregeln bestimmen.
Während es in Großstädten einschlägige Lokale, Buchläden und Cafés gibt, in denen auf lockere Art Kontakte geknüpft werden können, finden homosexuelle Jungen auf dem Lande nur schwer Anschluß. Das Anderssein belastet gerade junge Menschen oft sehr. Sie haben panische Angst, sich ihren Eltern, Ge-

schwistern, Lehrern und Freunden zu offenbaren. Manche Menschen merken schon relativ früh, daß sie homosexuell fühlen. Andere haben erst Kontakte zum anderen Geschlecht, bis ihnen oder auch ihren Partnern schwant, daß ihnen das gar nicht so liegt. Seine eigene Homosexualität zu erkennen, geht nicht wie ein Paukenschlag, sondern ist ein langwieriger Prozeß.

Wenn du merkst, daß du Jungen lieber hast als Mädchen, wird auch dich das in eine Krise werfen, in der du aber zu deinen Gefühlen stehen mußt, wenn du sie zuläßt. Du wirst dich einsam und verlassen fühlen, einfach schon deshalb, weil du nicht weißt, wem du dich anvertrauen sollst. Es ist zunächst schwer, unbefangen mit dieser Erkenntnis umzugehen und sie auch so den Eltern oder Freunden zu präsentieren.

Unsere Gesellschaft macht es immer noch nicht leicht, anderen einzugestehen, daß man homosexuell fühlt. Wir sind ja keine Einzelwesen, sondern sind einer Vielzahl von Einflüssen ausgesetzt. Auch in unserem eigenen Kopf mischt alles mit, was wir jemals über ein Thema bewußt oder unbewußt mitbekommen haben. Eltern, Schule, Fernsehen, Medien, Werbung, Kirche und Politik bestimmen so indirekt auch unser Sexualleben mit. Du solltest dir vor Augen halten, daß Menschen, die Homosexuelle besonders scharf angreifen, oft Probleme haben, mit ihren eigenen sexuellen Neigungen fertig zu werden. Würden sie anderen Menschen nicht oftmals schaden, wären sie eigentlich zu bedauern.

Daß deine Eltern auf deine Mitteilung anfangs befremdet reagieren, solltest du zu verstehen versuchen. Denn es ist nicht zwangsläufig böse gemeint und gegen dich gerichtet. Sie werden einfach erst einmal Angst haben, daß es dir nicht gutgehen könnte, sie werden sich Sorgen machen, weil ein schwieriger Weg vor dir steht, sie werden sich Vorwürfe machen, daß sie in deiner Erziehung etwas falsch gemacht haben, und sie müssen auch die Träume vom Familienglück

mit Schwiegertochter und Enkelkindern begraben. Natürlich werden sie sich auch damit auseinandersetzen müssen, daß sie sich deinetwegen vor anderen schämen. Du könntest ihnen insofern helfen, indem du ihnen erklärst, daß Homosexualität etwas völlig Normales ist, daß auch du dein Lebensglück an der Seite eines Partners suchst, der ihnen vielleicht gefallen wird, und vor allem kannst du ihnen klarmachen, daß sie nicht „versagt" haben. Allerdings ist es auch dein gutes Recht, daß sie dich nun ganz besonders liebevoll unterstützen. Erwarten kann man das allerdings erfahrungsgemäß nicht. Denn manchmal dauert ihr „Abfindungsprozeß" länger, als du mit deiner eigenen Entwicklung warten kannst.
Du solltest dich deshalb nicht scheuen, dir Hilfe oder Gleichgesinnte zu suchen. Du mußt nicht alles allein durchmachen. Es gibt heute in allen großen und den meisten kleinen Städten Beratungsstellen für Homosexuelle, wo du dir Rat holen kannst. Auch in den anderen Beratungseinrichtungen findest du vorbehaltlose Hilfestellung oder den Hinweis, wohin du dich wenden kannst.
Wenn du mit offenen Augen durch die Welt gehst, wirst du wahrscheinlich bemerken, daß auch in deiner engsten Umgebung ein Junge oder ein Mann ist, der dir aus eigener Erfahrung etwas raten kann. Vorsicht ist allerdingst auch geboten: Da sich mit der homosexuellen Kultur nicht selten auch Prostitution und Gewalt mischen und gerade junge Knaben sehr begehrt sind, solltest du sehr genau aufpassen, mit wem du dich einläßt. Außerdem darfst du nie vergessen, daß gerade der Analverkehr einer der Hauptübertragungswege für Aids ist. Du mußt dich auf alle Fälle schützen!
Homosexuell liebende Menschen erleben ihre längerfristigen Beziehungen genauso wie jeder andere Mensch auch. Sie suchen meist Wärme, Vertrauen, Geborgenheit, Liebe und Lust beieinander. Homosexuelle sind nicht beziehungsfähiger oder -unfähiger als andere. Es gibt überall Menschen, die eher kurzfri-

stige Beziehungen bevorzugen, und solche, die den einen Partner fürs Leben suchen.

Wieso zucken andere immer zusammen, wenn man mal deftige Sex-Ausdrücke verwendet?

Wenn es um unsere Sexualität geht, überfällt uns oft eine große Sprachlosigkeit. Die deutsche Sprache ist in Sachen Sex und Liebe nicht besonders einfallsreich. Uns fehlen tatsächlich die Worte. Bei Erwachsenen ist es sogar oft so, daß sie jahrelang unbefriedigenden Sex über sich ergehen lassen, nur weil sie sich nicht trauen, dem anderen zu sagen, was ihnen im Bett gefällt oder auch nicht. Daß es uns so schwerfällt, über Sex zu reden, ist sicher eine der wesentlichen Quellen von Mißverständnissen zwischen den beiden Geschlechtern.
Vielen ist es peinlich, darüber zu sprechen: Wer als Kleinkind erlebt hat, daß die Geschlechtsorgane im Gegensatz zu anderen Körperteilen keine Namen bekamen (wie Öhrchen oder Näschen etwa), dem fällt es oft auch als Erwachsenem schwer, Worte wie Glied, Scheide oder Kitzler normal auszusprechen. Tief im Unterbewußtsein sitzt die Botschaft: Alles Sexuelle ist viel zu schmutzig, um darüber zu reden.
Viele Menschen wissen deshalb auch einfach nicht, was sie sagen sollen: Sie haben schlicht keine Ahnung, wie sie die körperliche Liebe mehr genießen könnten. Das betrifft vor allem Frauen und Mädchen, die in dem Irrglauben aufwachsen, eine „anständige" Frau habe keine sexuellen Gefühle und Wünsche. Manchmal denken sie auch, lieber die paar Minuten stillhalten,

als lange darüber reden. Oder sie glauben, ein „guter Liebhaber" müsse ihnen doch von den Augen ablesen, was sie sich wünschen. Statt selbst die Verantwortung für die sexuelle Befriedigung zu übernehmen, bürden sie sie dem Partner auf. (Sehr bequem: Wenn es nicht klappt, ist er schuld!)
Manchmal liegt es auch daran, daß Männer und Frauen unterschiedlich denken. Wenn eine Frau sich beispielsweise „mehr Zärtlichkeit" wünscht, denkt sie dabei wahrscheinlich ans Kuscheln, das nicht gleich in Sex mündet. Er hingegen dehnt das Vorspiel von fünf auf zehn Minuten aus.
Es hängt also viel davon ab, eine Sprache zu finden, die beiden verständlich ist. Mädchen verhalten sich da meist etwas „wohlerzogener" als Jungen. Sie finden die „Straßensprache" meist eher abstoßend. Und das ist wirklich ein Problem: Es gibt entweder die abgehobene medizinische Sprache, das eher offizielle Hochdeutsch oder die wenig liebevolle und oft frauenfeindliche Straßensprache. Wer bestimmte Worte der Straßensprache etwa nicht benutzen mag, muß sich nicht schämen, denn sie sind meist wirklich nicht sehr fein. Sich aber gern deftig auszudrücken, ist auch durchaus in Ordnung. Es kommt nur darauf an, daß die Ausdrücke auch zur jeweiligen Situation passen.
Es ist nicht einfach, für sich selbst eine brauchbare Sprache daraus zu entwickeln. Ein denkbares Modell, mit dem man nie daneben liegt und liebt, wäre doch:

- die medizinische Fachsprache wie Vagina, Penis und Koitus einfach nicht zu benutzen;
- zum Besprechen sexueller Themen in der Öffentlichkeit die hochdeutschen Worte zu verwenden – etwa mit Freunden oder in der Schule von Geschlechtsverkehr, Selbstbefriedigung, Glied und Scheide zu sprechen;
- für den täglichen Umgang zu Hause oder mit Mädchen liebevolle Eigenschöpfungen für Körper und Sex zu finden;
- und beim Sex selbst – wenn es Spaß macht und die

Erregung steigert – ruhig auch mal mit den Worten richtig hinzulangen.

Hier eine Übersicht der wichtigsten Ausdrücke:
Geschlechtsverkehr:
medizinisch: Koitus
umgangssprachlich: sich lieben, Liebe machen, vögeln, bumsen, ficken
Höhepunkt:
medizinisch: Orgasmus
umgangssprachlich: Gipfel, Abheben, Kommen
Sex ohne Geschlechtsverkehr:
medizinisch: Liebesspiel
umgangssprachlich: Petting, Fummeln, Schmusen
Die weiblichen und männlichen Geschlechtsteile mit dem Mund liebkosen:
medizinisch: Cunnilingus, Fellatio
umgangssprachlich: neunundsechzig, französisch, lecken
Selbstbefriedigung:
medizinisch: Masturbation, Onanie
umgangssprachlich: wichsen, orgeln, sich einen herunterholen, es sich selber machen
Scheide:
medizinisch: Vagina
umgangssprachlich: Muschi, Möse
Kitzler:
medizinisch: Klitoris
umgangssprachlich: Perle, Muschel
Glied:
medizinisch: Penis
umgangssprachlich: Schwanz, Pimmel, Ständer, Schniedelwutz
Gliedversteifung:
medizinisch: Erektion
umgangssprachlich: einen Steifen, eine Latte haben
Hoden:
medizinisch: Testes
umgangssprachlich: Eier

Samenerguß:
medizinisch: Ejakulation
umgangssprachlich: abspritzen, kommen
Eines ist jedenfalls sicher: Guter Sex setzt immer eine gute Verständigung voraus!

Wie kann ich verhindern, jetzt schon Vater zu werden?

Sex ist schön, bedeutet aber auch Verantwortung – für Jungen wie für Mädchen. Obwohl soviel über Verhütung geredet und geschrieben wird, gehen immer viel zu viele junge Leute ungeschützt in den Geschlechtsverkehr. Natürlich ist es nachvollziehbar, daß Jungen in eine Situation hineinrutschen, in der Liebestaumel, Glücksgefühl oder sexuelle Lust die Verhütung vermeintlich unwichtig werden lassen oder in der sie das Gefühl haben, Verhütung sei nicht ihre Sache. Doch das ist sehr gefährlich, denn ein einziger Verkehr reicht ja für eine Schwangerschaft aus.
Und jeder – Junge und Mädchen – muß sich darüber klar sein, daß eine ungewollte Schwangerschaft eine unglaubliche Belastung bedeutet. Auch für einen Jungen. Ein Abbruch ist keine Verhütungsmethode, sondern ein immenser Eingriff in den Körper und die Seele eines Mädchens. Und eine Sache, die du mit zu verantworten hast, zu der du ein Mädchen niemals zwingen kannst (und darfst). Entschließt sie sich, das Baby auszutragen, trägst auch du lebenslange Verantwortung für das Kind.
Zudem leben wir in einer Zeit, in der es die todbringende Krankheit Aids gibt. Wer in keiner festen Partnerschaft lebt und häufiger wechselnden Geschlechtsverkehr hat, ist verpflichtet, sich und andere vor Aids zu schützen.

Vorsorge ist also unerläßlich. Und das ist ja auch heute gar nicht mehr so problematisch: Gynäkologen und Familienberatungsstellen stehen mit Rat und Tat zur Seite. Sie unterliegen der Schweigepflicht und beraten auch Jungen gerne, ohne daß die Eltern davon etwas erfahren müssen. Und schon mal vorweg für ungeplante und unvorhergesehene Liebesfälle: Kondome gibt es heute fast in allen Kneipen und Restaurants in Automaten zu kaufen – inzwischen auch auf Damentoiletten –, in Apotheken, Drogerien und vielen Verbrauchermärkten. Es gibt in einigen Großstädten sogar spezielle Kondomläden, die rund um die Uhr geöffnet haben. Condomeria heißen sie. Bei der Pro Familia kannst du erfragen, wo es solche Läden gibt. Hier kannst du dich ohne Scheu beraten und aus dem ganzen Sortiment bedienen lassen. Du kannst auch immer ein oder zwei Kondome in der Hosentasche haben.
Eine sorgfältige Verhütung ermöglicht es Jugendlichen, einander sexuell kennenzulernen, ohne daß sie sich gleich aneinander binden müssen. Sie bietet die Chance, eine entspannte Sexualität ohne Angst vor Schwangerschaft zu erleben. Für Mädchen ist sie fast die einzige Möglichkeit, eine Ausbildung zu ergreifen und einen Beruf zu haben. Bewußte Familienplanung hat aber noch eine ganz andere Dimension: Kinder können heute gewollt und gewünscht auf die Welt kommen. Und zwar dann, wenn die Eltern ihnen die besten Lebensbedingungen bieten können.
Es gibt heute eine Reihe von Verhütungsmethoden. Für den Mann ist allerdings immer noch das Kondom der einzige Schutz. Alle anderen Mittel sind für Frauen, jedes hat seine Vor- und seine Nachteile. Für junge Mädchen sind wiederum nur einige geeignet. Es muß von Frau zu Frau, nach Alter und Lebensgewohnheiten entschieden werden, welche Methode in Frage kommt. Für junge Frauen steht Sicherheit selbstverständlich an erster Stelle. Die beiden wichtigsten Verhütungsmittel sind deshalb Pille und Kondom, am besten in Kombination miteinander.

Wie werden Kondome richtig benutzt?

Das Kondom ist das wichtigste Schutzmittel im Kampf gegen Aids. Es ist das am zweithäufigsten eingesetzte Verhütungsmittel und das einzige, das gleichzeitig vor der Ansteckung mit einer Geschlechtskrankheit schützt. Überhaupt ist es eine der ältesten Methoden, die wir kennen. Und es ist nach wie vor die einzige Methode, bei der der Mann verhütet. Gerade für Jungen ist das Kondom das Verhütungsmittel Nummer eins.
Das Kondom ist ein hauchdünner Gummischlauch, der an einem Ende geschlossen ist. Er wird vor dem Geschlechtsverkehr über das versteifte Glied gerollt. So wird verhindert, daß der Samen des Mannes in die Scheide der Frau gelangt. Der entscheidende Vorteil des Kondoms: Es läßt sich in jeder Hosentasche unauffällig verstauen, ist bei spontanen Entschlüssen schnell zur Hand, ohne daß man lange im voraus planen muß. Bei Paaren, die entspannt und selbstverständlich mit ihrer Sexualität umgehen, kann der Gebrauch eines Kondoms sehr sexy sein. Viele Jungen erzählen, daß sie es sehr erregend finden, wenn ihnen das Mädchen beim Vorspiel das Kondom überrollt.
Die Präservative – auch Pariser, Präser oder Lümmelmützchen genannt – wurden ständig verändert und vor allem verbessert. Bei richtiger Anwendung sind sie sehr sicher. Kondome gibt es heute in vielen Farben, Formen und Ausführungen. Es gibt dicke, extrem strapazierfähige, dünne, besonders „gefühlsechte" Kondome, es gibt welche in Übergröße, welche mit Noppen, die die Lust steigern sollen, und welche, die nach irgend etwas schmecken. Es gibt grüne, gelbe, schwarze, rote und ausschließliche Scherzkondome mit Teufelskopf, Hundekopf und Korallenkopf.
Es sind allerdings nicht alle zur Verhütung geeignet. Es

gibt noch immer eine große Anzahl minderwertiger Kondome, die schlampig verarbeitet sind. Markenlose Automatenkondome sind gewissermaßen mit Löchern übersät, die den Schutz völlig zunichte machen. Das hat die Berliner Stiftung Warentest bei umfangreichen Tests herausgefunden. Sie warnt auch vor ausländischer Ware. Du solltest auf alle Fälle darauf achten, daß ihr geprüfte deutsche Markenkondome verwendet. In aller Regel sind Kondome auch nur begrenzt haltbar, etwa vier bis fünf Jahre. Deshalb auch immer auf das Haltbarkeitsdatum auf der Packung achten, besonders bei Automatenware!
Am sichersten sind die speziell geprüften Markenkondome mit dem Aufdruck „dlf": Das steht für Deutsche Latexforschung, eine Kontrollinstanz, in der sich führende Kondomhersteller zusammengeschlossen haben. Sie haben in Zusammenarbeit mit Familienplanungseinrichtungen, Verbraucherorganisationen, dem Ausschuß für Lieferbedingungen und Gütesicherung umfangreiche Testmethoden entwickelt, die optimale Sicherheit gewähren sollen. Meist sind die Kondome mit einer Gleitcreme versehen und mit samentötenden Stoffen behandelt. Das neueste ist das Anti-Aids-Kondom (Condom plus), in dessen Spitze die Substanz Nonoxinol enthalten ist. Sie tötet außer Samen auch noch Krankheitserreger ab.
Ganz entscheidend ist natürlich auch, daß ihr Kondome richtig benutzt: Beim Aufreißen der Packung müßt ihr beispielsweise aufpassen, daß der dünne Gummi nicht durch einen scharfkantigen Ring oder spitze Fingernägel eingerissen wird. Dann muß das Kondom rechtzeitig über das aufgerichtete Glied gerollt werden. Das läßt sich – wie gesagt – lustbringend in euer Vorspiel mit einbeziehen. Das erregte Glied darf auf keinen Fall ohne Gummi in die Nähe des Scheideneingangs kommen. Denn es kann vorkommen, daß auch schon vor dem Höhepunkt Samenflüssigkeit austritt. Das Kondom muß über dem steifen Glied abgerollt werden. Dafür wird das noch zusammengerollte Prä-

servativ mit Daumen und Zeigefinger festgehalten und so auf das Glied aufgesetzt, daß das Röllchen wie bei einer Pudelmütze außen sitzt. Mit der anderen Hand wird das Röllchen über das Glied abgerollt. Oben an der Spitze des Gliedes soll ein kleiner Hohlraum bleiben – das sogenannte Reservoir, in dem die Samenflüssigkeit aufgefangen wird.
Habt ihr das Kondom versehentlich falsch aufgesetzt, sitzt also das Röllchen innen, müßt ihr unbedingt ein neues verwenden. Am alten könnten bereits Samenspuren sein. Habt ihr Sex gehabt, bei dem der Junge einen Samenerguß hatte, nicht warten, bis das Glied wieder schlaff wird. Das Kondom am Gummiring am Gliedansatz festhalten, damit es nicht abrutscht, dann vorsichtig aus der Scheide herausziehen.
Nach dem Abstreifen des Kondoms kann an den Fingern Samenflüssigkeit sein. Deshalb Hände und Glied waschen, damit hinterher folgenlos weitergeschmust werden kann. Ein Kondom immer nur einmal verwenden. Nach der Benutzung in die Mülltonne werfen, aus Umweltgründen nicht in die Toilette.
Die meisten gebräuchlichen Kondome sind mit einer Gleitcreme versehen. Solltet ihr aber dennoch das Gefühl haben, es „flutscht" noch nicht richtig, greift nicht einfach zu irgendwelchen Mitteln: Ölhaltige Substanzen wie Vaseline oder Babyöl greifen das Kondom an und verursachen kleine Löcher. Lieber in der Apotheke oder einem Sex-Shop nach einer geeigneten Creme fragen. Man kann sich auch alles aus einem Katalog der Pro Familia bestellen. **(Adressen findet ihr auf S. 245, 248.)**
Mögliche Fehlerquellen sind ansonsten relativ leicht zu bemerken: Ein Loch im Gummi ist meist unübersehbar. Auch das Abrutschen des Kondoms beim Herausziehen aus der Scheide wird kaum unbemerkt bleiben. Sollte euch das einmal passieren oder aus einem sehr seltenen Grund das Kondom platzen, ist es dringend erforderlich, daß das Mädchen gleich am nächsten Tag einen Frauenarzt oder eine Familienberatungsstel-

le aufsucht, um dort zu klären, ob es zu einer Befruchtung gekommen sein könnte.
Ist das wahrscheinlich, kann man ihr dort die „Pille danach" verordnen. Zeit spielt dabei eine große Rolle, denn die „Pille danach" kann nur etwa 48 Stunden lang nach dem Malheur wirksam eingesetzt werden. Zusammen mit dieser Notfallmöglichkeit ist das Kondom eine der praktischsten und sichersten Methoden überhaupt. Du solltest also deine Freundin unterstützen, indem du gleich am nächsten Tag mit ihr dorthin gehst.

Welche Verhütungsmittel gibt es sonst noch?

Die **Verhütung mit Hormonen** – sprich die Antibabypille – gilt heute als der zuverlässigste Schutz vor einer Schwangerschaft. Außerdem ist sie einfach anzuwenden. Deshalb wird die Pille für Mädchen und junge Frauen empfohlen. Dennoch ist sie ein hochwirksames Medikament aus künstlichen Hormonen mit seltenen, aber möglichen Nebenwirkungen. Aus diesem Grund muß die Pille vom Arzt verschrieben werden. Er sollte sich jedes halbe Jahr davon überzeugen, daß keine Komplikationen auftreten und das Mädchen die Pille auch wirklich gut verträgt. Alle Hormonpillen können unter Umständen gefährliche Auswirkungen auf Herz und Kreislauf haben. Eine besonders gefährliche Kombination ist die Einnahme eines Hormonpräparates und Rauchen. Zigaretten allein können schon schwere Schäden an Herz und Kreislauf hervorrufen – selbst wenn das Mädchen noch ganz jung ist. Dieses Risiko wird durch die Pille noch zusätzlich verstärkt.
Die Antibabypille enthält die weiblichen Geschlechtshormone Östrogen und Gestagen (so heißt das Pro-

gesteron, wenn es aus dem Pharmalabor stammt). Die Hormone bremsen den steuernden Einfluß des Gehirns auf die Eierstöcke. Es reifen keine Eizellen in den Eierstöcken mehr heran. Der Eisprung wird unterdrückt, es gibt praktisch nur noch unfruchtbare Tage. Dadurch ist eine Befruchtung unmöglich. Die Pille verfestigt den Schleim am Muttermund, so daß die Samen nicht in die Gebärmutter gelangen können. Außerdem wird die Gebärmutterschleimhaut durch die künstlichen Hormone so verändert, daß sich ein befruchtetes Ei nicht einnisten kann.
Für Mädchen ab 14 Jahren ist es in der Regel kein Problem, die Pille zu bekommen, sie erhalten sie bis zu ihrem 20. Geburtstag kostenlos (nur in der Bundesrepublik). Ganz offenbar spricht auch von der körperlichen Entwicklung her medizinisch nichts dagegen, vorausgesetzt, es wird wirklich die niedrigst dosierte Pille verwendet. Allerdings: Die Pille macht angesichts des Aids-Risikos das Kondom nicht überflüssig.
Es gibt noch eine Reihe anderer Methoden, die zwar meist eher erwachsenen Frauen empfohlen werden, die du aber auf jeden Fall kennen solltest:
Die partnerschaftliche Empfängnisregelung ist nicht ganz einfach, erfordert viel Disziplin und vor allem einen regelmäßigen Zyklus und ein einigermaßen geregeltes Leben. Um die Tage zu ermitteln, an denen die Frau schwanger werden kann, werden natürliche Vorgänge und Schwankungen im Körper beobachtet. Vor allem an der Kombination der Veränderung der Körpertemperatur und des Schleims am Gebärmuttermund kann eine Frau einen Eisprung erkennen. In dieser Zeit muß das Paar dann auf Geschlechtsverkehr verzichten oder auf andere Verhütungsmittel – etwa das Kondom – ausweichen. Daraus wird schon klar, daß diese Methode für feste Partnerschaften besser geeignet ist. Mädchen, die wechselnde Partner haben, müssen immer ein Kondom verwenden.
Die Sicherheit der partnerschaftlichen Empfängnisverhütung hängt allein davon ab, wie gut sich eine Frau

mit sich selbst auskennt und wie „pingelig" sie ist. Bei jungen Mädchen klappt das allerdings nur in den seltensten Fällen. Denn zum einen ist der Zyklus noch nicht stabil genug, und andererseits können und wollen Mädchen in dieser Lebensphase kaum ein so geordnetes Leben führen. Die Körpertemperatur muß beispielsweise jeden Morgen vor dem Aufstehen immer zur gleichen Zeit gemessen werden. Der gemessene Wert wird auf einem Formblatt eingetragen. Die einzelnen Tageswerte ergeben eine Kurve, aus der sich rückwirkend die Zeit des Eisprungs ermitteln läßt. Nachdem ein Eisprung stattgefunden hat, erhöht sich die Körpertemperatur deutlich.
Über den gesamten Zyklus hinweg wird dann noch beobachtet, wie sich der Schleim verändert, der den Gebärmuttermund normalerweise fest verschließt. Er verflüssigt sich zur Zeit des Eisprungs und ist dann am Scheideneingang als Feuchtigkeit spürbar. Auch seine Beschaffenheit ändert sich sichtbar. Direkt vor dem Eisprung ist der Schleim flockig und dicht. Während des Eisprungs selbst ist er durchsichtig und flüssig-klar. Zwischen zwei Fingern läßt er sich zu dünnen Fäden ziehen. Das nennt man den Farnkraut-Effekt. Es gibt inzwischen in der Apotheke auch schon kleine Mikroskope, mit denen sich das nachweisen läßt. Dieser Schleim signalisiert die höchste Gefahrenstufe: Wenn er auftritt, heißt es entweder gar kein Geschlechtsverkehr oder zusätzlich ein anderes Verhütungsmittel verwenden – zum Beispiel Kondom oder Diaphragma.
Die Spirale wird auch Intra-Uterin-Pessar (IUP) genannt, weil sie in die Gebärmutter der Frau (medizinisch: Uterus) hineingelegt wird. Das kann nur die Frauenärztin oder der Frauenarzt machen. Meist hat sie die Form einer Spirale. In der Gebärmutter verhindert sie, daß sich eine befruchtete Eizelle dort einnisten kann. Die Spirale führt zu verstärkten Regelblutungen und manchmal zu heftigeren Regelschmerzen. Da sie gerade bei Mädchen und jungen Frauen mit häufigem Partnerwechsel oft Entzündungen auslöst, die zu Un-

fruchtbarkeit führen können, empfiehlt man ihnen diese Methode nur in wenigen Fällen. Die Spirale verhütet nicht so sicher wie die Pille.

Das Diaphragma ist ein kleiner Gummihut, der durch die Scheide hindurch vor den Muttermund geschoben wird. Es ist eine sogenannte Barrieremethode, die verhindern soll, daß Ei- und Samenzellen aufeinandertreffen und sich vereinigen können. Es gibt das Diaphragma in verschiedenen Größen, welche richtig ist, hängt von Form und Weite der Scheide ab. Es muß deshalb von einem Frauenarzt oder erfahrenen Frauen angepaßt werden. Der Muttermund muß vom Gummihütchen völlig bedeckt sein, sonst verhütet es nicht sicher. In der Entwicklungszeit, wenn die Geschlechtsorgane noch wachsen, müssen Sitz und Größe regelmäßig kontrolliert werden.

Das Diaphragma muß vor **jedem** Geschlechtsverkehr eingesetzt werden. Es wird immer zusammen mit einer samentötenden Creme oder Salbe verwendet, die in die Gummikappe gestrichen wird. Nach dem Geschlechtsverkehr muß das Diaphragma mindestens sechs Stunden in der Scheide liegen bleiben. Das Einsetzen des Diaphragmas ist Übungssache, anfangs kann das etwas unangenehm sein. Letztlich kommen viele junge Frauen gut damit zurecht. Sein Vorteil ist, daß es nur eingesetzt werden muß, wenn es wirklich etwas zu verhüten gibt. Werden alle Sicherheitsregeln beachtet, ist es auch eine relativ sichere Verhütungsmethode. Ein Diaphragma bietet in Kombination mit der samentötenden Salbe auch einen gewissen Schutz vor Geschlechtskrankheiten. Es ist aber als Schutzmaßnahme gegen eine Aids-Ansteckung nicht ausreichend.

Samentötende Schaumzäpfchen, Cremes und Gels sind sogenannte chemische Barrieremethoden. Sie werden vor dem Geschlechtsverkehr in die Scheide eingeführt. Durch die Körperwärme lösen sie sich auf und verteilen ihren samentötenden Wirkstoff. Die Schaumzäpfchen schäumen dabei besonders auf

und sollen zusätzlich den Muttermund fest verschließen. Allerdings können sie nach einer Weile ein unangenehmes Wärmegefühl hervorrufen und auch aus der Scheide auslaufen.
Wichtig ist es, daß diese Mittel den Wirkstoff Nonoxinol enthalten. Er tötet Samen und Krankheitserreger ab. Diese Mittel sind allerdings trotzdem nicht besonders sicher und deshalb nur in absoluten Ausnahmefällen zu empfehlen – am besten in Kombination mit einem Diaphragma. Steht aber sonst kein anderer Schutz zur Verfügung, solltet ihr auf jeden Fall etwa auf ein Schaumovulum zurückgreifen. Es gibt sie in Apotheken, Drogerien und Verbrauchermärkten.
Mit der Sterilisation werden Männer und Frauen für immer unfruchtbar gemacht. Sie ist deshalb nur etwa für Ältere, die wirklich sehr sicher wissen, daß sie keine Kinder mehr bekommen wollen. Denn diese Operation läßt sich nicht wieder rückgängig machen. Bei der Frau werden die Eileiter durchtrennt, beim Mann die Samenleiter. Der Eingriff ist bei der Frau schwerwiegender als beim Mann. Sie muß dafür meist ins Krankenhaus. Beim Mann dauert die Operation nicht lang und kann ambulant gemacht werden.
Manche Leute verwechseln die Sterilisation mit einer Kastration. Bei einer Kastration werden Hoden und Eierstöcke entfernt. Damit werden keine Geschlechtshormone mehr gebildet, und der betreffende Mensch ist praktisch ein Neutrum, dadurch verändert sich letztlich der ganze Mensch. Bei der Sterilisation bleiben diese Organe jedoch im Körper. Es wird weder die Potenz noch die sexuelle Lust in irgendeiner Weise beeinträchtigt. Für junge Menschen ist diese Verhütungsmethode ungeeignet.
Der Rückzieher – medizinisch Coitus interruptus genannt – ist eine weitere Verhütungsmethode, die für junge Menschen ungeeignet ist. Früher wurde sie öfter verwendet, weil man nichts Besseres kannte. Beim Rückzieher oder Aufpassen zieht der Mann kurz vor dem Höhepunkt sein Glied aus der Scheide heraus.

Diese Methode bietet praktisch überhaupt keine Sicherheit, weil schon vor dem Samenerguß winzige Mengen Samenflüssigkeit abgehen können.

Warum gibt es noch keine besseren Verhütungsmittel?

Die menschliche Fruchtbarkeit ist eine sehr komplizierte Angelegenheit. Es ist sehr schwierig, sie zu beeinflussen, ohne daß ihr dabei geschadet wird. Denn Verhütungsmittel sollen ja nicht nur sicher, sondern auch gesundheitlich unbedenklich sein. Nach dem Absetzen solcher Mittel müssen Frauen und Männer immer noch problemlos Babys bekommen können. Dennoch wird ständig nach Verbesserungen geforscht.
Um Verhütungsmittel für Männer hat man sich lange Zeit keine rechten Gedanken gemacht. Dafür gibt es viele Gründe: Männer wissen in aller Regel sehr wenig über ihren eigenen Körper, wenn sie die sexuelle Lust packt, setzt oft der Verstand aus und sie mögen nicht mehr an Verhütung denken, und außerdem haben sie sich wohl auch daran gewöhnt, daß Frauen sich dieser Sache annehmen. Klar ist inzwischen aber auch, daß nicht nur männlicher Chauvinismus dafür verantwortlich zu machen ist: Die männliche Fruchtbarkeit ist eine hochkomplizierte und empfindsame Angelegenheit, die noch viel schwieriger zu kontrollieren ist als die weibliche. Es wird ja nicht nur wie bei Frauen eine Eizelle im Zyklus gebildet, sondern ständig Millionen von Samenzellen. Ein Prozeß, der sehr störanfällig ist.
Das größte Problem bei fast allen bislang erforschten chemischen oder pflanzlichen Empfängnisschutzmöglichkeiten für Männer: Es wird meist nicht nur die Zeugungsfähigkeit beeinflußt, sondern auch die Potenz beeinträchtigt. Das Glied macht einfach

schlapp . . . Eine Verhütungsspritze ohne diese Nachteile für Männer ist bereits im Test. Man weiß inzwischen, daß Männer mit einer Hormoninjektion für jeweils einige Wochen unfruchtbar gemacht werden können. Der Wirkstoff ist eine künstliche Hormonsubstanz, die dem in den Hoden gebildeten Testosteron ähnelt und als Anabolikum bei Sportlern bekannt ist.
Wird sie dem Mann injiziert, verhindert sie die Entwicklung der Spermien. Die Wirkung hält wenige Wochen vor, also nicht besonders lange. Die sexuelle Liebesfähigkeit wird nicht beeinträchtigt. Die Methode scheint sehr sicher zu sein. In einer großangelegten Studie wird geprüft, ob dieser Wirkstoff mit einem anderen Hormon kombiniert werden kann. Die Forscher glauben, daß die Spritze damit für drei Monate wirken würde. Zu den Nebenwirkungen zählen Akne, leichte Gewichtszunahme, erhöhte Ödemneigung und hoher Kalziumspiegel im Blut. Berichtet wurde auch von verstärkter Aggressivität und Libido. Alle „Test"-Männer empfanden es dennoch als große Erleichterung, keine Angst vor unerwünschtem Nachwuchs mehr haben zu müssen. Für diese vielversprechende Verhütungsmethode fand sich bislang kein Arzneimittelunternehmen. Offenbar verspricht man sich keinen großen Gewinn davon oder glaubt nicht, daß Männer eine solche Methode akzeptieren würden.
Die vielversprechendste neue Möglichkeit für Frauen ist ein Scheidenring. Er wird auch eine gute Verhütungsmethode für junge Mädchen sein. Er besteht aus einem dünnen Kunststoffring, in den Hormone eingelagert sind. Der feine Ring wird ähnlich wie ein Diaphragma durch die Scheide hindurch vor den Muttermund geschoben, wo er kontinuierlich seine Hormone abgibt. Sie unterbinden wie die Pille den Eisprung. Weil die Hormone nicht in der Leber abgebaut und über das Blut transportiert werden müssen, sind nicht so große Hormonmengen nötig, um trotzdem einen sehr sicheren Empfängnisschutz zu garantieren. Für die Zeit der Blutung wird der Ring herausgenommen, danach

kann er wieder eingesetzt werden. Neu ist auch ein Hormonimplantat, das unter die Haut gepflanzt wird, und in der Entwicklung eine Antibabyimpfung.

Meine Freundin sagt, sie sei schwanger. Was muß ich jetzt tun?

Eine ungewollte Schwangerschaft ist in eurem Alter eine ganz besonders schlimme Sache, denn das kann euch den Weg in die Zukunft verbauen, zumindest aber erheblich erschweren. Das Dumme ist, daß man die Tragweite einer Entscheidung für oder gegen eine Schwangerschaft oft nicht richtig einschätzen kann, weil man meist zunächst nur die nächstliegenden Probleme im Auge hat: Wie sagen wir es unseren Eltern, daß wir ein Baby bekommen, was ist, wenn sie die Freundin nicht mögen? Wie geht es mit Schule beziehungsweise Ausbildung weiter? Wie sollen wir das alles bezahlen? Wo sollen wir wohnen? Wie sollen wir uns die Arbeit teilen?

Und natürlich schlummert auch in jedem Menschen – ob Mann oder Frau, Junge oder Mädchen – ein gewisser Stolz darauf, daß man fruchtbar ist und Kinder bekommen kann. Tatsache ist aber, daß ein Kind kein Selbstzweck und keine Vergnügungsveranstaltung ist, sondern eine lebenslange Verantwortung und Anstrengung bedeutet – wenigstens aber für etwa 20 Jahre. Das ist sicher eine für dich momentan unvorstellbar lange Zeit, weil du ja selbst noch nicht einmal so lange auf der Welt bist. Wenn du an deine eigene Kindheit denkst, wirst du es sicher auch besser finden, wenn ein Kind unter günstigen Bedingungen aufwachsen kann. Aber natürlich bist du auch von der

Entscheidung deiner Freundin abhängig. Denn sie ist ja wesentlich mehr von der Schwangerschaft betroffen als du – letztendlich ist sie in jeder Hinsicht die Leidtragende.
Auf alle Fälle solltest du deine Freundin jetzt nach Kräften unterstützen. Als erstes muß so schnell wie möglich durch einen Schwangerschaftstest festgestellt werden, ob deine Freundin tatsächlich schwanger ist. Denn es kann auch sein, daß sich ihre Monatsblutung verschoben hat. Am besten wäre es, wenn ihr gleich zu einer Beratungsstelle der Pro Familia oder in ein anderes Familienplanungszentrum gehen könntet **(Adressen siehe S. 245 f.),** die es sich zur Aufgabe gemacht haben, Frauen und Paare in solchen Notlagen zu beraten und ihnen sofort weiterzuhelfen – unabhängig davon, ob sie das Baby bekommen möchten und können oder nicht. Hier werdet ihr beide ohne Vorbehalte gut aufgenommen, ohne „abgekanzelt" zu werden.
Ihr könnt euch auch erst einmal mit einem Schwangerschaftstest für zu Hause Gewißheit verschaffen. Die modernen Tests gibt es in der Apotheke für etwa 25 Mark (z. B. Eva-Test; o.b.-Schwangerschaftstest oder Clearblue). Sie geben schon am Tag der ausgebliebenen Regel einen sehr zuverlässigen Hinweis darauf, ob die Frau schwanger ist oder nicht. Sie funktionieren alle auf die gleiche Weise: Hat sich in der Gebärmutter eine befruchtete Eizelle eingenistet, wird das Schwangerschaftshormon HCG (Humanes Choriongonadotropin) gebildet. Gerade am Anfang einer Schwangerschaft wird es in großen Mengen ausgeschüttet, weil es verhindert, daß das keimende Leben versehentlich abgestoßen wird. Das Hormon wird mit dem Urin ausgeschieden.
Die modernen Testverfahren können direkt auf der Toilette gemacht werden oder mit Hilfe eines Bechers, in dem der Harn aufgefangen wurde. Das Ergebnis liegt innerhalb von drei bis fünf Minuten vor und ist sicher ablesbar. Die Tests verfügen über zwei Sichtfenster. Taucht in dem großen ein farbiger Streifen auf,

bedeutet das: schwanger! Ein Streifen in dem kleineren Fenster weist nach, daß der Test richtig durchgeführt wurde – unabhängig davon, ob die Frau nun schwanger ist oder nicht. Ihr solltet euch sehr präzise an die Gebrauchsanweisung halten. Zeigt das Testergebnis keine Schwangerschaft an und bekommt deine Freundin in den nächsten Tagen dennoch ihre Regel nicht, sollte sie zur Sicherheit eine Beratungsstelle oder ihren Frauenarzt aufsuchen. Auf alle Fälle könnt ihr euch so schnell wie möglich wegen der Schwangerschaftsverhütung beraten lassen, denn ganz offensichtlich hapert es ja damit.

Der Test auf eine Schwangerschaft ist hier ebenfalls kostenlos. In der Beratungsstelle ist auch gleich jemand vorhanden, mit dem das Ergebnis und das weitere Vorgehen besprochen werden kann. Vor allem für das Mädchen ist es wichtig, sich in guten Händen zu wissen – auch im Hinblick auf ihr seelisches Gleichgewicht.

Was für ein Mädchen die beste Lösung ist, kann kein Außenstehender entscheiden. Auch wozu es sich letztlich entschließt, kann von anderen nicht als gut oder schlecht beurteilt werden. Sie darf weder zur Abtreibung noch zum Austragen des Kindes überredet werden. Auch von dir nicht. Das ist natürlich für dich auch keine schöne Situation, denn du hängst nun von der Entscheidung eines anderen Menschen ab. Und auch für dich geht es schließlich um deine Zukunftsaussichten, deine Wünsche und Träume, deine beruflichen und privaten Vorstellungen, deine Neigungen und Abneigungen.

Ein Schwangerschaftsabbruch ist niemals eine Kleinigkeit für das Mädchen, er bedeutet einen starken körperlichen und seelischen Eingriff. Die meisten Frauen müssen in einer solchen Situation mit einem Chaos von Gefühlen, Stimmungsschwankungen und Überlegungen fertig werden. Auch schlechtes Gewissen oder eine religiöse Einstellung können diese Entscheidung sehr quälend werden lassen.

Ist die Entscheidung für einen Schwangerschaftsabbruch gefallen, sollte so rasch wie möglich gehandelt werden. In den ersten zehn bis zwölf Wochen ist er mit den wenigsten Gesundheitsrisiken verbunden. In Deutschland und Österreich ist er ohnehin nur bis zur zwölften Woche erlaubt. Außerdem ist er an einige gesetzliche Vorschriften gebunden. In Deutschland darf beispielsweise eine Schwangerschaft nur abgebrochen werden, wenn vorher eine ausführliche Beratung stattgefunden hat – auch darüber, welche Hilfe dem Mädchen zusteht, wenn sie das Baby bekommt. Wie das im einzelnen geht, erklärt die Beratungsstelle oder der behandelnde Arzt.
Der Eingriff selbst ist für die Frau sehr unangenehm, aber körperlich gesehen nicht sehr schwerwiegend. Meist wird unter örtlicher Betäubung der Muttermund vorsichtig geweitet und das Gewebe abgesaugt. Das dauert etwa zehn Minuten. Danach muß die Frau ein bis zwei Stunden liegen und unter Kontrolle bleiben. In den nächsten Tagen muß sie sich sehr schonen. Es wäre schön, wenn du deine Freundin zum Abbruch begleiten, dabeibleiben und in den Tagen danach unterstützen könntest. Auch wenn du selbst Probleme mit dem Abbruch hast, kannst du in der Beratungsstelle Hilfe erwarten.
Es kommt gelegentlich allerdings auch einmal vor, daß ein Junge mit einer echten oder vermeintlichen Schwangerschaft „aufs Kreuz" gelegt werden soll. Das Mädchen hofft dann wahrscheinlich, ihn damit an sich binden zu können. Es ist wohl unnötig zu sagen, daß dieser „Trick" noch niemals funktioniert hat und im Ernstfall drei Menschen die Lebensperspektiven kostet. Du kannst dich davor nur schützen, indem du die Verhütung von Anfang an sehr ernst nimmst und die Verantwortung dafür trägst, ebenso wie für alle anderen Dinge, die dir wichtig sind. Dann passiert es dir auch nicht, daß eine nur flüchtige Bekanntschaft von dir schwanger wird (vom Aids-Risiko einmal ganz abgesehen!). Schließlich kannst du dich daraus nicht

fortmogeln, zumindest mußt du den Unterhalt für das Kind zahlen. Ist das Unglück doch passiert und du hast Zweifel daran, ob du wirklich der Vater des Kindes bist, kannst du einen Vaterschaftstest verlangen. Du brauchst dich auch nicht zu scheuen, in einer Beratungsstelle Hilfe bei der Klärung deines Falles zu suchen.

Was passiert bei einer Schwangerschaft?

Zu einer Befruchtung kann es kommen, wenn zur Zeit des Eisprungs ein ungeschützter Geschlechtsverkehr stattgefunden hat oder wenn sonst irgendwie Samenfäden in die Gebärmutter und Eileiter der Frau gelangt sind. (Etwa wenn du einen Samenerguß hattest, an deinen Händen Samenflüssigkeit ist und du weiter mit deiner Freundin schmust!) Dann müssen hier Ei- und Samenzellen zusammentreffen und miteinander verschmelzen. Das passiert meist kurz nach dem Sprung der Eizelle in den Eileiter oder auf dem etwa viertägigen Weg in die Gebärmutter.
Bei einem Samenerguß werden etwa 400 Millionen Samen in die Scheide ausgestoßen. Nur ein kleiner Teil von ihnen schafft es, bis zum Ei vorzudringen. Nur eine Samenzelle schafft es noch weiter: Kurz vor Erreichen der Eizelle muß im Kopf des Samens noch ein Stoff freigesetzt werden, der ihm das Durchdringen der Eiwand ermöglicht. Das passiert erst so spät, weil der Samen sonst auch in andere Körperzellen eindringen könnte, wo er gar nichts „zu suchen" hat.
Sind Samenzelle und Eizelle miteinander verschmolzen, beginnt ein rasantes Wachstum. Die befruchtete Eizelle teilt sich nun unaufhörlich. Es entstehen erst vier, dann acht, dann sechzehn Zellen und so fort, bis sich

eine kleine Zellkugel gebildet hat. Die kleine Kugel wandert zur Gebärmutter, wo sie sich etwa eine Woche nach der Befruchtung in der gut ausgepolsterten Schleimhaut für die Zeit der Schwangerschaft einnistet. Jetzt beginnt der gesamte Organismus, sich umzustellen. Allmählich treten auch die ersten Schwangerschaftsanzeichen auf. Das deutlichste ist das Ausbleiben der Regel. Nach einer Weile stellen sich auch andere typische Veränderungen ein: plötzliche Übelkeit, meist morgens nach dem Aufstehen, kribbelnde Brüste, nächtlicher Harndrang, auffallende Niedergeschlagenheit, Appetitlosigkeit oder ungewöhnlicher Heißhunger.
Die Entwicklung von der befruchteten Eizelle bis zur Geburt des Kindes dauert etwa 266 Tage. Das sind rund neun Monate. Zehn Tage vor dem errechneten Ende der Schwangerschaft und zehn Tage danach bilden die Phase, in der die Geburt liegen sollte. In den ersten drei Monaten entwickeln sich die Organe und die Gliedmaßen des Kindes. In dieser Zeit können Krankheiten der Mutter oder Störungen von außen schlimme Folgen haben. Deshalb müssen Schwangere einen ganz besonders großen Bogen um Alkohol, Nikotin und Medikamente machen.
Bis zum dritten Schwangerschaftsmonat wird das werdende Kind Embryo genannt, danach heißt es Fötus. Das Baby schwimmt im Wasser der Fruchtblase, die sich aus dem Eisack entwickelt. Dadurch wird es schön geschützt und gepolstert. Aus den Eihäuten bildet sich im Laufe der Zeit der Mutterkuchen, der das Kind mit Sauerstoff und Nährstoffen versorgt. Mutter und Kind sind über die Nabelschnur miteinander verbunden, über die auch die Stoffwechselschlacken des Kindes abtransportiert werden.
Während der neun Monate im Mutterleib wachsen aus den beiden Ursprungszellen insgesamt zwei Milliarden Zellen. Sie entwickeln sich mit der Zeit zum Beispiel zu den einzelnen Organen, Nerven oder Muskeln. Wie sie sich entwickeln, ist in der Erbsubstanz festgelegt.

Alle wesentlichen Eigenschaften sind durch die elterlichen Erbanlagen bestimmt: Haar- und Augenfarbe, Gesichts- und Körperform, Körpergröße und viele andere Dinge.
Ob ein Mädchen oder ein Junge geboren wird, steht ebenfalls von Anfang an fest: Grundsätzlich enthalten alle menschlichen Zellen 46 Chromosomen. Das sind schleifenartige Gebilde, auf denen die Erbanlagen des Menschen wie auf einer Perlenkette aufgereiht sind. Ei- und Samenzelle besitzen jedoch nur die Hälfte. Bei der Befruchtung werden also zwei Hälften zu einem Ganzen verschmolzen. Erst dann kann sich ein neuer Mensch entwickeln.
Der Mann bestimmt mit seinem Samen das Geschlecht des Babys. Jeder Samen enthält entweder ein X- oder ein Y-Chromosom. Sie werden nach ihrer Form so genannt. Das X-Chromosom trägt die Erbinformationen für ein Mädchen, das Y-Chromosom die für einen Jungen. Die Frau gibt mit der Eizelle immer ein X-Chromosom weiter. Entsteht bei der Befruchtung die Kombination XX, sind die Weichen für ein Mädchen gestellt. Befruchtet ein Y-Chromosom-Samen die Eizelle, kommen also YX zusammen, wird ein Junge geboren werden.
Bis zur siebenten Schwangerschaftswoche ist dennoch kein Unterschied zwischen einem Jungen und einem Mädchen zu erkennen. Sie entwickeln sich zunächst völlig gleich. Sobald Sexualhormone ins Spiel kommen, teilen sich ihre Wege: Die Geschlechtsorgane bilden sich heraus. Männliche und weibliche Geschlechtsorgane entsprechen einander: Dem Kitzler entspricht das Glied, den Eierstöcken die Hoden. Sie sind aus demselben Gewebe und deshalb in ihrer Empfindlichkeit für bestimmte Reize vergleichbar. Am Ende der Schwangerschaft ist ein kleines Kind also schon mit allen Geschlechtsorganen und Drüsen für die Bildung der Hormone ausgestattet.
Ist das Kind reif für die Geburt, beginnt die Gebärmutter sich in einem gewissen Rhythmus zusammenzuzie-

hen. Das nennt man Wehen. Damit will der Körper der Mutter dem Kind auf die Welt verhelfen. Beim ersten Baby dauert die Geburt vom Beginn der regelmäßigen Wehen an sechs bis neun Stunden. Bei weiteren Geburten ist diese Zeit normalerweise kürzer. Bei einer normalen Geburt dauert es etwa zwanzig Minuten, bis das Köpfchen herausgekommen ist. Danach ist das Schlimmste für die Frau schon fast vorbei.
Eine Geburt ist für die Frau eine enorme Leistung. Sie ist der einzige natürliche Vorgang im Leben der Menschen, der mit zum Teil starken Schmerzen verbunden sein kann. Das liegt daran, daß die Geburtswege – also Gebärmuttermund und Scheide – eng sind und der Kopf des Babys relativ groß ist. Heute bereiten sich werdende Mütter intensiv mit Entspannungs- und Atemübungen auf die Geburt vor. Dann werden sie mit den Anstrengungen besser fertig und können auch den wunderbaren Moment besser genießen, wenn ihr Kind da ist und sie es zum ersten Mal sehen.
Die ersten acht Wochen nach der Geburt nennt man Wochenbett. In dieser Zeit bildet sich die Gebärmutter wieder zurück. Während der Schwangerschaft haben sich in der Brust die Milchdrüsen ausgebildet. Nach der Geburt kann das Baby anfangen zu trinken. Es wird normalerweise so viel Milch gebildet, wie das Baby braucht. Je stärker es saugt, desto mehr Milch gibt die Brust.

Wie kann ich mich beim Sex vor Aids schützen?

Es gibt wohl selten eine Krankheit, die so viele Schlagzeilen auf dem Gewissen hat wie Aids. Als zum ersten Mal darüber berichtet wurde, dachten die meisten von uns, daß „nur“ bestimmte Randgruppen unserer

Gesellschaft davon betroffen seien: Homosexuelle, Fixer, Prostituierte. Was schon schlimm genug gewesen wäre. Doch heute wissen wir, daß die todbringende Krankheit sich ganz offenbar schneller ausbreitet, als man es eine Zeitlang angenommen hat. Und eben auch bei den sogenannten „normalen" Menschen – das heißt, bei den heterosexuellen Paaren, die keine direkten Kontakte zur Fixerszene, zur Beschaffungsprostitution oder zu homosexuellen Kreisen haben. Aids kennt keine wie auch immer geartete Moral. Inzwischen sind ja auch schon eine Reihe bekannter Leute daran gestorben, so daß sich niemand mehr damit herausreden kann, er wüßte nicht, worum es geht.
Glücklicherweise hält sich bei uns die Zahl der Betroffenen noch in Grenzen. Aber bereits vor Jahren warnte ein amerikanischer Aids-Experte, daß Aids demnächst eine Familienkrankheit werde. In einigen afrikanischen Ländern hat sich dies auf entsetzliche Weise bereits bewahrheitet. Hunderte von Familien wurden durch die Krankheit ausgerottet, unzählige Menschen sterben täglich unter großen Qualen. Es wird geschätzt, daß beispielsweise in Thailand schon mehr als die Hälfte aller Prostituierten – fast ausschließlich sehr junge Mädchen oder Kinder – das Virus in sich trägt.
Hier schließt sich der Kreis für uns: Jährlich fliegen etwa 300 000 deutsche Männer in dieses „Sexparadies", wo sie Mädchen finden, die ihnen zu Willen sind, um ihre Familien durchzubringen. Die wenigsten Sextouristen verhüten mit Kondomen. Sie sind damit nicht nur für das Elend in diesen Ländern verantwortlich. Auch der Babystrich bei uns lebt von nach außen hin „braven" Bürgern. Das bedeutet wiederum auch, daß sich das Risiko ihrer oft nichtsahnenden Freundinnen und Frauen dramatisch erhöht, sich unbemerkt anzustecken. Infizierte schwangere Frauen aber können während der Geburt und beim Stillen ihr Baby anstecken.
Zugegeben: Die Zahl der Kinder und Jugendlichen ist in den Aids-Statistiken verschwindend klein. Dennoch muß uns bewußt sein, daß die Zeiten der sorglosen

Liebe vorbei sind. Viele von uns machen beispielsweise weite Reisen, verlieben sich und gehen mit einem Urlaubsflirt ins Bett. Auch ein One-Night-Stand mit einer Disco-Bekanntschaft ist eine gefährliche Sache. Denn man sieht den Menschen ja nicht an, was für ein Leben sie führen.
Aids nimmt unter den sexuell übertragbaren Krankheiten eine Sonderstellung ein. Es ist sehr ansteckend und bringt die körpereigene Abwehr zum Erliegen. Nach Ausbruch der Krankheit kann der Körper keine Krankheitserreger mehr abtöten, mit denen er sonst spielend fertig würde. Was einem gesunden Menschen nichts ausmacht – etwa eine Erkältung oder eine Bronchitis –, kann für Aids-Kranke zu einer todbringenden Katastrophe werden. Deswegen hat man die Krankheit auch „Erworbene Schwäche des Immunsystems" genannt.
Die Erreger der Aids-Krankheit – die sogenannten HI-Viren – nisten sich ausgerechnet in den Zellen des Abwehrsystems ein, vermehren sich in ihnen und vernichten sie irgendwann. Man sagt zwar, nach der Ansteckung schlummerten sie in den Zellen des Menschen bis zum Ausbruch der Krankheit. In Wirklichkeit verrichten sie dort aber ihr zerstörerisches Werk. Sie vernichten das Immunsystem von innen heraus, so daß es irgendwann total wehrlos zusammenbricht.
Vor einiger Zeit hatte man noch gehofft, daß nicht bei jedem mit dem Virus infizierten Menschen die Krankheit auch wirklich ausbrechen müßte. Doch nach heutigem Kenntnisstand bleibt keiner davon verschont. Man kann zwar den Ausbruch mit Medikamenten (z. B. Retrovir, AZT) aufhalten, aber nicht verhindern. Und das kommt einem Todesurteil gleich. Denn das Immunsystem ist der wichtigste Alarm- und Abwehrmechanismus des Körpers gegen Krankheiten aller Art. Der Mensch ist auf Gedeih und Verderb auf dessen Gesundheit angewiesen.
Übertragen wird das Aids-Virus durch Blut, Samenflüssigkeit und durch die Feuchtigkeit der Scheide. Der

Hauptübertragungsweg ist Geschlechtsverkehr. Nach allem, was man heute weiß, reicht meist schon ein einziger sexueller Kontakt mit einem HIV-Positiven – wie man die Infizierten auch nennt – für eine Ansteckung aus.

Frauen werden dabei durch Männer wesentlich leichter angesteckt als umgekehrt. Sie sind zwanzigmal gefährdeter. Die Anzahl der Viren in der Samenflüssigkeit eines infizierten Mannes ist besonders hoch. Die Samenflüssigkeit gelangt direkt in die Scheide. Durch die zarte Haut dringen die Viren ins Blut ein – auch ohne daß in der Scheide Verletzungen sein müssen. Die Haut des Gliedes ist dagegen wesentlich robuster. Während der Monatsblutung ist die Gefahr erhöht, sich beim Geschlechtsverkehr anzustecken. Eine ganz besondere Risikogruppe sind junge Mädchen, denn ihre Scheidenwände sind noch durchlässiger als die von älteren Frauen. Forscher haben festgestellt, daß junge Mädchen besonders leicht angesteckt werden können, wenn sie von einem mit dem Aids-Virus infizierten Mann entjungfert werden und dabei bluten.

Eine Ansteckung ist nur möglich, wenn eine bestimmte Virusmenge in den Organismus kommt. Das Virus wurde zwar in allen Körperflüssigkeiten nachgewiesen, auch in Speichel, Tränen, Schweiß und Urin. Jedoch nur in so geringer Menge, daß sie als nicht ansteckend gelten. Es ist weltweit kein einziger Fall bekannt geworden, bei dem das Virus durch Küssen übertragen wurde. Auch Petting ist ungefährlich. Wichtig scheint es allerdings zu sein, daß der Mann seinen Samenerguß nicht im Mund der Frau hat. Am besten ist es, wenn auch bei dieser sexuellen Praktik ein Kondom verwendet wird. Ungeklärt ist noch, warum manche Frauen sich schon nach einem einmaligen ungeschützten Geschlechtsverkehr anstecken, andere wiederum nicht, obwohl sie regelmäßig ohne Kondom mit einem infizierten Partner schlafen.

Bereits vorhandene Geschlechtskrankheiten oder Verletzungen erleichtern die Ansteckung. Deshalb ist

Analverkehr besonders gefährlich, bei dem das Glied in den Darmausgang der Partnerin oder des Partners gesteckt wird. Da diese Körperöffnung dafür nicht vorgesehen und nicht dehnbar genug ist, reißt sie leicht ein. So gelangt das Virus direkt in die Blutbahn. Da der Analverkehr besonders häufig von Homosexuellen praktiziert wird, ist das ihre größte Gefahrenquelle – vor allem wenn sie sehr aggressive Sexualpraktiken bevorzugen. Auch hier gilt: niemals ohne Kondom – egal, ob der Verkehr mit einer Frau oder einem Mann stattfindet.

Drogensüchtige, die gemeinsam ein Besteck verwenden, sind hochgradig gefährdet. Hier kommt erschwerend das Risiko hinzu, daß viele Drogensüchtige sich als Prostituierte oder Stricher Geld beschaffen müssen. Über ihre Kunden – meistens ganz normale Männer und Familienväter –, die sich nicht mit einem Kondom schützen, ist das HI-Virus immer weiter in die Bevölkerung einmarschiert. Viele solcher Männer verheimlichen ihre Kontakte zu Prostituierten oder Strichjungen, ihre Sexurlaube in Ländern der dritten Welt oder auch ihre Ansteckung. Diese Männer sind der einzig wirklich hoffnungslose Fall in der Aids-Vorbeugung!

Genau da lauert die Gefahr für uns alle: Niemandem ist anzusehen, ob er oder sie drogenabhängig ist, ob er oder sie auf den Strich geht, bisexuell oder Aids-infiziert ist. Da sich der Kreis also immer enger um uns zieht, gibt es nur eine Lösung: Darauf zu bestehen, daß ein Kondom verwendet wird. Am besten ist es, immer eins in der Tasche haben. Du solltest immer ein Kondom benutzen, wenn du mit deiner Freundin schläfst. Sprich mit ihr darüber und sag ihr ehrlich, daß auch du Angst vor dieser Krankheit hast. Das ist nicht übervorsichtig, sondern überlebenswichtig. Ganz sicher kommt das ihren Vorstellungen entgegen, und sie wird sogar sehr stolz auf dich sein, weil du dir so viele Gedanken um eure Beziehung machst.

Freundschaftliche Umarmungen und Wangenküsse

sind nicht ansteckend. Auch Niesen und Husten sind keine Gefahr. In der Schule, beim Sport, in der Sauna, im Schwimmbad, auf Toiletten und in fremden Duschen: keine Gefahr! Auch Haustiere und Mücken sind keine Ansteckungsquelle. Die menschliche Nähe zu einem Aids-Infizierten oder -Kranken ist mit keinem Risiko verbunden. Sie brauchen ganz besonders viel Zuwendung und Verständnis. Bezichtigungen sind sinnlos und ungerecht. Niemand hat das Virus „verdient". Wir alle müssen lernen, damit umzugehen.
Amerikanische Aids-Experten haben für Jugendliche in bezug auf Aids sechs ganz wichtige Regeln aufgestellt, die vielleicht auch für dich ein Anhaltspunkt sein können:

1. Du hast das Recht, für dich selbst zu denken!
2. Du hast das Recht auf Sex. Und die Entscheidung, ob du mit jemandem schläfst und mit wem, liegt ganz allein bei dir! Du bestimmst auch, was ihr miteinander macht!
3. Du hast das Recht, dich beim Sex zu schützen!
4. Du hast das Recht, Kondome zu kaufen und zu benützen. Und du hast allen Grund, stolz darauf zu sein, wenn du das tust!
5. Du hast das Recht, darauf zu bestehen, daß ihr Kondome verwendet!
6. Du hast das Recht, um Hilfe zu bitten, wenn du sie brauchst!

Aids ist eine tragische Krankheit. Darüber gibt es keinen Zweifel. Sie ist aber auch kein Grund, in Panik zu erstarren oder auf sexuelle Erfüllung zu verzichten. Mit Bedacht und Verantwortung können wir uns, andere und unsere sexuelle Liebe schützen!

Soll ich einen Aids-Test verlangen?

Die Vorstellung, man bräuchte sich seine Bettpartnerin nur genau anzuschauen, um zu wissen, daß keine Ansteckungsgefahr droht, ist mehr als trügerisch. Es hilft aber wohl auch nicht weiter, sich von einem Mädchen nachweisen zu lassen, daß sie bei einem Aids-Test war. Denn der derzeit gebräuchliche Test ist in diesem Sinne gar kein richtiger: Er sagt nicht, ob und wann jemand an Aids erkrankt. Er weist auch nicht den Aids-Erreger nach, sondern nur die Reaktion des Körpers auf einen Kontakt mit dem Virus. Diese Körperantwort tritt erst nach zwölf Wochen auf. Das Testergebnis sagt nur etwas über Kontakte aus, die drei Monate und länger zurückliegen. Alle „frischeren" Infektionen werden dadurch nicht erfaßt.

Einen Test zu machen, wird all denjenigen geraten, die für sich selbst ein hohes Risiko befürchten: Homosexuelle Männer, die ständig wechselnde Partner haben, Drogenabhängige, die mit anderen an einer Nadel hängen, Frauen, die wissen, daß ihr Partner bisexuell oder drogenabhängig ist, und Sex-Touristen. Es geht dabei immer um einen eindringenden, ungeschützten Geschlechtsverkehr, nicht um Zärtlichkeiten! Wer nach einem „Fehltritt" – einem ungeschützten Verkehr mit einem Unbekannten im Urlaub oder nach dem Disco-Besuch etwa – einen Test erwägt, muß zwölf Wochen abwarten.

Jeder Infizierte – egal, ob er von seiner Ansteckung weiß oder nicht – kann andere Menschen anstecken. Damit trägt jeder Mensch nicht nur für sich selbst Verantwortung, sondern auch für alle Menschen, mit denen er es zu tun hat. Oder auch für Kinder, die noch geboren werden sollen. Wenn nicht jeder einzelne diese Verantwortung übernimmt, wird die Seuche nie eingedämmt werden.

Die Empfehlung von Aids-Experten an junge Leute: Wenn zwei Menschen mit „sexueller Vergangenheit" sich kennen- und liebenlernen und zusammenbleiben wollen, sollten sie einige Monate nur mit Kondom Sex haben und sich dann testen lassen. Danach könnten sie gemeinsam in eine unbelastete Zukunft treten.
Einen Test kann man beim Hausarzt oder Frauenarzt machen lassen. Ein solcher Test kostet etwa 50 bis 60 Mark. In den öffentlichen Aids-Beratungsstellen **(Adressen findest du auf S. 246, 248)** ist der Test anonym und kostenlos. Hier sind im Ernstfall – also bei einem positiven Testergebnis – auch erfahrene Beratungspersonen da, die einem in dieser schweren Krise helfen können. Sie wissen, wie man trotz aller Ängste die notwendigen Entscheidungen treffen kann.

Wie schütze ich mich vor Geschlechtskrankheiten?

Das Kondom schützt auch vor anderen Krankheiten, die im Bett übertragen werden. Das Ansteckungsrisiko erhöht sich mit jeder neuen Partnerin oder jedem neuen Partner. Denn der Körper muß bei jedem Kontakt jeweils mit neuen und anderen Krankheitserregern fertig werden. Da sich der Körper immer wieder mit anderen Anfechtungen auseinandersetzen muß, kann das Abwehrsystem des Organismus allmählich in Mitleidenschaft gezogen werden. Das ist der Grund dafür, warum der ersten Infektion meist weitere folgen und sich oft mehrere Keime aufeinanderpropfen.
Die klassischen Geschlechtskrankheiten sind Gonorrhöe und Syphilis. Früher sind viele Menschen daran gestorben. Heute sind sie eher selten und durch verbesserte medizinische Möglichkeiten sogar heilbar. Durch Geschlechtsverkehr wechseln aber auch Pilze,

Viren, Trichomonaden und bakterielle Erreger den „Besitzer".
Sie können lästige Beschwerden wie Juckreiz, Ausfluß und Brennen beim Wasserlassen hervorrufen. Unbehandelt können sie zu Unfruchtbarkeit führen. Männer stecken Frauen wesentlich leichter an als umgekehrt. Zudem entziehen sie sich häufig der Behandlung, weil sie oft nur wenig Beschwerden haben. Oder es ist ihnen peinlich, deswegen zum Arzt zu gehen. Die meisten Jungen und Männer warten damit, bis sie von ihrer Partnerin mehr oder weniger gezwungen werden, die Krankheit mit Medikamenten ausheilen zu lassen. Das ist insofern unverantwortlich, als sie damit ihre Partner(innen) immer wieder aufs neue anstecken können. Man steckt sich hauptsächlich bei direkten sexuellen Berührungen an, also beim Geschlechtsverkehr. Die meisten Erreger sterben außerhalb des Körpers rasch ab. Eine Übertragung durch Toilettenbrillen, Duschen, Saunen oder Sportanlagen ist mit Ausnahme von Pilzen nicht möglich.
Pilze, Warzen und Herpes werden durch Viren übertragen, die sich drastisch vermehren können, wenn das Immunsystem geschwächt ist. Falsche Ernährung, Nikotin, Alkohol, andere Drogen, Streß, Kummer, Ärger, zuwenig Bewegung und Entspannung schaden der Abwehrkraft. **(Mehr darüber findest du auf S. 215–230.)**
Wer ein Kondom benutzt und auch sonst etwas auf sich aufpaßt, erspart sich also eine Menge Unannehmlichkeiten und kann unbeschwerter durchs Leben gehen.

Ich wurde mißbraucht – wo finde ich Hilfe?

Sexuellen Mißbrauch von Kindern gibt es bei uns – obwohl lange Zeit nicht darüber gesprochen wurde.

Doch die Zahl der Meldungen wächst stetig an, mit ihr die Bereitschaft der Betroffenen, darüber zu sprechen. Klar ist inzwischen auch geworden, daß das alte Bild – Frauen = Opfer, Männer = Täter – überholt werden muß. Auch Jungen können das Opfer sexuellen Mißbrauchs sein, ebenso wie Frauen als Täterinnen in Frage kommen.

Es kommt wesentlich häufiger als angenommen vor, daß Jungen mißbraucht werden. Und zwar weniger von Frauen (obwohl das auch vorkommt) als von Männern. Es liegt auf der Hand, daß dies für ihre persönliche Entwicklung schwerwiegende Folgen hat. Jungen tun sich wahrscheinlich besonders schwer damit zuzugeben, daß sie in der Kindheit mißbraucht wurden oder immer noch mißbraucht werden. Denn einerseits lernen sie es ja sehr viel weniger, darüber zu sprechen, wenn ihnen etwas weh tut oder sie sich bedrängt und überrumpelt fühlen, als Mädchen. Zum anderen haben die Erwachsenen da wohl noch taubere Ohren: Denn die gängige Vorstellung vom Mann beinhaltet ja, daß er beim Sex immer die Initiative ergreift, sich immer zu schützen weiß, also niemals Opfer ist. Opfer sein gilt als unmännlich. Verständlich, daß dadurch unterschwellig noch mehr Unsicherheit und Verwirrung ausgelöst wird.

Für Kinder ist es eine Überlebensstrategie, wenn sie über das, was mit ihnen passiert, schweigen. Zumal sie oft nicht verstehen, was da mit ihnen geschieht – meist durch einen Menschen, dem sie vertraut haben. Viele Täter setzen das Kind unter Druck, drohen ihm mit Gewalt oder irgendwelchen Strafen. Oder es wird ihm eingeredet, daß ihm sowieso niemand glauben wird. Manche Täter oder Täterin bestechen das Kind oder den Jugendlichen auch mit Geld, Geschenken oder Gunstbeweisen. Doch wenn man in die Pubertät kommt, sieht man viele Sachen sehr viel klarer und sollte zu Recht versuchen, mit Ballast aus der eigenen Geschichte fertig zu werden. Verdrängen hilft da ganz sicher nicht sehr viel, wenn ein Junge gesund und reif

durchs Leben gehen möchte. Dennoch fällt es Jungen verständlicherweise ganz besonders schwer, über den sexuellen Mißbrauch zu sprechen.
Erschwerend kommt hinzu, daß es sich bei den Tätern und Täterinnen selten um völlig Unbekannte handelt. Recht häufig sind es Männer und Frauen aus der eigenen Familie, nicht selten sogar die eigene Mutter. Es ist wirklich nicht schwer, sich vorzustellen, was das für einen Jungen bedeutet. Damit wird ihm gegen den eigenen Willen eine noch nicht altersgemäße Sexualität aufgezwungen – notfalls auch mit dem Einsetzen körperlicher Gewalt. Zum anderen findet dies mit einer Person statt, die eigentlich eine Vertrauensperson sein soll. Wem kann man sich da noch anvertrauen?
Ein älteres Familienmitglied hat meist aufgrund seiner Körperstärke und seiner Stellung in der Familie so viel Macht, daß Abwehr oder Gegenwehr kaum möglich sind. Vergeht sich eine Mutter an ihrem Jungen, handelt es sich meist um eine Restfamilie, in der der Vater fehlt. Es gibt also auch keinen männlichen Ansprechpartner, den man ins Vertrauen ziehen könnte. Existiert der Vater noch, ist er wahrscheinlich der Familie innerlich so fern, daß er ebenfalls nicht in Frage kommt oder es – möglicherweise aus eigener Bequemlichkeit oder Feigheit – auch gar nicht glauben würde.
Jungen, die von einem Mann mißbraucht wurden, wagen oft nicht darüber zu sprechen, weil sie Angst haben, als Mann unten durchzusein und selbst für homosexuell gehalten zu werden. Auch die Eltern, denen sie sich eigentlich anvertrauen können sollten, signalisieren oft unbewußt dem Kind ihre eigene Angst vor der Homosexualität.
Manchmal wird das betroffene Kind sogar beschimpft zu lügen, wenn es sagt, was ihm angetan wurde. Das ist eine Verletzung, die dem Jungen dann zusätzlich angetan wird. Obwohl er selbst das Opfer ist, gewinnt er das Gefühl, er sei vielleicht durch sein eigenes Verhalten mitschuldig geworden. Dieses Gefühl ver-

stärkt sich wahrscheinlich, je älter der Junge beim Mißbrauch ist. Typisch für den sexuellen Mißbrauch innerhalb der Familie oder des Bekanntenkreises ist die Wiederholung und der Druck der Geheimhaltung. Nicht selten geht die Qual über Jahre hinweg. Viele Jungen können erst in der Pubertät darüber sprechen, wenn die Abnabelung ihren Lauf nimmt.

Bist du Opfer eines sexuellen Mißbrauchs, wirst du viel Kraft brauchen, um das zu überstehen. Du solltest dir als erstes eines klarmachen: Vergewaltigung durch bekannte oder fremde Menschen ist ein entsetzliches und demütigendes Ereignis. Es kann Jahre, manchmal auch ein Leben lang dauern, bis sich die Betroffenen seelisch wieder erholen und sich sicher fühlen können. **Jeder** Junge kann gegen seinen Willen zum Sex gezwungen, kann Opfer einer Vergewaltigung werden. **Kein Junge kann etwas dafür** – es ist und bleibt ein unerlaubter Übergriff und damit ein kriminelles Vergehen. Und zwar völlig unabhängig davon, wie er sich verhalten hat oder ob er sich hätte zur Wehr setzen können.

Wer Opfer eines sexuellen Mißbrauchs wurde, braucht unbedingt Hilfe. Von der Familie ist da meist nichts zu erwarten. Es gibt heute spezielle Hilfseinrichtungen, in denen betroffene Kinder und Jugendliche von Menschen aufgenommen werden, die damit Erfahrung haben. **(Adressen findest du auf S. 242, 243, 247.)** Hier können sie oft auch eine Weile unterkommen, bis klargeworden ist, was zu tun ist. Sexuelle Übergriffe haben fast immer Auswirkungen auf die spätere Partnerschaft bis hin zur Unfähigkeit, sich in einer Beziehung zu einer Frau wohl zu fühlen. Du solltest dich nicht scheuen, die Hilfe zu suchen. Je eher du das tust, je eher du mit anderen – vielleicht Leidensgenossen – darüber sprechen kannst, je eher du Menschen findest, die dir vorbehaltlos Vertrauen und Rückhalt geben, desto besser sind deine Chancen.

Lernen
ist herausfinden, was du bereits weißt.
Handeln ist zeigen, daß du es weißt.

Die Welt ist dein Schulheft,
die Seiten, auf denen du deine
Rechenaufgaben löst.
Es ist aber nicht die Wirklichkeit,
obwohl du, wenn du willst,
die Wirklichkeit auch dort ausdrücken kannst.

Du kannst aber auch ruhig Unsinn
hineinschreiben oder Unwahrheiten
oder die Seiten zerreißen.

unterwegs

Wieso bin ich auf einmal viel schlechter in der Schule?
Wahrscheinlich bist du im Moment durch andere Dinge abgelenkt.

Warum bin ich jetzt immer so müde?
Die körperlich-seelische Entwicklung kostet sehr viel Kraft, außerdem hast du wahrscheinlich ein ziemlich großes Tagesprogramm.

Ich schaffe die Schule einfach nicht, ist das so schlimm?
Nein, ist es nicht, wenn du dich für eine andere Berufsausbildung interessierst.

Welchen Beruf kann ich ergreifen?
Entscheidend sind deine Fähigkeiten und deine Wünsche für die Zukunft. Laß dich auf alle Fälle beraten.

Müssen meine Eltern mir Taschengeld geben?
Nein, das ist leider eine völlig „freiwillige" Angelegenheit.

Wo kann ich mich für die bedrohte Umwelt einsetzen?
Zunächst einmal in deinem privaten Umfeld. Die meisten Umweltorganisationen haben eigene Jugendgruppen.

Wie kann ich mich gegen Gewalt in der Schule zur Wehr setzen?
Niemals mit mehr eigener Gewalt. Überall darüber reden wäre schon ein wichtiger Schritt.

Meine Freundin sagt, Prügeleien wären vorsintflutlich.
In gewisser Hinsicht schon. Aber wenn du bedroht wirst, solltest du dich wehren, wenn du die Kraft und das Know-how hast. Damit lösen sich allerdings keine Probleme.

Muß ich zum Wehrdienst?
Wenn du tauglich bist, im Prinzip ja. Du kannst allerdings den Wehrdienst aus Gewissensgründen verweigern.

Wer hilft mir bei der Entscheidung?
Je früher du dir über deine eigenen Vorstellungen Klarheit verschaffst, desto besser. Es gibt bei der Bundeswehr Jugendoffiziere und Wehrdienstberater, die auch in den Unterricht kommen. Die Deutsche Friedensgesellschaft berät über Wehrdienstverweigerung.

Wie kommt es, daß ich plötzlich keine Lust mehr auf Schule habe?

Viele Jugendliche kommen in der Schule gut über die Runden, andere bemerken in der Pubertät einen jähen Abfall ihrer Leistungen und vor allem ihrer Schullust. Während der Entwicklungsphase können sich unweigerlich neue Hindernisse in den Schulweg stellen – zumal die Schule von heute sowieso kein Ort ist, an dem es besonders ruhig zugeht. Du bist jetzt vielleicht oft mehr mit dir selbst, mit deinem Sexualtrieb, deinen intimen Phantasien, deinen Freunden, deinem Aussehen oder deinem neuen Schwarm beschäftigt. Vielleicht hast du auch keine Lust mehr zu irgendwas, fühlst dich erschöpft, müde und uninteressiert. Oder du träumst einfach viel vor dich hin. Das kann dir auch passieren, wenn du vorher ein guter Schüler warst und es dir weder an Interesse noch an Einsatzwillen mangelte.

Warum das so ist, kann man sich nicht recht erklären. Aber du kannst sicher sein, daß es fast allen in dieser Zeit so ging und so geht. Sie finden Schule langweilig, überflüssig, Lehrer schlicht blöd und für nichts kompetent. Es ist zugegebenermaßen auch nicht ganz leicht einzusehen, für eine unbestimmte Zukunft zu arbeiten, wenn man gerade so viele andere spannende Dinge erlebt. Die Folge davon kann sein, daß die Noten plötzlich in den Keller rutschen, die Versetzung gefährdet ist und du plötzlich den Wunsch hast, die Schule an den Nagel zu hängen und „endlich" mit dem „richtigen" Leben anzufangen.

Am unerträglichsten werden dir vielleicht in dieser Situation die Sprüche der Erwachsenen sein, mit denen sie dich zum Durchhalten ermuntern wollen. Wenn du ehrlich bist, wirst du ihnen recht geben müssen: Du lernst wirklich nicht für deine Eltern oder die Lehrer, sondern für dich selbst und dein späteres Leben. Auch wenn du dir heute noch nicht vorstellen kannst, was du „mit dem Schulkram" anfangen sollst und wie dein Leben überhaupt aussehen wird.

Das entscheidendste Argument ist, daß eine gute Schulbildung in der Jugend einem Menschen ein großes Maß an Eigenständigkeit und Freiheit gewährt. Man hat die besseren Entscheidungsmöglichkeiten über Ausbildung und Beruf, kann besser Geld verdienen und muß sich über eine Reihe von Dingen keine Sorgen machen. Es ist auch längst kein Geheimnis mehr, daß eine gute Ausbildung selbstbewußt und stark macht.

Bei fast allen hat der Anfall von Lustlosigkeit bald wieder ein Ende, wenn sie sich ein wenig an ihre neue Situation gewöhnt haben. Das bedarf allerdings eines gewissen Organisationstalents. Denn in den Tag eines heranwachsenden Menschen muß ja ganz schön viel hineinpassen: Die heute enormen Anforderungen in der Schule müssen bewältigt werden, die Hausaufgaben gemacht, die Sportstunde wahrgenommen, der Umweltverein bedacht, die Arbeitsgemeinschaft absolviert werden. Obendrein möchtest du dich verständlicherweise auch noch amüsieren, ins Theater, ins Kino oder zum Tanzen in die Disco gehen, deine Freunde treffen, irgend etwas anstellen und natürlich auch hin und wieder etwas mit der Familie machen. Dazu gehört eine Portion Energie und Willenskraft, die ganz allein aus dir kommen muß.

Von deinem vernünftigen Verhalten jetzt hängt viel für dich ab. Das wird dir sicherlich auch oft genug gesagt. Leider ist es deswegen nicht weniger wahr: Die Weichen, die für deine Zukunft maßgebend sind, stellst du jetzt selbst!

Warum macht mich die Schule immer so müde?

Wahrscheinlich bist du zur Zeit nicht besonders motiviert, dich in der Schule richtig zu konzentrieren. Das allein macht schon müde. Hinzu kommt, daß der Organismus in der Wachstumsphase auch so manchmal schon ziemlich angestrengt ist. Und natürlich hast du wahrscheinlich oft eine ziemlich anstrengende Freizeit mit vielen Aktivitäten wie Sport- und Musikstunden. Möglicherweise bist du auch ständig „mit den Gedanken in deiner Hose" und wahrscheinlich nicht nur das . . . Gerade jetzt wird in der Schule viel verlangt. Du wirst oft für viele Fächer und viele Klassenarbeiten gleichzeitig arbeiten müssen. Oder du stehst gerade am Anfang deiner Berufsausbildung, wo noch vieles Neue auf dich einstürmt.

Mit ein paar Tips kommst du in der Schule, mit den Hausaufgaben oder mit deiner Berufsausbildung gut über die Runden: Versuche dir als erstes klarzumachen, daß du lernst, weil es dich auf deinem Weg zu einem – hoffentlich tollen – Beruf weiterbringt. Auch wenn du bei einzelnen Lernstoffen noch nicht weißt, wozu du sie später mal brauchen könntest.

Vor allem trainierst du jetzt, eigenständig zu arbeiten und deinen Verstand zu gebrauchen. Du entwickelst Selbstdisziplin, Willenskraft, Zielstrebigkeit, Arbeitstechniken und die Fähigkeit, Probleme logisch zu lösen.

Entspannung ist der sinnvollste Weg, sich zu konzentrieren. Entspannungsübungen sind nicht nur dazu da, den Körper zu entkrampfen, sondern auch um den Kopf frei zu machen. Recke und strecke dich ab und zu mal. Laß den Kopf sanft im Nacken kreisen und atme dabei kräftig durch. Wer sich zu angespannt fühlt, könnte an der Volkshochschule einen Kursus für autogenes Training belegen. Mit bestimmten Übungen läßt sich das vegetative Nervensystem beeinflus-

sen und bewußt auf Entspannung umschalten. Das hilft auch bei Schlafstörungen!
Hungerkünstler sind weniger leistungsfähig als alle, die sich mäßig, aber regelmäßig ernähren. Gerade Jungen müssen gut essen, wenn sie in der Entwicklung sind. Ohne ein richtiges Frühstück sinkt beispielsweise die Leistungsfähigkeit schon um zehn Uhr immer weiter ab. Das ist normalerweise eine Zeit, in der man auf Hochtouren läuft. Ein Frühstück mit Tee, Kaffee, Milch, Obst, Vollkornbrot oder Müsli ist am besten. In den großen Schulpausen solltest du eine Kleinigkeit essen, aber auf jeden Fall etwas trinken. Zum Mittagessen solltest du deine Eltern um etwas Leichtes bitten: Suppe, Gemüse, Salat, Früchte, Joghurt, Quarkspeisen. Nachmittags bei den Schularbeiten kannst du dir einen Kakao oder einen schönen Fruchtsaft gönnen. Abends nach getaner Arbeit in aller Ruhe ist ein schönes, reichliches Essen eine erlaubte Belohnung. Jungen in deinem Alter können ja erfahrungsgemäß eine ganze Menge verdrücken. Dennoch solltest du – um fit zu bleiben und dich wohl zu fühlen – ein wenig auf eine gesunde Auswahl achten. **(Siehe S. 219–222.)**
Nach dem Essen zu lernen, bringt wenig. Da ist der Körper mit der Verdauung beschäftigt. Spitzenwerte erreicht die Leistungsfähigkeit morgens zwischen 8 und 9 Uhr und nachmittags gegen 17 Uhr. Generell gilt, daß man tagsüber aufnahmefähiger ist als nachts. Bei besonders großem Streß vor Klassenarbeiten nicht bis spät in die Nacht lernen, sondern ruhig morgens mal eine Stunde früher aufstehen.
Außerdem ist das richtige Arbeispensum wichtig. Lieber mit weniger, aber rechtzeitig genug anfangen und dann langsam steigern. Ein Stundenplan, der Arbeits- und Freizeit festlegt, erleichtert einem das tägliche Lernpensum – läßt einen sogar manchmal mehr schaffen. Realistisch muß der Zeitplan allerdings sein, sonst bekommt man nur schlechtes Gewissen. Was man in langer Zeit versäumt hat, kann man meist nicht innerhalb weniger Tage einpauken. Belohnungen –

wie ein Kinobesuch, ein schöner Waldlauf, ein spannender Fernsehkrimi etwa – für durchgehaltene Lernzeiten und vorher festgesetzte Lernerfolge sind ebenfalls eine große Hilfe. Denn das ist auch eine wichtige Regel: Wer ordentlich arbeitet, der darf sich ruhig ordentlich amüsieren.

Der Arbeitsplatz sollte entsprechend vorbereitet sein: Ein fester Platz, an dem du ruhig, gemütlich und ungestört arbeiten kannst, ist ein Muß. Eine gewisse Ordnung erhöht die Konzentration. Alle Dinge, die ablenken könnten, Fotos, Zeitschriften, Essen, so weit wie möglich verbannen. Wer während des Unterrichts mitgeschrieben hat, hat alles schon einmal „durch den Arm fließen" lassen und kann praktisch zu Hause in seinem eigenen Lehrbuch nachlesen. Weiter gefestigt wird der Stoff, wenn er noch einmal sauber ins Schulheft übertragen wird. Zusätzliche Lernhilfe: sich die wichtigen Passagen farbig anstreichen.

Es gibt viele, die schwören darauf, mit anderen zusammen besser zu lernen. Andere können nur alleine lernen. Das ist eine Frage des persönlichen Stils. Am sinnvollsten ist wahrscheinlich eine Kombination aus beidem. Einzelarbeit ist oft effektiver, in der Gruppe kann man sich dagegen gegenseitig befruchten. Gruppenarbeit vermindert die Prüfungsangst, weil man über den Stoff zu sprechen lernt, immer nochmals wieder nachfragen und die Prüfungssituation üben kann. Außerdem weiß man, daß man nicht allein ist. Daß man vor Klassenarbeiten und Prüfungen nervös ist, ist völlig normal. Aber schon das Gefühl, gut vorbereitet zu sein und gelernt zu haben, gibt Sicherheit und stärkt das Erinnerungsvermögen. Letzter Gedächtniskick sind „Beschwörungsformeln" wie „Mir werden die richtigen Antworten einfallen", „Ich erinnere mich an alles, was ich gelernt habe", „Ich bin vollkommen ruhig und sicher". Dann kann eigentlich nichts mehr schiefgehen!

Es gibt übrigens noch etwas zum Thema Lernen, was dich sicher interessieren wird – selbst wenn es dich persönlich nicht betrifft: Es finden sich in der gemischten Schule immer noch die überholten Rollenverteilungen: Die Jungen spielen die „Macker", und die Mädchen passen sich an. Die alten Rollenregeln sind bei sich selbst schwer zu erkennen, denn sie „verlangen" nicht unbedingt, daß ein Junge auf den ersten Blick Machoverhalten an den Tag legen muß. Doch wird offenbar von einem Mädchen nach wie vor erwartet, daß es seine Leistung so dosiert, daß Jungen davon nicht abgeschreckt werden. Konkurrenz gilt als etwas Aggressives, das Frauen in unserer Gesellschaft oft noch nicht zugestanden wird. Damit wird die unterschwellige Angst ausgelöst, die bewirkt, daß ein Mädchen, das mit einem traditionellen Männergebiet konkurriert und Erfolg hat, nicht als „richtiges" Mädchen angesehen und als herrschsüchtige „Emanze" abgetan wird.

Obwohl Mädchen sehr klug, oft sehr viel lernwilliger sind, seltener sitzenbleiben und auch die besseren Zensuren haben als Jungen, machen nicht sie, sondern die Jungen Karriere nach der Schule, weil sie sich eher auf aussichtsreiche Berufe in Naturwissenschaft, Technik und Wirtschaft hin orientieren. Mädchen entscheiden sich fast automatisch für die schlechter bezahlten „typisch weiblichen" Berufe, in denen es wenig Aussicht auf Erfolg gibt.

Ein weiterer Kritikpunkt: Jungen werden im Unterricht stärker beachtet und häufiger aufgerufen als Mädchen. Sie beanspruchen mehr Raum, mehr Aufmerksamkeit und erwarten unbewußt, daß die Mädchen ihnen nachgeordnet sind. Ihre Interessen werden bei der Themenwahl wesentlich weniger berücksichtigt. Die Leistungen von Jungen werden höher eingeschätzt, auch wenn sie objektiv gesehen schlechter sind. Jungen haben verständlicherweise oft kein Gefühl dafür, wo Mädchen benachteiligt werden, weil das für sie selbst Vorteile bringt.

Wie kommt es, daß wir an der Schule so oft bedroht werden?

Über die zunehmende Brutalisierung unserer Gesellschaft wird derzeit viel geschrieben und diskutiert. Gerade an den Schulen ist eine Spirale der Gewalt in Bewegung gekommen, der man sich als einzelner Schüler kaum entziehen kann. Stärker noch als an den Gymnasien haben sich an Mittelschulen und Hauptschulen Gruppen und Banden gebildet, zu deren Selbstverständnis mehr oder minder sinnlose brutale Mutproben gehören: Mitschülern Geld und Zigaretten abpressen, U- und S-Bahn-surfen, Auto-Crashing oder Ausländer klatschen – um nur einiges zu nennen.
Waffen an den Schulen sind keine Einzelfälle mehr, es gibt schon einzelne Schüler – zumeist an den Hauptschulen –, die im Unterricht das Messer ziehen. Treten, Boxen und Schlagen gehört in vielen Schulen bald zur Tagesordnung. Daß die Schule dadurch zur täglichen Qual wird, liegt auf der Hand. Ebenso, daß dadurch mancher Schüler selbst gewalttätig wird, ohne es zu wollen. Die anderen – die Opfer – müssen herhalten und schweigen oft aus Angst vor weiterer Verletzung.
Als eine der wichtigsten Ursachen haben Schulpsychologen folgendes ausgemacht: Viele Familien geben ihren Kindern keinen Halt mehr. Vielleicht weil die Eltern zu sehr mit ihrem eigenen Überleben beschäftigt sind – etwa wenn der Vater arbeitslos und obendrein alkoholkrank ist und die Mutter für den Lebensunterhalt sorgen muß. Weil die Eltern zuwenig Zeit für sie haben, fehlt den Kindern oft eine Vorstellung davon, was falsch und was richtig ist. Viele Kinder können sich in ihrer Freizeit nicht mehr genügend austoben, sie wissen auch einfach nichts mit sich anzufangen, und ihnen wird auch nichts angeboten, womit sie sich beschäftigen könnten. Falsche Ernährung, fehlende Zuwendung und zuviel Fernsehen macht sie hippelig

und leicht aggressiv. Mit Gewalt versuchen diese Kinder, Anerkennung und Beachtung von anderen zu erheischen. Daraus ergibt sich Gewalt in der Sprache, Gewalt gegen Sachen und eben auch Gewalt gegen Menschen.
Außerdem entdeckt man heute häufiger bei manchen Jungen einen vorsintflutlichen Männlichkeitswahn, ein Rambo-Syndrom. Wahrscheinlich orientieren sie sich an völlig wirklichkeitsfremden Filmen und Videos, in denen der einzelne Mensch nichts mehr gilt und auf den einfach brutal draufgeknüppelt werden kann. Je mehr Probleme ein Junge mit seiner Männlichkeit hat, desto eher wird er – lautstark und großkotzig – zur Gewalt neigen. Stärke, Gewalt und Brutalität ist jedoch nicht die nach oben offene Richterskala, an der Männlichkeit gemessen wird. Wer die Grenzen anderer Menschen nicht respektiert, hat oftmals auch Schwierigkeiten damit, zu begreifen und zu merken, wo er selbst anfängt und aufhört, wo seine eigenen Grenzen liegen. Solche Jungen dürfen nicht zugeben, wenn sie selbst sich bedroht fühlen oder Angst haben. Allerdings bestätigen Mädchen dieses törichte Verhalten oftmals, indem sie stolz auf den Sieger von Kloppereien blicken und ihm vielleicht den Vorzug vor einem klügeren und warmherzigeren Jungen geben. Jungen hingegen merken rasch, daß es immer nur einen Sieger gibt. Alle anderen sind Verlierer . . .
Was für manchen Jugendlichen der Einstieg in eine kriminelle Karriere ist, stellt für den anderen vielleicht nur einen entwicklungsgemäßen Protest gegen die Erwachsenenwelt dar. Manchmal ist es auch Ausdruck von Ohnmacht, hinter Gewaltbereitschaft können sich Jugendliche verstecken, sich mächtiger und stärker fühlen, denn als Kind oder Jugendlicher hat man in dieser Gesellschaft ja meist wenig zu melden. Nicht immer steckt hinter Gewalttätigkeit eine rechtsradikale politische Gesinnung.

Wie kann man sich gegen Gewalt zur Wehr setzen, ohne selbst zuzuschlagen?

Eines muß ganz grundsätzlich gesagt werden: Gewalt darf niemals und auf keinen Fall geduldet werden. Wer gegen Gewalt nichts unternimmt, die Augen verschließt oder sich irgendwie herausmogelt, trägt auch zur Verbreitung von Gewalt bei.
Anders ist es in einer Situation, in der man selbst akut bedroht wird oder zuschauen muß, wie jemand anders in Not gerät. Solche Vorgänge sollte niemand auf sich beruhen lassen (oder gar wegschauen). Es gibt jedoch viele Wege, sich zu wehren: dazwischenhauen, helfen, den Retter spielen, sich eine blutige Nase holen, sich aus dem Staube machen und Hilfe holen, Eltern, Polizei, Schule oder Jugendbehörde informieren. Wer die Kraft und das Know-how hat, kann sich körperlich zu Wehr setzen. Es ist aber genauso sinnvoll, sich irgendwie davonzuschleichen und schnell etwas zu unternehmen. Das ist kein bißchen unmännlich, sondern meist schlicht klug. Jungen und Männer müssen sich nicht auf Teufel komm raus wehren. Selbst wenn Jungen nach außen hin manchmal anders tun, so mißbilligen viele doch Gewalt. Die Verantwortung für diesen Vorfall trägt immer derjenige, der Gewalt ausübt.
Es scheint so zu sein, daß wir alle auf eine solch brutale Gewalt in unserem täglichen Leben nicht so richtig vorbereitet sind. Deshalb wird es möglicherweise auch den Erwachsenen, mit denen du darüber sprichst, schwerfallen, dir eine Antwort zu geben oder Hilfsmaßnahmen zu nennen. Weil es ganz offenbar keine schnellen Lösungen gibt, mogeln sich auch Politiker und Lehrer oft um Konsequenzen herum.
Natürlich kannst du versuchen, deine eigenen Kräfte

zu stählen, Selbstverteidigung oder eine Kampfsportart zu lernen. Sicher ist aber, wenn dir das nicht liegt (etwa weil du jemand anderes nicht wirklich weh tun magst), wird es dir im Notfall auch nichts nützen. Auf alle Fälle sollte man dabei nicht stehenbleiben. Nur in der Offensive besteht eine wirkliche Chance. Eine denkbare Möglichkeit wäre es, gemeinsam mit Gleichgesinnten etwas gegen Gewalt zu organisieren. Zum Beispiel etwas für die Jüngeren in der Schule zu tun, um diese Spirale zu unterbrechen: Vor allem die Kleinen wünschen sich Schutz von älteren Mitschülern, fühlen sich mutterseelenallein auf dem Pausenhof und oft schon allein durch brutale Aussprüche von anderen bedroht. Man könnte Projektwochen zum Thema Gewalt (oder Drogenmißbrauch und Dealen) organisieren oder die Lehrer in die Pflicht nehmen, sich mehr mit ihrem Erziehungsauftrag auseinanderzusetzen. Manchmal ist es ja auch schlicht Langeweile, die Schüler im Unterricht übermütig werden läßt.
Denkbar wäre es auch, sich bei der Schulleitung dafür einzusetzen, daß etwas passiert, mit Spezialisten der Kriminalpolizei zu kooperieren und sie in die Schule einzuladen, bei der Jugendbehörde Hilfe anzufordern, Politiker anzusprechen, mit den Eltern zum Ombudsmann oder Bürgerbeauftragten der Gemeinde zu gehen und ihn darüber zu informieren, daß an dieser Schule geschlagen und gedealt wird und Drogen genommen werden. In einigen Gemeinden und Städten gibt es Kinder- und Jugendlichenbeiräte, die für Spielplätze oder Freizeitaktivitäten für Kinder und Jugendliche mitverantwortlich sind. Rat und Hilfe gibt es kurzfristig auch bei der Schülerhilfe **(Telefonnummern auf S. 243, 244).**
Zugegeben: Sicher sind diese Denkansätze angesichts des Ausmaßes der Bedrohung von Schülern und Schülerinnen an einzelnen Schulen nicht ausreichend genug. Doch vieles liegt auch in eurer Hand. Ihr müßt auf alle Fälle darüber reden. Das ist nämlich männliches Verhalten: ein Problem erkennen, Lösungen ab-

wägen und versuchen, die brauchbarste in die Tat umzusetzen. Wer nichts sagt, bewegt auch nichts. Allein reden (und melden!) macht frei!

Kann man Noten oder Sitzenbleiben anfechten?

Ganz problemlos wird die Schule nie sein. Es wird immer Lehrer und Lehrerinnen geben, mit denen du nicht klarkommst. Es kann auch sein, daß dir bestimmte Fächer nicht liegen oder daß dir der Lehrstoff manchmal zu schwer ist. Schüler und Schülerinnen in der Pubertät fühlen sich aber auch schnell falsch behandelt oder zu schlecht beurteilt. Nicht immer muß das am Lehrer liegen, vor allem dann, wenn diese Probleme erst mit dem Eintritt in diese Entwicklungszeit auftreten. Aber natürlich kommt es vor, daß ein Lehrer mal „danebenhaut" oder einem wirklich aus persönlichen Gründen Steine in den Weg legt. Dann müssen auch Schüler selbstverständlich nicht alles hinnehmen.
Wer sich in der Schule ungerecht benotet fühlt, hat das Recht, sich zu wehren. Und zwar dann, wenn dem Lehrer Verfahrensfehler unterlaufen sind. Zum Beispiel bei einer Klassenarbeit oder Prüfung: Hat der Prüfer beispielsweise die Prüfbögen zu früh eingesammelt, geduldet, daß die Prüflinge durch Lärm gestört wurden oder sich bei der Bewertung von seinen persönlichen Gefühlen und Ansichten leiten lassen.
Wenn du glaubst, berechtigte Gründe für eine Beschwerde zu haben, solltest du Buch führen über alle Klassenarbeiten und deren Rückgabedatum, über Unterrichtsausfall und Vertretungen mit sachfremdem Unterricht. Dann ist es gut, wenn du die Allgemeine Schulordnung kennst, in der alle Rechte und Pflichten

von Schülern und Lehrern aufgeführt sind. Diese muß auch Schülern zugänglich sein.
Natürlich ist es besser, wenn du versuchst, die Situation in einem Gespräch mit deinem Lehrer zu klären, vielleicht ziehst du auch den Vertrauenslehrer hinzu. Denn es ist auf alle Fälle zu überlegen, ob du nicht mehr Porzellan zerschlägst, wenn du dich zur Wehr setzt. Nützt dies nichts, gibt es die Möglichkeit eines formlosen Rechtsbehelfs in Form einer Gegendarstellung. Bei Minderjährigen schreiben die Eltern einen Brief an die Schulleitung und stellen ihre Meinung ausführlich dar. Volljährige Schüler können das selbst machen. Jeder Schüler hat Anspruch darauf, daß sein Anliegen von der Schule geprüft wird. Die Schulaufsichtsbehörde überprüft die Entscheidung der Schule und ändert sie gegebenenfalls. Ist die Schülerin oder der Schüler damit nicht zufrieden, kann er sich an die nächsthöhere Schulbehörde wenden. Erzwingen läßt sich aber auf diesem Wege nichts. Es sollte wirklich nur eine absolute Notfallmaßnahme bleiben.
Entscheiden eine oder mehrere Noten, die man als nicht gerechtfertigt empfindet, über die Versetzung in die nächste Klasse, so ist in diesem Fall ein förmlicher Rechtsbehelf nötig. Dieser besteht zunächst in einem Brief an die Schulleitung. Darin müssen in einem sogenannten Widerspruchsverfahren drei Punkte geklärt werden:

- Es muß Widerspruch gegen eine konkrete Note eingelegt werden.
- Man stellt den Antrag auf Versetzung in die nächste Klasse.
- Die Verfahrensfehler des Lehrers bei der Benotung müssen begründet werden.

Der Brief muß innerhalb von vier Wochen nach der Zeugnisausgabe per Einschreiben beim Schulleiter eingetroffen sein. Nun entscheidet die Versetzungskonferenz unter Vorsitz des Schulleiters über die Verset-

zung. Werden die angefochtenen Noten nicht geändert, gibt der Schulleiter den Widerspruch an die Schulaufsichtsbehörde weiter. Korrigiert sie die Entscheidung der Versetzungskonferenz nicht, erhält der Schüler innerhalb von drei Monaten einen offiziellen Bescheid.
Jetzt gibt es nur noch die Möglichkeit, beim zuständigen Verwaltungsgericht Klage zu erheben. Solche Verfahren dauern meist recht lange. Deswegen sollte man eine „einstweilige Anordnung" beantragen, um trotzdem zu Schuljahresbeginn in die neue Klasse zu kommen. Es müssen hieb- und stichfeste Gründe für die Klage vorhanden sein. Überdruß, Jux, Rache oder ein getroffenes Selbstwertgefühl sind selbstverständlich keine ausreichenden Gründe und zeugen eher von Unreife.

Kann ich nicht einfach von der Schule abgehen?

Schulunlust ist eine verbreitete „Krankheit" in der Pubertät. Viele Jugendliche spielen mit dem Gedanken, die Schule zu verlassen, sich einen Job zu suchen, so schnell wie möglich unabhängig zu sein und Geld zu verdienen. Schwierigkeiten in der Schule verstärken diesen Wunsch noch. So verführerisch diese Idee ist, so unrealistisch ist sie für die meisten aber auch. Denn das „wirkliche" Leben ist viel anstrengender, als es dir jetzt in deinen Träumen erscheint. Es bleibt leider dabei: Das Beste, was du tun kannst, ist, dieses Tief durchzuhalten. Alles, was du jetzt in deine Ausbildung investierst, kommt nämlich niemandem anders als dir selbst zugute. Deinen Eltern nicht und deinen Lehrern nicht – nur dir!
Wenn du ernsthafte Schwierigkeiten hast, in einem

oder mehreren Fächern nicht richtig mitkommst, mußt du dir natürlich überlegen, wie du diese Klippe überwindest. Nachhilfe kann da oft Wunder wirken. Die Flinte ins Korn zu werfen wäre ein Jammer. Denn du wirst es mit dem Lernen nie wieder so leicht haben wie jetzt. Im Anschluß an eine Lehre später eine Fachschule zu besuchen oder neben einem Job das Abitur nachzuholen, erfordert sehr viel mehr Einsatz und Kraft.
Keinen höheren Schulabschluß zu schaffen, ist allerdings auch kein Weltuntergang. Es gibt viele interessante Berufe, in denen du deine Fähigkeiten vielleicht besser zur Entfaltung bringen kannst. Wenn du langsam zu der Überzeugung kommst, daß die Schule wirklich nichts für dich ist, solltest du mit deinen Eltern – vielleicht mit der Unterstützung deiner Lehrer – klären, welchen Weg du einschlagen könntest. Auch wenn du keinen sehnlicheren Wunsch hast, als von der Schule abzugehen, heißt das nicht, daß du nicht mehr den Wunsch hast weiterzulernen oder daß du dies niemals tun wirst. Manchmal hilft auch schon ein Wechsel der Schule.
Es ist sehr sinnvoll, sich beim Arbeitsamt ausführlich informieren zu lassen. Es gibt nämlich Hunderte von interessanten Berufen, von denen man oft gar nichts weiß. Laß dich auf alle Fälle von niemandem in eine Richtung drängen, die du nicht akzeptieren kannst. Und laß dich auch nicht davon abhalten, einen Beruf zu ergreifen, von dem du träumst.
Das gilt auch für die Wahl eines Studiums: Studiere nur etwas, was du wirklich willst, wo du dich wirklich engagieren kannst. Denn nur dann wirst du auch gerne und erfolgreich arbeiten. Und noch etwas: Achte dabei nicht auf den aktuellen Arbeitsmarkt. Bisher haben sich alle Zukunftsprognosen, wieviele Akademiker aus welchen Fächern gebraucht werden, als falsch erwiesen. Wenn du etwas kannst, was dir liegt und worin du aufgehen kannst, wirst du immer eine Möglichkeit finden zu arbeiten. Entscheidend sind deine Fähigkeiten und deine Wünsche an deine Zukunft!

Wie bekomme ich mehr Taschengeld?

Wie Jugendliche mit ihrem Taschengeld umgehen, ist in vielen Familien immer wieder Anlaß für einen handfesten Krach. Besonders dann, wenn die Kinder verschwenderisch sind oder die Eltern vorschreiben wollen, wie ihr Kind damit umzugehen hat und was es sich dafür nicht kaufen soll.

Im Bürgerlichen Gesetzbuch gibt es einen Paragraphen, aus dem deutlich hervorgeht, daß auch Minderjährige über ihr wöchentliches und monatliches Taschengeld frei verfügen sollen und dürfen. Allerdings sind die Eltern nicht verpflichtet, Taschengeld zu zahlen oder sich auf eine bestimmte Höhe festzulegen. Als Orientierungshilfe für die Höhe des Taschengeldes geben die Jugendämter jedes Jahr neue Richtlinien heraus.

Für alle Einkäufe, die du mit deinem Taschengeld machst, gelten dieselben Rechte wie für Erwachsene. Deine Eltern können dich nicht mit etwas, was du gekauft hast und was ihnen nicht gefällt, wieder ins Geschäft schicken, um das Geld zurückzuverlangen. Das ist nur möglich, wenn du über das Ziel hinausgeschossen bist und dir etwas gekauft hast, was die übliche Taschengeldhöhe übersteigt. Solange du minderjährig bist und deine Eltern diesen Kauf nicht genehmigt haben, kann er von ihnen rückgängig gemacht werden.

Wenn das von deinen Eltern spendierte Taschengeld nicht ausreicht – und das ist wohl relativ oft der Fall –, kannst du dir überlegen, ob du dich nicht schon mal in die Selbständigkeit stürzt und dir eine Arbeit suchst. Zwei Dinge sind dabei zu bedenken: Wenn du Schwierigkeiten in der Schule hast oder dich allgemein nicht so gut fühlst, mußt du aufpassen, daß du dich nicht übernimmst. Schau dann lieber erst, daß du deine

Probleme in den Griff bekommst. Denn wenn du dir nun noch zusätzlichen Streß verschaffst, verschlimmerst du deine Situation nur. Dann solltest du dir einen Job suchen, der dir Spaß macht, bei dem du deine Begabung, dein Können und dein Wissen gewinnbringend einsetzen kannst. Damit bekommst du auch Erfahrungen, die dir später im Beruf dienlich sein können.
Möglicherweise machen sich deine Eltern Sorgen, daß du deine Schul- oder Berufsausbildung dadurch gefährdest. Da hilft nur ein offenes Wort. Du solltest ruhig mit ihnen besprechen, inwieweit sie dich da unterstützen können. Sicher werden sie nämlich auch stolz darauf sein, daß du schon so viel Verantwortung für dich übernehmen möchtest.

Darf ich einen Job annehmen?

Schüler unter 18 Jahren, die noch zur Realschule oder aufs Gymnasium gehen, dürfen nur während der Schulferien für höchstens vier Wochen pro Kalenderjahr jobben. Und das auch erst ab dem 15. Lebensjahr.
Dinge, die du tun kannst, gibt es viele: So brauchen viele Leute jemanden, der sich um Haus und Garten, um Kinder und Tiere, um Küche und Wäsche, um Besorgungen und kleinere Büroarbeiten kümmert. Auch ungewöhnliche Sachen wie Fahrrad-Kurierdienste, Brötchen-Bote, Pflanzendienst, Fensterputz-Service oder Öko-Müll-Abholer könntest du dir ausdenken. Hör dich bei deinen Eltern, in der Nachbarschaft, in der Schule um, wo es was zu tun gibt. Du kannst auch eine Annonce im örtlichen Anzeigenblättchen aufgeben. Fühlst du dich nicht zu einer ausgefallenen Sache berufen, beginnst du einfach mit den klassischen Schülerarbeiten: Nachhilfestunden geben, Nachbarskinder beaufsichtigen, Zeitungen austragen oder ältere Menschen betreuen.

Gegen einen regelmäßigen Job, der monatlich nicht mehr als 440 Mark einbringt, haben weder Finanzamt noch Versicherungen etwas einzuwenden. Vorausgesetzt, das ist deine einzige Einnahmequelle. Tätigkeiten wie Babysitting, auf Tiere aufpassen oder Besorgungen erledigen, gelten nicht als Arbeit, sondern als Gefälligkeiten. Auch wenn du ausrangierte Kleidung verkaufst oder dein Hobby zu einer Geldquelle machst, interessiert das niemanden. Sollte sich aber daraus ein richtiges Gewerbe entwickeln, und solltest du auch noch mit anderen zusammenarbeiten, müßtest du vielleicht den Steuerberater deiner Eltern um Rat fragen. Sinnvoll ist es auf jeden Fall, ein kleines Kassenbuch anzulegen, in dem du Einnahmen und Ausgaben notierst. So behältst du den Überblick und kannst auch prüfen, ob deine Arbeit sich lohnt.
Deine Eltern haben übrigens prinzipiell das Recht, mitzuentscheiden, was mit dem Lohn geschehen soll. Sie können auch verlangen, daß du davon zu Hause etwas ablieferst. Ein eigenes Konto kannst du bereits als Kind bei Banken oder Sparkassen eröffnen. Ein Elternteil hat jedoch bis zu deiner Volljährigkeit Vollmacht darüber. Wenn du gespartes Geld hast, ist es sinnvoll, ein Sparkonto anzulegen, auf dem dein Geld für dich Zinsen bringen kann.

Wie kann ich mich für etwas Sinnvolles engagieren?

Viele Jugendliche sind auf der Suche nach etwas, wofür sie sich engagieren können. Dabei lernen sie, eine eigene Meinung zu haben und sie auch zu vertreten. Sie interessieren sich praktisch für alle Bereiche des Lebens: Politik, Religion, Theater, Kunst, soziale Ungerechtigkeiten, Drogenbekämpfung, das Elend in

den Entwicklungsländern oder die bedrohte Umwelt. Jugendliche haben meist einen besonders klaren Blick dafür, wo etwas nicht stimmt. Und was ihnen nicht paßt, möchten sie verständlicherweise ändern.
Überall gibt es Gruppen, in denen Jugendliche arbeiten können. So haben beispielsweise die Parteien und Umweltorganisationen meist spezielle Jugendgruppen. In den Schulen gibt es Theater- und Kunstgemeinschaften. Auch die Volkshochschulen bieten viele spannende Kurse an. Wofür du dich selbst interessierst und was dir am meisten Spaß macht, mußt du erst herausfinden. Du kannst überall hineinschnuppern und dich dann für etwas entscheiden. Du kannst auch ruhig einmal etwas anfangen und dann wieder aufhören, wenn du merkst, es liegt dir nicht. Da mußt du dir von anderen keine mangelnde Konsequenz vorwerfen lassen. Die Jugendzeit ist schließlich auch dazu da, verschiedene Möglichkeiten auszuprobieren.
Gruppen können nämlich auch einen Druck auf ihre Mitglieder ausüben, dem man sich als einzelner Mensch schwer entziehen kann. Um von einer bestimmten Clique akzeptiert zu werden, tun viele Dinge, die sie gar nicht wollen. Wer nur so handelt wie die Mehrheit, tut das oft gegen die eigenen Interessen und die innere Überzeugung. Wenn andere beispielsweise etwas tun, was gefährlich, nicht gesund, zerstörerisch, erniedrigend oder ungesetzlich ist, dann stehst du vor der Wahl, es mitzumachen, nein zu sagen oder dich irgendwie herauszuwinden. Vor dieser Wahl steht man immer wieder im Leben: Soll ich bei der Prüfung mogeln, ohne Führerschein fahren, Intrigen mitmachen, Drogen ausprobieren oder mit jemandem schlafen, den ich kaum kenne?
Bei der Entscheidung hilft dir niemand. Wenn du dich für etwas anderes entscheidest als die anderen, mußt du damit rechnen, daß sie dir Schwierigkeiten machen und wütend auf dich sind. Echte Freunde sind das nicht. Sich gegen solchen Druck durchzusetzen, dazu gehören Mut und Selbstvertrauen. Wenn du es

noch nicht schaffst, ein klares Nein zu einer Sache zu sagen, mußt du kein schlechtes Gewissen haben, wenn du dich unter einem Vorwand „ausklinkst". Gestehe dir ruhig in solchen Situationen Notlügen zu. Die Hauptsache ist, daß du nichts tust, was du nicht willst und was dir schadet.

Besonders gefährlich können dabei Jugendsekten sein. Denn sie wenden sich gezielt an Jugendliche und versprechen ihnen ein „Himmelreich", wenn sie nur folgsam sind. Die Gruppen sprechen den jugendlichen Elan an und behaupten ein „Rettendes Rezept" zu haben, mit dem sie hier und jetzt die Probleme des einzelnen als auch der gesamten Menschheit lösen wollen. Dies wirkt ungeheuer anziehend auf Menschen, die sich gerade in einer Krisensituation befinden, die etwa Schulangst haben, Liebeskummer oder in deren Elternhaus gerade Streit ist. Sie bieten eine Ersatzfamilie an in einer Welt, die ziemlich unüberschaubar geworden ist. Der jeweilige Absolutheitsanspruch und eine strenge, isolierte Lebensweise vereinnahmen die Jugendlichen so, daß sie keine Möglichkeit haben, sich mit Alternativen und der Realität auseinanderzusetzen.

Nicht alles muß schlecht sein. Doch die Erfahrung zeigt, daß solche Gruppen sehr oft eine Gefahr für die geistige, seelische und körperliche Gesundheit sein können. Die Anhänger werden zunächst einer „Seelenwäsche" unterzogen, die eine tiefgreifende Veränderung der Persönlichkeit zur Folge hat. Das macht es ihnen auch so unendlich schwer, sich dem Würgegriff dieser Sekten zu entziehen. Für die Betroffenen ist diese Lage brutal bedrängend. Nicht selten werden sie dazu gedrängt, ihre Eltern um Geld zu bitten, es ihnen gar abzupressen oder sich das Geld aus der Erbschaft auszahlen zu lassen, damit es der Sekte zufließen kann.

Junge Menschen, die sich missionieren lassen, haben fast immer einen ausgeprägten Willen, Gutes und Richtiges zu tun. Das ist wohl auch der Schopf, an dem sie sich oder andere sie wieder aus dem Sumpf ziehen können. Die meisten schaffen es allerdings nicht, ohne fremde Hilfe davon loszukommen. Es gibt inzwischen eine ganze Reihe von Institutionen, die Beratungsstellen für solche Problemfälle eingerichtet haben. **(Adressen findest du S. 242.)** Niemand – weder Eltern noch Jugendliche – sollten sich scheuen, sich dort Rat und Hilfe zuteil werden zu lassen.

Wann muß ich zur Bundeswehr?

In der Bundesrepublik gibt es die allgemeine Wehrpflicht für Männer. Sie bedeutet, daß du vom 18. Lebensjahr an zum Dienst in den Streitkräften, im Bundesgrenzschutz oder einem zivilen Schutzverband herangezogen und verpflichtet werden kannst. Wer etwa aus Ausbildungsgründen schon vor der Musterung seines Jahrgangs eingezogen werden möchte, kann dies beantragen.
Es beginnt damit, daß du von deiner Stadtverwaltung einen Erfassungsbogen bekommst, den du ausfüllen und zurückschicken mußt. Dann erhältst du vom Kreiswehrersatzamt eine Vorladung zur Musterung. Hierbei wird deine körperliche und geistige Tauglichkeit für den Wehrdienst festgestellt. Es gehört eine eingehende ärztliche Untersuchung dazu. Die Militärärzte müssen übrigens genauso respektvoll mit ihrem Gegenüber umgehen wie andere Ärzte auch. Bei der Musterung gibt es verschiedene Tauglichkeitsgrade: wehrpflichtig, vorübergehend nicht wehrdienstfähig, nicht wehrdienstfähig. Danach kannst du voll, mit Einschränkung oder gar nicht eingesetzt werden. Im Streitfall prüft das Verwaltungsgericht nach, ob die Einordnung richtig ist.

Über das Ergebnis dieser Musterung wirst du schriftlich informiert. Später erhältst du dann deine Einberufung, in der auch Ort und Zeit benannt werden. Der Grundwehrdienst dauert zwölf Monate.
Du kannst allerdings auch freiwillig die Laufbahn des Soldaten auf Zeit einschlagen. Wichtig ist, daß du dich unserer freiheitlichen demokratischen Grundordnung unumwunden verpflichtet fühlst. Du hast die Möglichkeit, als Berufssoldat entweder als Soldat auf Zeit für einen bestimmten Zeitraum oder auf Lebenszeit beim Bund Dienst zu tun. Das ermöglicht dir unter anderem im Rahmen deiner Verpflichtung, auf Staatskosten eine Ausbildung zu machen, zu studieren und eine Reihe von Bildungs- und Weiterbildungsangeboten wahrzunehmen.
Je früher du dich mit dieser Problematik beschäftigst, desto eher kannst du dir ein Urteil bilden. Hast du klare Vorstellungen von dem, was du erreichen möchtest, hast du wesentlich bessere Chancen, dich durchzusetzen. Wer erst bis zum Tag der Musterung wartet, weiß nicht, was auf ihn zukommt und welche Möglichkeiten er unter Umständen dabei übersieht.
Zur Zeit gibt es etwa hundert Jugendoffiziere bei der Bundeswehr, die ihr im Rahmen des Gemeinschaftskunde-, Politik- oder Geschichtsunterrichts in eure Schule einladen und nach allen Dingen fragen könnt, die euch interessieren. Hast du schon eine Idee, was du machen möchtest – beispielsweise Fallschirmspringer oder Flieger werden –, kannst du dich bei den Jugendoffizieren der entsprechenden Einheiten über deren Einsatzgebiet erkundigen. (Ein aktuelles Verzeichnis der Jugendoffiziere erhältst du beim Streitkräfteamt, Informations- und Medienzentrale, Bereich Kommunikation, Am Wiesenpfad 49, 53349 Meckenheim.)
Du solltest dich aber auch beim Wehrdienstberatungsoffizier deines zuständigen Kreiswehrersatzamtes über Laufbahnperspektiven und deine persönlichen Einsatzmöglichkeiten informieren lassen. Überdies bietet die Bundeswehr interessierten Jugendlichen „Tage

der offenen Tür“ und einwöchige Schnupperpraktika bei der Truppe an.

Wie kann ich die Bundeswehr umgehen?

Niemand darf zum Dienst an der Waffe gezwungen werden. Wer sich aus Gewissensgründen nicht in der Lage sieht, den Wehrdienst mit der Waffe abzuleisten, kann erwarten, daß seine Entscheidung vom Staat respektiert wird. Es darf sich dabei allerdings nicht bloß um eine allgemeine Unlust gegenüber dem „Bund“ handeln oder um Ärger über die verlorenen Monate. Du mußt dich in einem echten Gewissenskonflikt befinden. Wer es mit sich und seinem Weltbild prinzipiell nicht vereinbaren kann, Menschen im Krieg zu töten, soll auch nicht im Frieden zum Dienst mit der Waffe gezwungen werden. Wehrdienstverweigerer müssen einen Ersatzdienst ableisten.
Die „Zivis“ gehen sicher nicht den bequemeren Weg, was man ihnen früher oft unterstellen wollte. Sie leisten oftmals eine körperlich und seelisch sehr belastende Arbeit. Zivildienstleistende sind inzwischen eine tragende Säule unserer Gesellschaft geworden. Viele Krankenhäuser, Altenheime, Behindertenanstalten und andere soziale Einrichtungen würden ohne ihre tatkräftige Mithilfe zusammenbrechen. Das geht sogar schon so weit, daß Überlegungen, die Wehrpflicht abzuschaffen, daran scheitern: Gäbe es keine Wehrpflicht mehr, fielen auch die „Zivis“ weg und der Staat wäre selbst wieder in die Pflicht genommen, diesen großen Teil seiner sozialen Verantwortung zu übernehmen.
Wer den Wehrdienst verweigern will, braucht eine förmliche Anerkennung als Wehrdienstverweigerer. Dazu muß ein entsprechender Antrag beim Kreiswehr-

ersatzamt gestellt werden. Den kannst du nicht stellen, solange du noch nicht erfaßt bist (du bekommst irgendwann von deiner Stadtverwaltung einen Erfassungsbogen, den du ausfüllen mußt). Du solltest den Antrag aber auf jeden Fall vor der Einberufung stellen. Wer erstmals einen Einberufungsbescheid hat, verringert seine Chancen ganz erheblich.

An der Musterung mußt du auf alle Fälle teilnehmen. Wirst du ausgemustert, brauchst du in der Regel auch nicht zu verweigern. Wirst du für tauglich erklärt, mußt du schnellstens deinen Antrag schriftlich einreichen, in dem du dich auf Artikel 4 Absatz 3 des Grundgesetzes berufst (Kriegsdienstverweigerungsrecht). Du mußt ein polizeiliches Führungszeugnis deines Einwohnermeldeamtes, einen ausführlichen Lebenslauf und eine ausführliche schriftliche Erläuterung deiner Beweggründe hinzufügen. Es muß ganz klarwerden, warum du den Dienst an der Waffe grundsätzlich ablehnst. (Bei der Formulierung kannst du dir in kirchlichen Beratungsstellen oder bei der Deutschen Friedensgesellschaft/Vereinigte Kriegsdienstgegner DFG/VK Schwanenstr. 16, 42551 Velbert, helfen lassen.) Ihr könnt euch auch einen Angehörigen einer solchen Beratungsstelle in euren Unterricht einladen und alles Wesentliche mit ihm besprechen. **(Für Österreich: siehe S. 247.)**

Der Antrag geht zum Bundesamt für Zivildienst in Köln, dort wird er geprüft und entschieden. In 90 Prozent aller Fälle wird er heute sofort anerkannt. Das erfährst du in einem Anerkennungsbescheid. Abgelehnt wird der Antrag bei Formfehlern oder wenn Zweifel an der Begründung bestehen. Das kann dann passieren, wenn sich der Junge vorher nicht genügend informiert hatte. Irgendwann wird der anerkannte Wehrdienstverweigerer aufgefordert, sich selbst eine Zivildienststelle zu suchen. Der Zivildienst dauert heute 15 Monate.

Wer den Wehrdienst nach dem Einberufungsbescheid verweigern will, muß beim Kreiswehrersatzamt eine mündliche Verhandlung überstehen. Das ist zwar nicht aussichtslos, aber sehr viel schwieriger.

Niemals wird dir ein Wunsch gegeben, ohne daß dir auch die Kraft verliehen wurde, ihn zu verwirklichen.

Es mag allerdings sein, daß du dich dafür anstrengen mußt.

Fit

Mein Gesicht sieht aus wie ein Streuselkuchen.
Kaum jemand wird ohne Pickel erwachsen. Hat sich die Hormonbildung wieder eingependelt, verschwinden sie meist von selbst wieder.

Kann man Pickel mit gesundem Essen wegbringen?
Gesundes Essen ist für die Haut sehr wichtig, wenngleich Pickel nicht durch bestimmte Nahrungsmittel ausgelöst werden.

Warum muß man sich immer nach dem Essen die Zähne putzen?
Weil direkt nach dem Essen im Mund Säuren gebildet werden, die die Zähne angreifen. Das gilt ganz besonders, wenn du gerade Süßes gegessen hast.

Warum ist der Schlaf vor Mitternacht so wichtig?
Weil in dieser Zeit Hormone ausgeschüttet werden, die das Wachstum und die Erholung der Haut anregen.

Wie bekomme ich mehr Muskeln?
Durch gute Ernährung und ausreichende Bewegung. Durch viele Muskelpakete wird man jedoch kein anderer Mensch.

Welcher Sport ist am besten?
Jeder, der dir Spaß macht, dir liegt und in deinen Alltag paßt. Er muß auch nicht mit einem tollen Outfit oder großen Ausgaben verbunden sein.

Ich habe zuviel Speck auf den Rippen – wie werde ich den wieder los?
Verzichte, so oft es geht, auf Pommes, Hamburger, Süßigkeiten und Cola-Getränke. Suche dir eine Sportart, die dir Spaß macht. Dann geht es meist von alleine.

Jungen müssen sich doch nicht so oft waschen wie Mädchen?
Unsinn – ungewaschene Jungen riechen auch nicht besser.

Ich möchte gerne knackig braun sein.
Braune Haut ist gar nicht mehr in. Außerdem ist Sonnenbaden ohne Lichtschutzfaktor heute lebensgefährlich.

Meine Vorhaut ist zu eng – was soll ich tun?
Jungen, die gesundheitliche Probleme haben, sollten sich nicht scheuen, einen Urologen oder einen spezialisierten Kinderarzt aufzusuchen!

Wieso sprießen in meinem Gesicht auf einmal Pickel en masse?

Die Haut schützt uns nicht nur gegen Einflüsse von außen, sie ist auch ein Spiegel unserer Seele. Sie zeigt oft, wie es um unsere Gefühle steht: Sie ist strahlend, wenn wir glücklich sind, sie errötet, wenn wir schüchtern sind oder uns schämen, sie wird blaß, wenn wir Angst haben. Man sagt, sensible Menschen sind eher „dünnhäutig", robustere Seelen haben „ein dickes Fell". Eine schöne, glatte und strahlende Haut signalisiert anderen Menschen: Hier ist jemand gesund, attraktiv und fröhlich. Deshalb ist uns die „äußere Hülle" so ans Herz gewachsen.
In der Pubertät, wenn man vor dem anderen Geschlecht besonders gut dastehen möchte, spielt die Haut leider oft nicht mit. Sie neigt zu Unreinheiten, Pickeln, Pusteln oder Akne. Gerade bei Jungen sprießt und blüht es. Das liegt ebenfalls daran, daß nun in deinem Körper Geschlechtshormone gebildet werden. Das Testosteron macht die Haut grobporiger und wirkt sich auf die Talgproduktion aus. Es wird mehr Talg in der Haut gebildet, die Poren verstopfen und entzünden sich. Die Haut beruhigt sich nach einer Weile wieder – spätestens wenn die Pubertät ausklingt. Völlig ohne Pickel übersteht kein Mensch den Übergang zum Erwachsenwerden!
Gerade über Akne gibt es eine Reihe von Vorurteilen: Akne wird nicht durch bestimmte Speisen (Schmalz, Schokolade) ausgelöst, auch wenn sie durch eine falsche Ernährung verschlimmert werden kann. Ebensowenig beruht Akne auf mangelnder Sauberkeit und Körperpflege, auch wenn es wichtig ist, bei Akne die Haut sorgfältig zu reinigen und schonend zu pflegen. Es ist übrigens ziemlich gemein, sich über andere Ju-

gendliche mit unreiner Haut zu mokieren. Denn niemand kann in diesem Alter etwas für sein Aussehen. Darüber darf dich auch nicht die unsaubere Werbung für Anti-Pickel-Kosmetika hinwegtäuschen, die oft in Kino oder Fernsehen ausgestrahlt wird und in der Jungen mit Akne oft ziemlich dumm dastehen. Diese Reklame verspricht im übrigen meist mehr, als sie halten kann!

Leichtere Hautprobleme bekommt man durch richtige Hygiene, durch gesunde Ernährung, ausreichend Schlaf und viel Bewegung meist selbst in den Griff. Teure Anti-Pickel-Kosmetika braucht es da gar nicht. Junge Menschen haben in der Regel eine fette Haut. Zur Reinigung reicht lauwarmes Wasser, ab und zu mit einer alkalifreien Seife oder einer milden Reinigungsmilch. Waschcremes mit Schleifpartikeln wie Mandelkleie dürfen bei fetter oder Mischhaut und verstopften Poren ab und zu angewendet werden, solange die Haut nicht entzündet ist. Morgens und abends mit einer pflegenden Creme einreiben.

Wichtig ist es übrigens, nie selbst an den Pickeln herumzudrücken. Das verschlimmert die Entzündung und kann zu lebenslangen Narben führen. Logisch, daß sich das auf das seelische Befinden auswirkt. Menschen mit Akne-Narben trauen sich meist gar nicht mehr in die Öffentlichkeit. Nur sichtbar oberflächliche gelbe Eiterpfröpfe dürfen kurz nach außen (!) entleert werden. Dazu unbedingt die Finger mit einem sauberen Papiertuch umwickeln. Die behandelte Stelle sofort mit etwas Alkohol aus der Apotheke oder einem keimtötenden Mittel vom Arzt desinfizieren. Ein hautfarbener Abdeckstift hilft, die roten Stellen zu überdecken.

Bei sehr unreiner Haut kannst du vielleicht einen Besuch bei einer guten Kosmetikerin einplanen. Das hat mit Schminken nichts zu tun und ist auch für Jungen etwas, überdies ist es nicht sehr teuer: Kosmetikerinnen sind dafür ausgebildet, die Haut auf schonende und nachhaltige Weise zu säubern und den Pickeln zu

Leibe zu rücken. Das ist auf alle Fälle billiger und besser, als immer wieder neue Mittel auszuprobieren, die letztlich nichts bewirken. Viele Kosmetikerinnen arbeiten heute auch mit Naturprodukten.
Bei schweren Hautproblemen ist es besser, zu einem Hautarzt zu gehen. Es gibt eine Reihe von modernen und wirksamen Medikamenten, mit denen er dir helfen kann. So gibt es etwa gerade für junge Haut eine neuartige Akne-Behandlung mit einer bestimmten Säure (Azelain-Säure), die auf sanfte Weise verhindert, daß die Poren verstopfen und sich entzünden. Wer etwas Geduld aufbringt, kann mit solchen medizinischen Behandlungsweisen wieder eine gesunde Haut bekommen.

Was hat das Gerede von gesunder Ernährung auf sich?

Für das Selbstwertgefühl ist es ganz wichtig, sich in seinem Körper wohl zu fühlen. Wer körperlich fit ist, hat meist keine Gewichtsprobleme, ist ausreichend trainiert, hat eine klare, rosige Haut, strahlende Augen und gute Laune! Der wichtigste Grundstein für Schönheit und Fitneß ist die richtige Ernährung.
Gerade Jugendliche in der Wachstumsphase brauchen ganz besonders viele gute Sachen. Leider ist nicht alles, was bei euch beliebt ist, auch gesund. Von deinen Eltern hast du bestimmt schon oft gehört, daß Hamburger, fettes Fleisch, weißes Brot, Cola- und Limonadengetränke, Chips, Popkorn, Schokolade, Süßigkeiten, Kuchen, Pralinen und Nougatcremes „dick und doof" machen. Sie enthalten zu wenig wertvolle Inhaltsstoffe, die für deine Gesundheit wichtig sind. Sie legen den gesamten Organismus samt Gehirn lahm. Der ganze Körperkreislauf wird auf Sparflamme ge-

schaltet, man setzt Speck an, hat keine Lust mehr, sich zu bewegen, wird denkfaul und müde. Auch die Haut wird fahl und schlaff.
Sich gesund und trotzdem toll lecker zu ernähren, ist gar keine große Kunst. Man braucht dazu keine Astronautenkost oder sonst etwas, was Forscher im Labor erfunden haben. Es gibt nur eine einzige Regel: Sich so abwechslungsreich wie möglich und natürlich wie möglich ernähren! Also möglichst viele verschiedene Speisen essen, die frisch zubereitet und möglichst nicht gekocht sind. Ganz, ganz früher machten die Menschen das noch richtig, indem sie sich überwiegend von Pflanzen, Wurzeln und Getreide ernährten. Sie bekamen dadurch starke Knochen und kräftige Muskeln. Fleisch gab es nur sehr selten, Fett in Maßen und Zucker gar nicht. Industriell gefertigte Lebensmittel, die vielfach bearbeitet und bis zur Unkenntlichkeit mit möglicherweise schädlichen Zusatzstoffen versetzt sind, gab es noch überhaupt nicht.
Getreide beispielsweise – in Form von frischgebackenem Brot, Vollkornnudeln oder Müsli – enthält fast alles, was der Mensch zum Leben braucht: Eiweiß, Stärke, Wasser, Fett, Ballaststoffe, Mineralstoffe und viele lebenswichtige Vitamine. Auch in Hülsenfrüchten, Kartoffeln, Obst und Gemüse sind jede Menge gesunde Nährstoffe drin. Wer sich davon ernährt, braucht keinen Mangel zu befürchten. Auf Zucker, Fett und Fleisch sollte man weitgehend verzichten.
Nun wirst du vielleicht sagen, daß du Gemüse und andere gesunde Sachen nicht besonders gerne magst. Aber möglicherweise mußt du auch zugeben, daß das eher ein Vorurteil ist: Die meisten Menschen geben sich nämlich gar nicht erst die Mühe, diese Nahrungsmittel lecker zuzubereiten. Ob es dir schmeckt, liegt weniger an dem, was du ißt, sondern daran, wie es zubereitet ist. Es ist doch kein Wunder, daß du matschig gekochtes Gemüse nicht so toll findest. Vielleicht kannst du zu Hause anregen, daß ihr mehr Salat und Rohkost eßt, vielleicht auch einmal

Gerichte mit Hülsenfrüchten und Gemüse oder Vollkornaufläufe, die ihr noch nicht so gut kennt. Sahne, Butter, frische Kräuter, Gewürze, Essig und Pflanzenöl machen daraus ein First-Class-Essen. Wichtig ist es auch, viel zu trinken – am besten Mineralwasser oder Kräutertee.

Die Schönheit von Haut, Haaren und Nägeln hängt wesentlich von einer ausgewogenen, vollwertigen Ernährung ab, da sie nur von innen alles Wichtige für ihren Aufbau beziehen können. Die Nähr- und Wirkstoffe, die für den Aufbau aller Zellen und für deren Betriebsstoff nötig sind, werden über feinste Blutgefäße in die jeweilige Zelle transportiert. Einzelne Nährstoffe sind voneinander abhängig und können nur im Zusammenspiel voll ausgenutzt werden. Deshalb ist eine ausgewogene Mischkost so besonders wichtig.

Die Haut ist ein wichtiger Teil des körpereigenen Entsorgungssystems. Über Millionen von Talg- und Schweißdrüsen werden in jeder Minute Giftstoffe ausgeschieden. Ist die Haut schlecht durchblutet und sind die Drüsen verstopft, wird der ganze Organismus in Mitleidenschaft gezogen. Als Gerüstsubstanz für Haut, Haare und Nägel wird der Baustein Eiweiß gebraucht. Viel und gutes Eiweiß ist in Milch, Getreide, Kartoffeln und vielen Gemüsen enthalten. Ein wenig Fett braucht der Körper, um Vitamine aufzuschlüsseln. Vitamine sind für eine schöne Haut unentbehrlich, sie sorgen dafür, daß der Stoffwechsel der Haut reibungslos funktioniert. Besonders gut für die Haut sind die Vitamine A, B, C und E. Damit die Haut schön und prall bleibt, braucht sie auch viel Sauerstoff. Mit gezielter Bewegung, Massage, Trockenbürsten, Sauna und kalt-warmen Duschen wird die Durchblutung auf Trab gebracht und mehr Sauerstoff zu den Hautzellen transportiert.

Auch eine gute, regelmäßige Verdauung ist für das Aussehen von großer Bedeutung. Der Darm funktioniert mit dieser gesunden Ernährung viel besser: In Gemüse, Getreide, Hülsenfrüchten, Obst und Kartoffeln sind viele Ballaststoffe enthalten. Das sind unverdauliche Teile, die den Magen füllen, schnell satt, aber nicht dick machen. Der Verdauungsapparat ist lange damit beschäftigt, diese Teile wieder aus dem Körper zu transportieren. Dabei werden gleichzeitig auch andere Gift- und Schlackenstoffe aus dem Körper geschleust. Dafür muß sich der Darm ziemlich anstrengen, und das macht ihn fit.

Wenn die Mischung stimmt, müßt ihr auch nicht gänzlich auf eure Lieblingsspeisen verzichten. Wer viel Gemüse und Vollkornsachen ißt, kann ruhigen Gewissens auch mal ein Stück Torte oder eine Portion Pommes frites essen. Wer eine Schwäche für Hamburger und Pommes frites hat, kann sich mit einem Trick über die Runden helfen: Wenn du einen Salat dazu ißt, auf die Mayonnaise verzichtest, statt Cola Milch oder Orangensaft trinkst, brauchst du kein schlechtes Gewissen zu haben. Hast du morgens schon ein frisches Müsli gegessen, bist du auf der ganz sicheren Seite.

Wie bekomme ich geradere Zähne?

Schöne und gesunde Zähne gehören zum guten Aussehen unabdingbar dazu. Sie müssen deshalb ganz besonders sorgfältig und regelmäßig gepflegt werden. Zahnfäule ist eine der häufigsten Krankheiten überhaupt. Acht von zehn Kindern haben bereits Löcher in den Zähnen. Karies ist gleichzeitig auch die überflüssigste Krankheit, denn sie läßt sich mit Zähneputzen locker vermeiden. Ein sauberer Zahn wird nicht krank.

In der Mundhöhle leben Bakterien, die bei schlechter Reinigung eine harte Schmutzschicht, die Plaque, bilden. Bekommen diese Bakterien viel Zucker „zu fressen", bilden sich in dieser Schicht besonders viele Säuren, die nun ihrerseits den Zahn annagen. Forscher haben festgestellt, daß die Säuren schon zehn Minuten nach einem Stück Schokolade, einem Schokoriegel, einem Bonbon oder einer Praline dem Zahn zusetzen. Im Gegensatz zu Süßigkeiten werden andere Speisen – etwa Obst, Brot oder Kartoffeln – so langsam abgebaut, daß die entstehende Säure vom Speichel unschädlich gemacht werden kann. Deshalb muß man sich auch sofort nach dem Naschen die Zähne putzen.

Nach jeder Mahlzeit sollte man sich die Zähne putzen, zumindest aber morgens, mittags und abends fünf Minuten lang die Zähne bürsten. Die Zeit vergeht schneller, wenn man das Radio anmacht oder eine Kassette einlegt und sein Lieblingslied lang putzt. In der Apotheke gibt es Tabletten zu kaufen, mit denen sich testen läßt, wie gut du dir die Zähne geputzt hast. Sie färben den Zahnbelag, den du nicht weggebürstet hast, in grellen Farben. Du mußt anschließend die Farbe gründlich abbürsten. So bekommst du ein Gefühl dafür, wann deine Zähne richtig sauber sind. Die Zahnzwischenräume lassen sich entweder mit Zahnseide und Zahnhölzern putzen oder mit einer Munddusche durchspülen.

Immer mehr Zahnärzte empfehlen ihren Patienten übrigens Kaugummi gegen Karies. Durch das Kauen verstärkt sich der Speichelfluß. Die im Speichel enthaltenen Stoffe machen den schädlichen Säuren, die durch Zucker und andere Kohlenhydrate entstehen, den Garaus. Gleichzeitig werden die ebenfalls im Speichel vorhandenen Kalzium- und Phosphatspuren im Zahnschmelz angelagert und härten ihn. Der Kaugummi sollte zuckerfrei sein und mindestens zwanzig Minuten lang gekaut werden.

Nur selten reiht die Natur die Zähne wie Perlen auf einer Schnur aneinandner. Bei Fehlstellungen kann man heute mit einer Zahnregulierung die Zähne schön geradestellen, etwa wenn sie weit auseinanderstehen

oder sich eng hintereinanderschieben. Das wird heute meist mit der Multibandtechnik gemacht: Metallringe mit kleinen gelöteten Schlössern werden auf die Zähne zementiert. Sie besitzen einen Schlitz, durch den spezielle Drähte gezogen werden. Durch den Druck, den die Vorrichtung ausübt, werden die Zähne allmählich in die richtige Position gezogen. Zwei Jahre lang müssen die Bänder im Mund bleiben. Wer sich scheut, diese Klammern sichtbar zu tragen, kann sie auch innen befestigen lassen. Das ist aber komplizierter und teurer. Außerdem lassen sich die Zähne sehr schlecht putzen. Manchmal werden auch die alten Zahnspangen eingesetzt.
Eine neue Technik aus Amerika verhilft auf einfache Art zu schönen Zähnen, wenn eine kleinere Lücke zwischen den Schneidezähnen ist, die Zähne verfärbt sind, eine Ecke herausgebrochen ist oder ein Zahn kleiner ist als die anderen. Die Zähne werden mit einer Säure angeätzt, dann wird ein Spezialkunststoff aufgetragen, der sich beim Trocknen fest mit der aufgerauhten Zahnoberfläche verbindet. Damit können Zähne schön gefärbt, kleine Zähne angeglichen und Lücken geschlossen werden. Die Zähne müssen dafür nicht beschliffen werden, sie bleiben so erhalten, wie sie sind. Die Behandlung ist schmerzfrei und zahnschonend und darum besonders für junge Menschen geeignet. Allerdings ist sie nicht ganz billig, und den größten Teil würden deine Eltern selbst bezahlen müssen.

Muß man wirklich acht Stunden schlafen?

Jeder Mensch hat seine persönliche Schlafdauer. Manche kommen mit sechs Stunden aus, andere brauchen fast zehn Stunden. Für die meisten Menschen sind acht Stunden Schlaf ideal. Dabei wird der Schlaf-Wach-Rhythmus von einer inneren Uhr gesteuert, die genetisch bestimmt ist. Während der Nacht sinken Blutdruck, Puls und Körpertemperatur ab, die Atmung wird langsamer, der Darm aktiver, die Blutgefäße in der Haut erweitern sich, der Stoffwechsel läuft langsamer. Dabei erholt sich der Körper. Besonders nötig hat unser Gehirn den Schlaf. Deshalb sind Schlafstörungen so belastend für die Seele.

Wenn man nachts häufig aufwacht oder abends nicht einschlafen kann, fühlt man sich morgens schlapp und mißmutig. (Übrigens auch, wer sich während der Woche erst um 23 Uhr auf den Weg in die Disco macht, weil er es für besonders schick hält, nicht vor Mitternacht dort aufzutauchen!) Sichtbar leidet darunter vor allem die Gesichtshaut. Schlechter oder zu wenig Schlaf beschleunigt nämlich die Alterung der Haut. Dahinter steckt ein komplizierter Vorgang. Unter anderem werden nachts mehr Hormone gebildet. Vor allem in der Jugend werden bis ungefähr ein Uhr Wachstumshormone ausgeschüttet. Da sie also in den Tiefschlafphasen der ersten Nachthälfte freigesetzt werden, macht Schlaf schöner, größer und jünger.

Auch Hormone, die das Abwehrsystem aktivieren, werden nachts vermehrt ausgeschüttet. Die Zellen des Körpers erholen und stählen sich für den kommenden Tag. Wer früh ins Bett geht und gut schläft, ist meist wesentlich aktiver, wird seltener krank und sieht jugendlich frisch aus. Allerdings muß man rechtzeitig vor zwölf Uhr ins Bett gehen. Wer in Streßzeiten viel arbeiten muß – etwa vor Klassenarbeiten und Prüfungen –, tut besser daran, abends früh ins Bett zu gehen und lieber morgens früher aufzustehen.

Schon junge Menschen leiden an Schlafstörungen. Das liegt daran, daß wir in einer gehetzten Zeit leben, in der das Abschalten schwerfällt, und daß wir unseren Schlaf nicht ernst genug nehmen. Laute störende Geräusche können am Einschlafen ebenso hindern wie

zu helles Licht oder zu große Dunkelheit. Eine schlechte Matratze ist zum Schlafen ebenso ungeeignet wie zu hohe Temperaturen (16 bis 18 Grad sollten es sein!) oder zu trockene Luft. Du kannst einmal probieren, eine Wasserschüssel mit einigen Tropfen beruhigendem Duftöl aufzustellen. Das verbessert das Raumklima.
Ein festes Einschlafritual bereitet Körper und Seele auf die Nacht vor: Du könntest noch ein wenig in dein Tagebuch schreiben, um mit dem Tag abzuschließen. Danach einen Schlummertrunk, eine schöne, leise Musik und etwas lesen. Ein Glas warme Milch am Abend fördert die Bildung körpereigener Schlafstoffe, Auch Tees aus Heilpflanzen wie Baldrian, Arnika, Hopfen, Mistel und Lavendel wirken beruhigend. Ein Bad mit ätherischen Ölen macht so richtig müde. Alkohol und Zigaretten wirken wie Aufputschmittel.

Sind Drogen wirklich so schlimm – schließlich tun es doch alle?

Wir leben in einer Gesellschaft, in der Drogen fast so alltäglich sind wie Essen und Trinken. Damit sind Naturdrogen gemeint wie Arzneien aus pflanzlichen und tierischen Stoffen oder Kaffee, Tee und colahältige Getränke. Hinzu kommen künstliche Drogen wie Nikotin und viele Arzneien. Sie alle üben einen Einfluß auf das Nervensystem aus. Fast alle Drogen machen abhängig. Wer einmal damit angefangen hat, kommt nur schwer wieder davon los.
Dem schlechten Beispiel vieler Erwachsener folgend, greifen auch Jugendliche immer häufiger zu irgendwelchen Drogen. Akohol, Zigaretten und Medikamen-

te sind dabei die unauffälligsten, weil sie von vielen Menschen konsumiert werden. Der Konsum von Alkohol breitet sich unter jungen Menschen immer mehr aus, weil es eine relativ billige Möglichkeit ist, sich in eine „gehobene" Stimmung zu versetzen. Manchmal überreden sie sich auch gegenseitig, so viel zu trinken, wie nur irgend „reingeht". Das Mächtigkeitssaufen von Jungen ist schon fast sprichwörtlich.

Kurzfristig gesehen enthemmt Alkohol, vernebelt das Gehirn und fördert kriminelles Verhalten. Alkoholsucht hat langfristig verheerende Auswirkungen auf den Körper, da sie die Leber zerstört. Vorher ist das Gehirn schon so stark geschädigt, daß der Mensch „da oben" richtig verfällt. Beim Alkohol kommt es darauf an, das richtige Maß zu finden. Das berühmte Gläschen Wein „in Ehren", das niemand verwehren kann, ist für Erwachsene (!) wohl wirklich ein echter Genuß und kann etwas sehr Schönes sein. Frauen vertragen grundsätzlich weniger Alkohol als Männer.

Für Zigaretten gibt es nicht ein einziges positives Argument. Rauchen ist weltweit eine der bedeutendsten Ursachen für einen vorzeitigen Tod. In den Zigaretten verbergen sich allein rund 50 krebserregende Stoffe. Lungen- und Kehlkopfkrebs sind die bekanntesten Auswirkungen. Rauchen steigert auch das Risiko, an anderen Krebsarten zu erkranken, von der Zunge bis zum Magen, von der Gebärmutter bis zur Blase. Es schädigt den gesamten Organismus, kann unfruchtbar und impotent machen. Je jünger ein Mensch zu rauchen anfängt, desto schlimmer und wahrscheinlicher sind auftretende Krankheiten.

Viele Menschen versuchen heute, mit Hilfe von Pillen – zum Schlafen, zum Aufputschen, zum Beruhigen oder gegen Schmerzen – sich über einen anstrengenden und enttäuschenden Alltag hinwegzuhelfen. Jede siebente „Psychopille" beispielsweise wird von Kindern unter sieben Jahren geschluckt. Auch Jugendlichen werden heute immer schneller Pillen gegen Schulstreß verabreicht. Tabletten haben vielfältige

schlechte Auswirkungen auf den Körper. Sie machen ebenfalls abhängig, schädigen die Leber, die Nerven und meist auch Magen, Darm und Nieren.
Die noch gefährlicheren Drogen sind die verschiedenen Rauschgifte wie Kokain oder Heroin. Ihre Auswirkungen sind besonders verheerend. Erbrechen, Verstopfung, Wahnzustände, Depressionen, Blutkrankheiten, Muskelschwund, psychische Störungen, Leberentzündungen, Ausbleiben der Regel, Unfruchtbarkeit und Knochenschwund sind praktisch mit inbegriffen. Die Gefahr, sich mit Aids zu infizieren ist bei Rauschgiftsüchtigen um ein Vielfaches höher, insbesondere wenn sie gemeinsame Spritzbestecke benutzen oder auf den Strich gehen müssen, um zu Geld zu kommen.
Die Betroffenen sind meist gar nicht mehr fähig, ein normales Leben zu führen. Sie sind beispielsweise ständig damit beschäftigt, daran zu denken, wie sie das Geld für ihre nächste Spritze, den nächsten „Schuß", bekommen. Meist geht das nicht, ohne daß sie kriminell werden oder sich als Prostituierte Geld verdienen müssen. Die Entwürdigung der Person ist dabei besonders auffällig.
Auch wenn man sich mit Drogen am Anfang vielleicht schöne Gefühle des „High"seins verschaffen kann, sind sie völlig falsche Freunde. Der Wunsch, sich zu berauschen, entsteht oft aus dem Wunsch, dem Alltag zu entfliehen. Zum Drogenkonsum neigen deshalb besonders Menschen, die unter sehr schwierigen Bedingungen leben: Wer von Rauschgift abhängig wird, kommt häufig aus einer zerstörten Familie. Die Tatsache, daß es schwer einzusehen ist, wo der Unterschied zwischen den erlaubten Drogen wie Alkohol und Rauchen und den verbotenen wie Haschisch, Kokain oder Heroin liegt, ist wohl einer der Gründe, warum Jugendliche mehr und mehr zu solchen Drogen greifen. Noch nie gab es so viele jugendliche Drogenopfer wie zur Zeit. Es ist jedoch müßig, die einzelnen Drogen miteinander zu vergleichen und bewerten zu wollen. Mit

jeder Droge setzt man letztlich seinen Verstand, seine Nerven und sein Leben aufs Spiel. Bei den reinen Rauschgiften geht der Verfall jedoch schneller vor sich.
Nicht selten werden Jugendliche auch von anderen zum Drogenkonsum verführt. Das passiert meist in der Clique, wird manchmal aber auch von älteren, flüchtigen Bekanntschaften forciert. Beim Heroin nennt man das „Anfixen" oder „Heißmachen": Wer nämlich einmal einen Schuß bekommen hat, kommt von der Droge kaum noch herunter. Ausprobieren gibt es da nicht. Und mit Heroin läßt sich Geld verdienen, es werden viele schmutzige Geschäfte damit gemacht. Oft schlittern Heranwachsende da in etwas hinein, ohne es zu merken, manchmal aber auch, weil sie es schick finden „dazuzugehören", oder weil sie glauben, es wirke besonders erwachsen. Das ist meist der Beginn einer lebenslangen Leidenslaufbahn.
Wer sich nicht die schönste Zeit seines Lebens verderben oder seine jugendliche Frische aufs Spiel setzen, wer nicht die Herrschaft über seine Gefühle und sein Handeln verlieren will, sollte auf Drogen verzichten. Am schlimmsten ist die körperliche und seelische Abhängigkeit, die ein normales Leben fast unmöglich macht. Kein Suchtmittel kann das Leben verbessern. Das kann man nur mit klarem Kopf genießen. Es gibt so viele schöne Dinge im Leben, die einen „high" machen können: Die Freude darüber, gesund zu sein, sich wohl zu fühlen, gut für sich selbst zu sorgen, fit zu sein, gute Freunde zu haben, sich in ein tolles Mädchen zu verlieben, sich für sinnvolle Sachen zu engagieren, irgendwann einen spannenden Beruf zu finden und der Stolz darauf, ein erwachsener Mann zu werden.
Allerdings ist das natürlich oft leichter gesagt als getan: Wer bereits Drogenprobleme hat, kommt nur selten aus eigener Kraft da wieder heraus. Er braucht schleunigst Hilfe. Der Ausstieg aus einer Drogensucht ist ungeheuer schwer, langwierig und schmerzlich. Mit

dem festen Willen, nun wieder gut zu sich zu sein, und der Hilfe erfahrener Menschen aber nicht unmöglich. Bei den eigens für drogengefährdete Jugendliche eingerichteten Beratungsstellen findest du Menschen, die für dich da sind. **(Adressen S. 244 f., 246, 248.)** Oft sind es ehemalige Drogenabhängige, die sich für andere einsetzen, weil sie das Leid und das Elend aus eigener Erfahrung kennen. Auch wenn du dir Sorgen machst über eine drogenabhängige Freundin oder einen Freund, kannst du dich hier beraten lassen. Es ist keine Schande, von einer Droge abhängig zu sein, wohl aber eine, nichts dagegen zu unternehmen.

Wie bekomme ich mehr Muskeln?

Jede Generation hat ihre eigenen Vorstellungen davon, wie ein perfekter Körper aussieht. Heute schwärmt man für einen muskulösen Männertyp mit kleinem Hinterteil und breiten Schultern. Aber das ist ein Idealbild, dem nachzujagen sich kaum lohnt. Denn erst einmal ändert sich das ständig, und zum anderen hat jeder Mensch seine unverwechselbare eigene Figur.

Natürlich kann man mit Gewalt versuchen, sich eine andere Körperkontur anzutrainieren. Dadurch wird man jedoch kein anderer Mensch – nicht der kernige (aber vielleicht nicht sehr soziale) Mann aus der Zigarettenwerbung, nicht der stramme (aber vielleicht nicht sehr kluge) Film-Rambo und nicht der muskelbepackte (aber vielleicht nicht sehr gebildete) Athlet aus der Werbung für Sportlernahrung. Diese Supertypen sind im übrigen zum Muskelaufbau nicht selten mit Anabolika gedopt, wie du sicher aus dem Fernsehen weißt. Der Preis für den Einsatz dieser hormonähnli-

chen Substanzen ist hoch: Sie unterbinden die eigene Testosteronbildung, lassen die Hoden schrumpfen, das Glied armselig herunterhängen, machen unfruchtbar und impotent.
Sich ausreichend zu bewegen, macht sich dennoch natürlich in vieler Hinsicht bezahlt. Gerade für Jugendliche ist es ein guter Ausgleich für die viele Sitzerei zu Hause oder in der Schule. Beim Sport bildet der Körper beispielsweise Stoffe, die Streßerscheinungen abbauen und gute Laune machen. Innere Unruhe, Lustlosigkeit und Niedergeschlagenheit bessert sich durch Bewegung! Sport hilft aber auch, den Körper straff, schlank, beweglich, energiegeladen, geschmeidig und kraftvoll zu halten. Sportliche Jungen werden seltener krank.
Junge Menschen bewegen sich meist ausreichend, wenn sie nicht gerade ausgesprochene Stubenhokker sind. Viele sind in Sportvereinen oder Fitneßklubs. Auch in der Schule steht Sport auf der Tagesordnung. Man muß sich dabei normalerweise an kein „Muskelprogramm" halten. Zwei- bis dreimal wöchentlich für eine halbe Stunde aus der Puste kommen, wäre für Körper und Seele schon ideal. Allerdings sollte man es auch nicht aus falsch verstandenem Ehrgeiz übertreiben. Nach dem Sport soll man beschwingt und nicht erschöpft sein – dann hat man das richtige Maß gefunden.
Das wichtigste ist jedoch, daß du dich für eine körperliche Aktivität entscheidest, die dir Spaß macht, zu dir und in deinen Alltag paßt. Was nützt es, wenn du dir vornimmst, morgens einen Waldlauf zu machen, wenn du morgens nicht gut hochkommst oder gar kein Wald in deiner Nähe ist? Was nützt es dir, wenn du gerne Bodybuilding machen möchtest, es dir aber zu teuer ist? Was bringt das schönste Gymnastikprogramm, wenn du lieber mit anderen Ballspiele spielst? Und wenn du gar kein sportlicher Typ bist, wirst du sicher etwas anderes finden, was dich auf Trab bringt.
Du kannst dich frei nach Lust und Laune entscheiden.

Jede Sportart tut dir gleich gut. Sie muß auch nicht unbedingt etwas kosten. Schwimmen, Radfahren, Bolzen, Spazierengehen, Wandern, Laufen, Seilspringen, Tanzen und Rudern sind ganz bewährte Möglichkeiten, ohne großen Aufwand fit zu bleiben. Als Faustregel gilt: Hinterher sollte man sich frischer fühlen als vorher. Außerdem geben dir die meisten sportlichen Betätigungen die Möglichkeit, mit Gleichaltrigen Spaß zu haben und Freunde zu finden.
Wer sich viel bewegt, kann auch mehr essen, ohne zuzunehmen. Gerade zu Beginn der Pubertät legen manche Jungen mächtig an Gewicht zu. Das liegt an der noch unregelmäßigen Hormonausschüttung, aber auch daran, daß sie zu oft beim Essen zu sehr „reinhauen". Allerdings ist auch die richtige Auswahl der Nahrung entscheidend. Wer sich richtig ernährt, sorgt dafür, daß alles optimal ausgenutzt wird, ohne sich in Speck umzuwandeln. Dabei hat man in letzter Zeit ohnehin in Sachen Ernährung und Gewicht eine Entrümpelungsaktion betrieben: Lange Zeit dachte man nämlich, daß es so etwas wie ein Idealgewicht gäbe. Das bedeutet, daß zwei Menschen mit der gleichen Körpergröße auch das gleiche Gewicht haben müßten. Nach dieser medizinischen Theorie sollten alle Menschen ganz superschlank sein. Denn man glaubte auch, das sei die beste Voraussetzung für lange Gesundheit. Da ganz offenbar nur sehr wenige Menschen dieses Idealgewicht haben, wurde eine Fülle von Diäten erfunden, mit denen man sich dieses Gewicht „erquälen" soll. Mädchen und Sportler sind für solche Diäten ganz offenbar besonders anfällig.
Viele der Diätvorschläge sind schon deswegen ungesund, weil man beispielsweise immer nur eine bestimmte Sache essen darf – etwa trockene Brötchen – und der Körper nicht zu seinen lebensnotwendigen Nährstoffen kommt. Heute weiß man aber noch mehr: Diät macht nicht nur krank, sondern auf die Dauer auch dick. Je öfter jemand Diät hält, um so mehr. Der Körper versucht nämlich, „an der Diät vorbei" sein

ganz persönliches Gewicht zu halten, mit dem er sich am wohlsten fühlt. Wahrscheinlich ist das auch das gesündeste Gewicht. Es liegt bei fast allen Menschen über dem Gewicht, das als Ideal dargestellt wird.
Am Anfang pendelt das Gewicht noch zwischen dick und dünn. Sobald eine Diät abgebrochen wird, geht das Gewicht schlagartig wieder nach oben. Jo-Jo-Effekt nennt man dieses Auf und Ab der Pfunde. Das ewige Pendeln zwischen dick und dünn bringt das Gleichgewicht des Stoffwechsels nachhaltig durcheinander. Der Körper reagiert letztlich nicht mehr auf eine Diät, wie auch immer sie gestrickt ist. Er kämpft um seine Pfunde, indem er bei einer Diät den sogenannten Grundumsatz herunterschaltet. Das ist die Mindestmenge an Nahrungsenergie, die ein Mensch auch im Leerlauf braucht. Dein Organismus ist nämlich immer beschäftigt, ob du nun im Bett liegst, körperlich schuftest, Hausaufgaben machst oder im Schulorchester ein Instrument spielst. Indem die Kalorien aus dem Essen einfach langsamer verbrannt werden, klammert sich der Körper an seine Fettreserven, als ginge es wie in früheren Hungersnöten um sein Leben. So kann es sogar kommen, daß man eher etwas zunimmt.
Natürlich kann es aber auch sein, daß jemand wirklich sehr viel wiegt und es besser ist, etwas abzuspecken. Da hilft aber keine Diät, sondern nur eine ausgewogene Ernährung mit viel Getreide, Hülsenfrüchten und viel Bewegung. **(Mehr über Fitneß-Ernährung S. 219–222.)** Wer diese gesunde Nahrung in etwas kleineren Mengen ißt und Sport treibt, nimmt langsam, aber sicher auf gesunde Weise die richtigen Formen an. Es ist mit dieser Art der Ernährung auch kein Problem, das Gewicht zu halten.

Ist Körperpflege für Männer nicht überflüssig?

Natürlich muß jeder Mann sich regelmäßig waschen. Leider sind Erwachsene da nicht immer ein rühmliches Vorbild. Bei vielen mieft und müffelt es unter den tollen Designer-Kleidern. Die Körperpflege wird Jungen häufig nicht so nachdrücklich beigebracht wie Mädchen. Selbst bei Erwachsenen soll es vorkommen, daß sie sich nicht einmal täglich waschen. Vom Wechseln der Unterwäsche und der Socken ganz zu schweigen. Dabei riechen Männer ungewaschen keineswegs besser als Frauen. Ein ungepflegtes Glied hat beispielsweise eine säuerlich-bittere Ausdünstung.

Da die Platzverhältnisse bei den Geschlechtsorganen beengt sind, wird in diesem Bereich besonders viel Schweiß abgesondert – beispielsweise zwischen den Oberschenkeln und den Hoden. Weil sich Männer im Gegensatz zu Frauen nach dem Harnlassen nicht mit Toilettenpapier abtupfen und sich meist nicht einmal die Hände waschen, ist Intimhygiene für sie ganz besonders wichtig – auch aus gesundheitlichen Gründen **(siehe dazu S. 77 f.)**.

Glied und Hodensack sollten morgens und abends (und natürlich vor dem Rendezvous mit einem Mädchen) mit viel Wasser und seifenfreier Lotion gewaschen werden. Ist die Lotion abgespült, wird die Vorhaut vorsichtig zurückgezogen, um die Eichel freizulegen. Dieser Bereich wird nun gründlich mit lauwarmem Wasser gereinigt und anschließend mit einem Handtuch trockengetupft.

Jungen, die danach das Bedürfnis haben, können sich bedenkenlos öfter reinigen. Für unterwegs sind Öl- oder Feuchttüchlein zu empfehlen. Ganz besonders wichtig ist die gründliche Wäsche nach dem Geschlechtsverkehr. Und natürlich sind auch einige Tropfen Eau de toilette für Männer oder Aftershave-Lotion

auf dem frischgewaschenen Körper verteilt genauso erregend wie eine duftende und pflegende Körperlotion.
Ansonsten sind auch für Jungen alle Pflegemaßnahmen gut, die normalerweise immer nur im Zusammenhang mit Mädchen erwähnt werden: ein warmes Bad, ein Saunagang, ausgiebiges Duschen oder Massagen tun Jungen bei Streß und Unwohlsein genauso wohl.
Jungen, die gesundheitliche Probleme haben, sollten sich nicht scheuen, einen Urologen aufzusuchen – ganz besonders wenn

- deine Hoden noch nicht in den Hodensack gewandert sind (Hodenhochstand)
- die Vorhaut verengt ist (Phimose)
- dein Glied Ausfluß absondert
- du Schmerzen beim Wasserlassen hast
- du Schmerzen beim Geschlechtsverkehr oder Samenerguß hast
- das Glied verletzt wurde
- eine Gliedversteifung sich lange nicht zurückbildet, obwohl du sexuell längst nicht mehr erregt bist
- am Hoden eine harte Stelle oder ein Knoten zu spüren ist.

Ein Hodenhochstand ist angeboren. Die Hoden sind dann während der Entwicklung im Mutterleib nicht aus dem Bauch in den Hodensack hinausgewandert. Er sollte so früh wie möglich behandelt werden, am besten schon im frühen Kindesalter, weil sonst unter Umständen die Fruchtbarkeit gefährdet ist.
Die Phimose, bei der sich die Vorhaut nicht über die Eichel schieben läßt, kann angeboren sein oder als Folge einer Entzündung auftreten **(siehe dazu auch S. 79).** Sie wird auch durch eine mangelhafte Hygiene begünstigt. Eine Phimose muß durch einen kleinen Eingriff behandelt werden, bei dem meist die Vorhaut wegoperiert wird. Das ist zwar nicht angenehm, aber notwendig, weil sonst die Gefahr besteht, daß die Eichel völlig abgeschnürt wird.

Ist Sonnenbaden wirklich out?

Sonne brauchen wir zum Leben wie die Luft zum Atmen. Sie macht uns fröhlich und bringt unseren gesamten Organismus zum Blühen. Wir mögen uns gerne wie die Tiere wohlig in den Sonnenstrahlen räkeln und genießen, wie die Wärme in den Körper zieht. Und Braunsein gilt immer noch als Zeichen von Fitneß und Gesundheit. Die Ozonschicht der Erde schützt uns davor, daß die mächtige Sonnenenergie nicht ungefiltert auf uns herabknallt. Durch die Umweltbelastung ist die Schutzschicht aber löcherig geworden, und wir sind zunehmend durch die Sonne bedroht. Die Schäden sind wohl schon viel größer, als lange Zeit befürchtet wurde.
Die unsichtbaren UV-Strahlen dringen in die Haut ein: Die kräftigen UV-B-Strahlen bringen Bräune und Sonnenbrand, die UV-A-Strahlen gehen sogar noch tiefer. Sie können Falten verursachen und die Augen schädigen. Die Strahlen legen die Reparaturfähigkeit der Haut lahm. Außerdem setzen sie bestimmte Immunzellen in der Haut außer Kraft, so daß die körpereigene Abwehr gegen Hautkrebs sinkt. Jeder Sonnenbrand ist ein Baustein zum späteren Hautkrebs.
Hautärzte empfehlen deshalb heute, nicht mehr als 30 Sonnenbäder im Jahr zu nehmen. Ganztägiges Sonnengrillen ist niemandem zu raten, dem attraktive Haut und Leben lieb sind. Wer auch nur zehn Minuten in die Sonne geht, muß heute ein Sonnenschutzmittel verwenden. Je nach Lichtschutzfaktor erhöht es die Zeitspanne bis zum Sonnenbrand. Je höher der Sonnenschutzfaktor, desto länger ist man geschützt. Allerdings nur einmal: Nachcremen verlängert den Schutz nicht, nach der angegebenen Zeit ist die Haut der Sonne wieder schutzlos ausgeliefert. Und Sonnenschäden lassen sich nie wieder ausbügeln.

Deine einzige Verpflichtung
im Leben ist, dir selbst treu zu bleiben.
Einem anderen Menschen oder
einer anderen Sache treu zu bleiben,
das ist nicht nur unmöglich,
es ist das Zeichen eines falschen Messias.

Die einfachsten Fragen sind die tiefsinnigsten.
Wo bist du geboren? Wo ist deine Heimat?
Wohin gehst du?
Was tust du?
Denke manchmal darüber nach, und
du wirst sehen, wie sich deine
Antworten verändern.

wach

„Ich geh meine eigenen Wege, ein Ende ist nicht abzusehen. Eigene Wege sind schwer zu beschreiben, sie entstehen ja erst beim Gehen." Diese Zeile aus einem modernen Song beschreibt wahrscheinlich mehr als alles andere die Situation, in der du dich gerade befindest. Dein Ziel ist es, erwachsen zu werden und mit dir selbst im Einklang zu leben. Auf welchem Weg du dorthin kommst, kannst nur du bestimmen. Du weißt inzwischen, daß es viele verschiedene Wege gibt, die zu einem Ziel führen können. Es gibt viel zu entscheiden für dich in dieser Zeit. Du stellst viele wichtige Weichen für deine Zukunft. Wie es dir gelingt, durch die Pubertät zu kommen, bestimmt über das ganze weitere Leben. Zum ersten Mal entscheidest du selbst, welchen Weg du nehmen wirst.
Obwohl dir für vieles noch die Verantwortung abgenommen wird, liegen dein körperliches und seelisches Wohlbefinden, deine Gesundheit, deine Bereitschaft zu einer erfüllten Partnerschaft und dein beruflicher Werdegang schon jetzt zum größten Teil in deiner Hand. Es kommt sehr darauf an, daß du wachsam mit dir selbst umgehst und gut auf dich achtest.
Die Pubertät ist aber nicht nur die Zeit des Aufbruchs, sondern auch des Abschieds: Du mußt Abschied nehmen von deiner Kindheit, ohne zu wissen, worauf du zugehst. Du mußt Abschied nehmen von Vertrautem, Verläßlichem, Selbstverständlichem. Das geht mal sanfter, mal abrupter. Es ist wie eine zweite Geburt, schön und schmerzhaft zugleich. Du mußt auch Ab-

schied nehmen von deinem glatten Kinder-Ich, deine eigenen Höhen und Tiefen durchleben. Damit ist auch ein gewisses Eingeständnis von Schwäche und Mittelmaß verbunden. Das ist für junge Männer ganz besonders schwierig. Denn es wird vielfach immer noch von ihnen erwartet, daß sie den unverletzlichen Helden spielen. Wir wissen, daß man das nicht kann, ohne seine Seele zu verkaufen, ohne auf einen ganz wichtigen Teil seiner Persönlichkeit, seines Lebensglücks und seiner Lebensmöglichkeiten zu verzichten. Echte Männlichkeit ist um so mehr wert, je mehr sie mit Verstand und Gefühl, mit Stärke und Warmherzigkeit verwoben ist. Denn sonst bleibt sie nur eine mit gewaltigen Gebärden übertünchte leere Hülse.
Die meisten von uns können bestimmte Dinge gut, andere wiederum gar nicht. Und immer wieder kommt es vor, daß man sich etwas wirklich vornimmt, dann aber nicht konsequent genug ist und vorher schlappmacht. Alle Menschen sind, völlig unabhängig vom Geschlecht, gut gemixt mit Stärken und Schwächen versehen. Erst diese Mischung macht das Leben spannend. Während du dich jetzt entwickelst, siehst du deine schwachen Stellen bestimmt überdeutlich – vielleicht mehr als deine positiven Seiten.
Du wirst mit der Zeit erkennen, was du an dir verändern möchtest, aber auch lernen, wo du dir etwas nachsehen mußt und willst. An dem Punkt, wo du sagst: So bin ich und nicht anders, und das finde ich auch gut so, hast du aus eigenen Schwächen deine eigene Stärke gemacht. Die Kunst des Erwachsenwerdens liegt in der Erkenntnis: Sei du selbst in allem, was du tust, denkst und fühlst. Und sei gut zu dir. Denn du bist das Beste und Verläßlichste, was dir auf den Lebensweg mitgegeben wurde!

Wo finde ich Hilfe, wenn ich alleine nicht klarkomme?

Kinder und Jugendliche, die in Not sind, Liebeskummer, Schulstreß oder Probleme mit den Eltern haben, können ab sofort **kostenlos** das Sorgentelefon des Deutschen Kinderschutzbundes anrufen. Unter der **Telefonnummer 11 102** sind mittlerweile die Sorgentelefone bundesweit in 60 Städten zu erreichen. Unter den Stichworten Telefonseelsorge, Kindernotdienst, Krisenberatung, Kindersorgentelefon oder Sorgentelefon stehen in jedem Telefonbuch noch mehr Beratungsstellen, die man zum Teil rund um die Uhr anrufen kann. Du kannst dich auch an das Jugendamt wenden, deine Kirchengemeinde, die Caritas und das Diakonische Werk. Wenn du an deinem Ort nichts findest oder dort nicht anrufen möchtest, kannst du auch in einer anderen Stadt anrufen. Man wird auf alle Fälle ein offenes Ohr für dich haben und dir weiterhelfen.

Deutschland

Ab Juli 1993 gelten für Deutschland neue Postleitzahlen, die die folgenden Adressen schon berücksichtigen.

Für Jugendliche mit seelischen Problemen:

Neuland
Hilfen für selbstmordgefährdete Kinder und Jugendliche
Nikolsburger Platz 9
10717 Berlin
Tel.: 030/87 01 11
Richard-Sorge-Str. 73
10249 Berlin

Jugendnotdienst
Mindener Str. 10
10589 Berlin
Tel.: 030/34 40 26

Kindernotdienst
Mindener Str. 48
10589 Berlin

K. U. B.
(nächtlicher Krisendienst)
Apostel-Paulus-Str. 35
10823 Berlin
Tel.: 030/781 85 85

Sorgentelefon des Kinderschutzbundes
Liebenwalder Str. 35 a
13347 Berlin
Tel.: 030/456 15 24

Kinderschutzzentrum Berlin
Familienberatungsstelle
030/456 15 24

Krisendienst 030/684 30 63

Emotions Anonymous
(EA – KEA für Kinder)
Kontaktstelle Deutschland
Hohenheimer Str. 75
70184 Stuttgart
Tel.: 0711/24 35 33

Deutsche Gesellschaft für Selbstmordverhütung
Humboldtallee 1 d
37073 Göttingen

Beistand gegen Sekten-Unwesen:

Aktion für geistige und psychische Freiheit
Arbeitsgemeinschaft der Elterninitiative e. V. (AGPF)
Graurheindorfer Straße 15
53111 Bonn
Tel.: 0228/63 15 47

Aktion Psychokultgefahren
Ellerstr. 101
40227 Düsseldorf
Tel.: 0211/72 10 66

Harmut Hauser
Sektenbeauftragter des Landes Baden-Württemberg
Rotebühlplatz 1
70178 Stuttgart
Tel.: 0711/279 28 73

Beauftragter für Sekten- und Weltanschauungsfragen der Ev. Kirche in Berlin-Brandenburg
Pfarrer Thomas Gandow
Heimat 27
14165 Berlin
Tel.: 030/815 70 40

Evangelische Zentralstelle für Weltanschauungsfragen
Hölderlinplatz 2 a
70193 Stuttgart
Tel.: 0711/22 70 81

Sekten-Info Essen e. V.
Rottstr. 24
45127 Essen
Tel.: 0201/23 46 46

Bei Vergewaltigung und sexuellem Mißbrauch:

Inzwischen gibt es auch in fast jeder kleineren Stadt Beratungsstellen oder Selbsthilfegruppen für Mädchen und Jungen in Not. Meist kann man sich beim Jugendamt, der Pro Familia oder anderen größeren Organisationen danach erkundigen.

Arbeitsgemeinschaft Deutscher Frauen- und Kinderschutzhäuser
Waldstr. 6
30916 Isernhagen

Zartbitter e. V.
Kontakt- und Informationsstelle gegen sexuellen Mißbrauch an Mädchen und Jungen
Stadtwaldgürtel 89
50935 Köln

Wildwasser Berlin e. V.
Mehringdamm 50
10961 Berlin
Tel.: 030/786 50 17 oder
030/786 50 19

Schattenriß e. V.
Bremerhavener Str. 90
28219 Bremen
Tel.: 0421/39 39 30

Auch in den Häusern, die sich ursprünglich nur um Mädchen kümmerten, können Jungen nach sexuellem Mißbrauch heute Hilfe erwarten:

Autonomes Mädchenhaus
Gneisenaustr. 2 a
10961 Berlin
Tel.: 030/79 20 404 oder
79 20 488

Frauenladen
Nazarethkirchstr. 42
13347 Berlin
Tel.: 030/45 52 093

Mädchenhaus
Feuerbergstr. 43
22337 Hamburg
Tel.: 040/63 200 265

Allerleirauh e. V.
Tarpenbekstr. 63
20251 Hamburg
Tel.: 040/48 76 33

Dolle Deerns e. V.
Juliusstr. 16
22769 Hamburg
Tel.: 040/439 41 50

Lotta e. V.
Kaiserstr. 58
24143 Kiel
Tel.: 0431/733 775

Violetta
Wittekindstr. 17
30449 Hannover
Tel.: 0511/455 135

Allgemeine Beratung in Krisensituationen:

Aktion Jugendschutz
Stafflenbergstr. 44
70184 Stuttgart

Bundeskonferenz für Erziehungsberatung
Gesellschaft für Beratung und Therapie von Kindern

Jugendlichen und
Eltern
Amalienstr. 6
90763 Fürth

Kinderschutzzentrum
Emilienstr. 78
20259 Hamburg
Tel.: 040/491 00 07

Deutscher Kinderschutz-
bund
Badenstedterstr. 12
30449 Hannover
Tel.: 0511/45 45 25

Bundesarbeitsgemein-
schaft Aktion Jugendschutz
Emmeranstr. 32
55116 Mainz
Tel.: 06131/22 33 60

Arbeitsgemeinschaft für
Jugendhilfe und Deutscher
Bundesjugendring
Haager Weg 44
53127 Bonn

Kindersorgentelefon
Hamburg
Montag bis Freitag
14–19.30 Uhr
Tel.: 040/43 73 73

Deutsche Arbeitsgemein-
schaft Selbsthilfegruppen
Friedrichstr. 28
35392 Gießen
Tel.: 0641/702 24 78

Verein für Internationale
Jugendarbeit e. V.
Adenauerallee 37
53113 Bonn

Bei Drogenproblemen:

Die großen Kirchen haben meist eigene Hilfs- und Beratungsstellen für Drogenprobleme, ebenso die örtlichen Gesundheitsbehörden. Erkundigen kann man sich auch beim Jugendamt. Die Bundesländer haben jeweils einen Drogenbeauftragten.

Tag-und-Nacht-Telefon-
Notruf
für Suchtgefährdete:
München
Tel.: 089/28 28 22

Köln
Tel.: 0221/31 55 55

Düsseldorf
Tel.: 0211/32 55 55

Essen
Tel.: 0201/40 38 40
Bundeszentrale für gesund-
heitliche Aufklärung
Informationstelefon zur
Suchtprävention
Tel.: 0221/89 20 31

Informationskreis Drogen-
probleme
Dr. med. Dieterich Kleiner
Händelallee 7

10557 Berlin
Tel.: 030/391 22 88

Bund für drogenfreie Erziehung e. V.
Adenauerallee 45
20097 Hamburg
Tel.: 040/24 58 80

Deutsche Hauptstelle gegen die Suchtgefahren
Westring 2
59065 Hamm
Tel.: 02381/2 58 55, 2 52 69

AL-Anon Familiengruppen Interessengemeinschaft e. V.
Emilienstr. 4
45128 Essen
Tel.: 0201/77 30 07

Schnüfflerhilfe
Graefestr. 7
10967 Berlin
Tel.: 030/691 70 42

Synanon International e. V.
Bernburger Str. 24–25
10963 Berlin
Tel.: 030/25 00 010

Verband ambulanter Beratungs- und Behandlungsstellen für Suchtkranke und Drogenabhängige (VABS) e. V.
Karlstr. 4
79104 Freiburg
Tel.: 0761/20 03 63, 20 03 69

Therapeutische Gemeinschaften für Drogenabhängige Daytop
Kaiserstr. 1
80801 München
Tel.: 089/33 31 30, 34 77 33

Anonyme Alkoholiker (AA)
Postfach 460227
80910 München

Bei Verhütungsfragen und sexuellen Problemen:

Bundesverband der Pro Familia
Stresemannallee 3
60596 Frankfurt
Tel.: 069/55 09 01

Pro Familia
Ehe und Familie
Prof. Lykke Aresin
Güldengossaerstr. 25
04299 Leipzig

Durchblick
Informationsservice für

Jugendliche über Empfängnisverhütung und Sexualität
Postfach 12 72
85202 Dachau
Tel.: 0130/34 31

Deutsche Aids-Hilfe e. V.
Bundesverband der regionalen Aids-Hilfen
Nestorstr. 8–9
10709 Berlin
Tel.: 030/89 69 060

Aids-Telefon
Bundeszentrale für Gesundheitliche Aufklärung
Postfach 91 01 52
51071 Köln
Tel.: 0221/89 20 31

Institut für Lebens- und Sexualberatung
(Beratungsdienst für homosexuelle Männer)
Gerresheimer Str. 20
40211 Düsseldorf

Aktionsgruppe Homosexualität Bonn
Postfach 300 513
53185 Bonn

Homosexuellenberatung im Beratungs- und Seelsorgezentrum St. Petri
Kreuslerstr. 8
20095 Hamburg
Tel.: 040/33 58 45

Österreich

Österreichische Aids-Hilfe
Wickenburggasse 14
1080 Wien
Tel.: 0222/408 61 86

Anonyme Alkoholiker
Geblergasse 45
1170 Wien

Beratungszentrum des Jugendamtes der Stadt Wien
Sobieskigasse 31
1090 Wien

Club CHANGE
Beratungsstelle für drogengefährdete Jugendliche
Schellhammerstr. 3
1170 Wien

DIALOG – Hilfs- und Beratungsstelle für Suchtgefährdete und ihre Angehörigen
Hegelgasse 8/3/11
1010 Wien

Emotions Anonymous
Wickenburggasse 15
1080 Wien

Ernährungs- und Raucherberatungsstellen
Zelinkagasse 3
1010 Wien

Informationsstelle für Selbsthilfegruppen
Schottenring 24
1010 Wien
Kindertelefon:
0222/31 66 66

Österreichischer Bundesjugendring
Am Modenapark 1–2
1030 Wien

Österreichischer Kinderschutzbund
Obere Augartenstr. 26–28
1020 Wien

Kinderschutzzentrum
Biebelstr. 50
5020 Salzburg
Tel.: 0662/81 71

Kinderschutzzentrum
Porzellangasse 38
4606 Wels
Tel.: 07242/671 63

Rosa Lila Villa
Beratungszentrum für homosexuelle Frauen und Männer
Linke Wienzeile 102
1060 Wien
Tel.: 0222/56 81 50

HOSI
(Homosexuellen Initiative)
Postfach 22
1037 Wien
Tel.: 0222/26 66 04

Bundesministerium für Unterricht und Kunst
Schulservice
Minoritenplatz 5
1010 Wien
Tel.: 0222/53 12 00

Zivildienst, Arbeitsgemeinschaft f. Wehrdienstverweigerer und Gewaltfreiheit
Schottengasse 3a
1010 Wien
Tel.: 0222/535 91 09

Hier gibt es Hilfe bei Vergewaltigung und sexuellem Mißbrauch, auch für Jungen:

Frauen gegen Vergewaltigung (Notruf)
Brixner Str. 3/9
6020 Innsbruck
Tel.: 0512/57 44 16

Frauennotruf
6900 Bregenz
Tel.: 05572/236 01

Beratung und Notruf für vergewaltigte Frauen
Postfach 688
8011 Graz
Tel.: 0316/46 36 12

Notruf und Beratung für vergewaltigte Frauen
Postfach 157
1070 Wien
Tel.: 0222/93 22 22

Notruf für vergewaltigte und mißhandelte Frauen
4020 Linz
Tel.: 0732/21 29

Schweiz

Bundesamt für Sozialversicherung
Zentralstelle für Familienfragen
Effingerstr. 33
3003 Bern
Tel.: 031/61 91 22

Aids-Hilfe Schweiz
Gerechtigkeitsgasse 14
8002 Zürich
Tel.: 01/201 70 33

Bundesamt für Gesundheitsfragen
Koordinationsstelle für Drogenfragen
Bollwerkstr. 27
3001 Bern
Tel.: 031/61 95 43

Fachstelle für Alkoholprobleme
Schweiz
Postfach 1063
1001 Lausanne

Kinderschutzbund
Frikartweg 4
3006 Bern

Notschlafstelle
Zollstr. 111
8005 Zürich

Pro Familia
Beckenhofstr. 16
8006 Zürich

Verein Drogenentzug und Drogenhilfe
Postfach
8025 Zürich
Tel.: 01/242 56 52

Verein Jugendberatung
Universitätsstr. 11
8006 Zürich
Tel.: 01/251 21 26

HAZ
(Homosexuelle Arbeitsgruppen)
Postfach 2563
8006 Zürich
Tel.: 01/252 28 15

Sylvia Schneider

DAS MÄDCHEN-FRAGEBUCH

Wachsen und erwachsen werden

204 Seiten

Die Autorin greift alle möglichen Problembereiche der Pubertät auf, gibt Tips und Ratschläge, antwortet offen auf alle Fragen der Sexualität und führt die Heranwachsenden zu bewußter Lebenshaltung und Selbstverantwortung hin. DAS MÄDCHEN-FRAGEBUCH geht auf seelische Probleme ebenso ein wie auf die Entwicklung des Körpers, auf Sexualität wie auf Liebe und Romantik, auf schulische Belange wie auf die anstehende Wahl eines Berufes, auf Rollenverhalten ebenso wie auf mögliche Lebensformen.